# DAS LIED DES SCHATZKESSELS

## DIE INSEL DES SCHICKSALS

### BUCH VIER

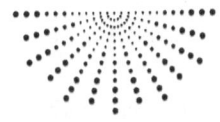

## TRICIA O'MALLEY

Übersetzt von
DANIEL FRIEDRICH

LOVEWRITE PUBLISHING

**Das Lied des Schatzkessels**

*Die Insel des Schicksals: Buch 4*

Umschlaggestaltung:
Rebecca Frank Cover Designs
Übersetzung: www.translatebooks.com - Daniel Friedrich
Lektorat: Annette Glahn

Lovewrite Publishing: 382 NE 191st, st#24553, Miami, FL, USA,
33179-3899

*„Das gebende Herz gewinnt."*
*– Tao Te Ching*

# KAPITEL EINS

„Schwester."

Die Göttin Danu öffnete ihre Augen und erblickte ihre Schwester $Domnu, die Göttin der Unterwelt und Anführerin der dunklen Feen, die derzeit dabei waren, Unheil über die friedliche Welt, über die Danu wachte, zu bringen. Danu fragte sich, ob die Rivalität zwischen den Geschwistern immer Bestand haben würde, und ob die Jahre in der Dunkelheit Domnu dazu gebracht hatten, eine verzerrte Version der Schwester zu werden, die Danu einst gekannt hatte.

„Schwester", sagte Danu und neigte kurz den Kopf, bevor sie aufstand, mit geraden Schultern und festem Blick, um zu ermessen, was aus ihrer Schwester geworden war.

Domnu war dunkel im Vergleich zu Danus Licht – nicht weniger schön, aber so viel kälter. Wenn die Menschen beim Anblick von Danus reinster Form vor Freude weinen würden – sollte sie es jemals zulassen, ganz von einem Menschen gesehen zu werden – wären sie von Domnus dunkler Schönheit seltsam berauscht. Ihre sinnliche Aura wirkte verlockend und versprach eine süße Ekstase, aber nur im Tausch für einen Biss in den Apfel. Wenn überhaupt, war Domnu mit jedem Übel, das sie als grimmige und reuelose Herrscherin über andere gebracht hatte, schöner geworden. Es war, als ob Danu einen Eiszapfen betrachtete, von kalter, kristalliner Schönheit und den schärfsten Zacken, die ein warmes Herz skrupellos durchbohren konnten.

Sie umkreisten einander, beide waren sich der Macht der anderen bewusst, und beide wussten nicht, was die andere als nächstes tun würde. Hier, in diesem Zwischenraum, der den mächtigsten aller Wesen vorbehalten war, gingen sie auf und ab. Waren sie auf der Suche nach Wahrheiten oder Macht, fragte sich Danu kurz, hielt aber den Mund und wartete darauf, dass ihre Schwester erklärte, warum sie sie aufgesucht hatte. Nicht, dass Domnu den üblichen Weg gewählt hätte – etwa einen Boten zu schicken. Stattdessen hatte sie ihre Schwester förmlich aus einem Hinterhalt angegriffen, als Danu sich durch die Mittelwelt schleichen wollte, um in einem helleren Reich einen sicheren Hafen zu finden.

Einen sicheren Hafen nicht für sich selbst, sondern für die Schätze, die sie bei sich trug.

Danu war sich bewusst, dass das Schicksal der Welt, wie sie die Feen und die Menschheit kannten, einzig und allein von den Schätzen abhing, die sie in einer Kettentasche unter ihrem Mantel verstaut hatte, und verfolgte mit ihren Augen jede Bewegung Domnus.

„Ich bin überrascht, dass du hierhergekommen bist – an diesem Zwischenort", säuselte Domnu, und ihr dunkles

Haar schien sich eigenständig um ihre Schultern zu winden und zu drehen.

„Es ist der einzige Weg", sagte Danu achselzuckend, ohne ihren Gedanken zu Ende zu führen. Damit Danu die Schätze in eine sicherere Welt bringen konnte, musste sie zuerst das Mittelreich durchqueren. Ein Reich, in dem viele Gefahren lauerten, darunter auch ihre Schwester. Danu hatte damit gerechnet, war darauf vorbereitet, und nun wartete sie ab, was passieren würde.

„Du bist leichtsinnig", sagte Domnu. Ihre dunklen Augen blitzten vor Wut und vielleicht sogar Enttäuschung. Glaubte sie, dass Danu es ihr zu leicht gemacht hatte? „Zu riskieren, die Schätze zu verlieren – um meinem Volk die Türen zu öffnen? Man würde fast glauben, du hättest es geplant oder als stecke eine List dahinter. Nur hattest du nie eine so dunkle Gesinnung, oder? Als sich die Welten trennten, gingst du deshalb ins Licht und ich in die Dunkelheit. Es war immer in mir, verstehst du?"

„Ja, ich weiß", sagte Danu, etwas überrascht darüber, dass es sie auch nach all den Jahrhunderten noch immer traurig machte. „Aber du hattest auch etwas Gutes in dir. Wir alle haben eine Dualität, sowohl Menschen als auch Götter. Es kommt darauf an, welche Seite man gewinnen lässt."

„Gewinnen lassen?" Domnu warf den Kopf zurück und lachte. Das Geräusch klang wie Glas, das in Millionen Stücke auf dem Boden zerschellte. „Ich habe es nicht gewinnen lassen. Ich habe es mit Freude angenommen. Verstehst du denn nicht, meine hübsche Schwester? Nichts ist wichtiger als das, was ich will. Ich habe mein Schicksal gewählt, und jetzt werde ich über deines entscheiden."

Danu blockte den ersten Zauber ab, den Domnu ihr entgegenschleuderte – nicht, dass sie viel Kraft in ihn gesteckt hätte. Sie testete Danus Stärke, um zu sehen, ob sie dunkle Magie einsetzen würde, um sich zu schützen.

Danu wusste, dass es aussichtslos war, wollte es aber dennoch versuchen. Sie wollte an das Licht appellieren, das noch immer tief in Domnu verborgen war. „Schwester, ich sehe das Licht in dir. Es ist noch da. Ich weiß, du hattest Freude an deiner Schreckensherrschaft, aber dies hier – dieser Fluch, diese Schätze und die Zukunft unserer Welten? Es wird die Geschichte der Menschheit und der Feen gleichermaßen verändern. Königreiche werden fallen, magische Wesen aller Art werden zerstören, plündern und kämpfen. Es wird keine mehr Ordnung geben, keine natürliche Lebensweise. Selbst du, meine liebe Schwester, wirst den Angriffen derer ausgesetzt sein, die dich entthronen wollen. Verstehst du denn nicht, dass, wenn du das zulässt, ja sogar erzwingst, alle Reiche, wie wir sie kennen, in ein totales Chaos gestürzt werden?", sagte Danu und ließ dabei Domnus Augen nicht aus dem Blick.

Als sie das Funkeln des Wahnsinns in den dunklen Tiefen des Blicks ihrer Schwester sah, wusste Danu, dass alles verloren war.

„Chaos bringt Veränderung hervor. Es ist ein notwendiges Übel, und Veränderung, meine liebe Schwester, ist das Einzige, worauf wir uns verlassen können", sagte Domnu, und ihr Lächeln legte sich breit, ja manisch, über die scharfen Züge ihres Gesichts.

„Du hast die Wahl. Du kannst anders sein, anders leben, anders herrschen. Das alles ist nicht nötig", sagte Danu und kreiste um sie.

„Mein Volk würde mir niemals verzeihen. Wenn nicht ich es bin, die sie in eine neue Welt führt, dann wird es ein anderer Herrscher sein. Ich werde mich von niemandem aufhalten lassen, auch nicht von dir", zischte Domnu, und Danu wusste, dass die Zeit für Gespräche vorbei war. Sie hatte eine halbe Sekunde Zeit, um ihre Arme hochzureißen und sich vor der Welle von Zaubern zu schützen, mit der Domnu sie zu überschütten begann.

Blitze zuckten auf. Sie kämpften in einem Wettstreit von Zauber gegen Zauber, helle Magie gegen dunkle. Der Himmel grollte und die Zeit schien stillzustehen, während die Welt auf das wartete, was als nächstes kommen würde.

Und als Danu stürzte und die Schätze von ihrer Seite gerissen wurden, wirkte sie den letzten Zauber, der ihr zur Verfügung stand – den einzigen, der sie alle retten konnte – und betete, dass er seinen Zweck erfüllen würde. Denn Domnu plante, die Schätze in die Unterwelt zu bringen, zusammen mit den Sucherinnen selbst.

Danu riss ihre Augen auf, ihre Energie war völlig aufgebraucht. Sie sah, wie Domnu wütend davonrannte. Dunkle Magie umgab sie, während sie einen Zauber nach dem anderen sprach und versuchte, Danus Licht zu brechen. Als es ihr nicht gelang, drehte sie sich um und schrie Danu an.

„Wenn ich sie nicht mitnehmen kann, dann schließe ich sie weg, bis die Zeit abgelaufen ist und die Mauern zwischen den Welten bröckeln werden. Du. Wirst. Mich. Nicht. Aufhalten!"

Domnu blitzte aus dem Blickfeld und Danu schloss die Augen. Dann wirkte sie einen Zauber des Lichts und der Liebe, den sie zusammen mit einem Gebet zu ihren Sucherinnen schickte.

„Es tut mir leid, meine Sucherinnen. Es ist die einzige Möglichkeit, den letzten Schatz zu finden...", flüsterte Danu, die Hand an die Brust gepresst, als sie beobachtete, wie die Frauen, die sie so sehr bewunderte, mitten in der Nacht aus ihren Betten gerissen und von dunkler Magie umgeben wurden, bevor sie die Chance hatten, sich zu wehren. Nur ein Beschützer, Lochlain, war in der Lage, den Bann zu brechen und zu wissen, wo sich seine Sucherin befand. Vorerst waren die Na Cosantoir wieder auf sich allein gestellt.

# KAPITEL ZWEI

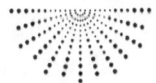

Clare riss die Augen auf und ihr Atem stockte, als sie
– von etwas das sie nicht sehen konnte – aus den
Armen des schreienden Blake gezogen wurde. Was ging hier
vor sich? Clare schüttelte schlaftrunken den Kopf und
versuchte herauszufinden, ob es sich um einen Traum
handelte, der durch den übermäßigen Genuss von Wein an
diesem Abend ausgelöst worden war, oder ob das alles wirklich geschah. Das Letzte, woran sie sich erinnern konnte,
war, dass sie sich nach einer Nacht, die – wegen des Weins
oder ihrer Stimmung – besonders leidenschaftlich gewesen
war, in Blakes Arme geschmiegt hatte und sofort erschöpft
und zufrieden in den Schlaf gesunken war.

„Blake", keuchte Clare, halb flüsternd, halb schreiend,
als die Domnua plötzlich mit solcher Geschwindigkeit um
sie herumsausten, dass sie nur noch einen Wirbelsturm aus
Silber erkennen konnte, in dessen Mitte ihr Körper fest-
steckte, während sie... irgendwohin gezogen wurde. Clare
wandte sich, um zuzuschlagen, zu kämpfen, irgendetwas zu
tun, aber die Domnua waren wie Hologramme, und ihre

Fäuste glitten immer wieder durch eine silberne Wand ins Nichts.

Ein durchdringender Schrei von Flüchen erschütterte die Mauern und die Domnua zerbrachen wie ein Weinglas, das auf dem Boden in kleine Stücke zerschellte. Clare fand sich kniend auf kaltem, feuchtem Stein wieder. Als sie den Blick hob, starrte sie einer Frau entgegen, die vor ihr stand.

Ihr dunkles Haar umrahmte ein kantiges Gesicht mit Augen aus Eis, die unvorstellbar schön und doch so kalt waren. Clare wusste sofort, dass es sich um Danus lang verschollene Schwester handelte und um diejenige, die ihre Schergen ausgesandt hatte, um Clare zu töten, als sie auf der Suche nach dem Stein war. Da sie sich weigerte, sich vor dieser grausamen Herrin zu verbeugen, richtete sich Clare auf, dankbar dafür, dass sie sich vor dem Schlaf ein dünnes T-Shirt über den Kopf gezogen hatte. Sie erhob ihre Hände in einer klassischen Boxerpose und sagte nichts.

Domnu warf den Kopf zurück und lachte. Ihr Haar wirbelte um ihre Schultern und hüpfte ebenfalls vor Lachen.

„Ihr Menschen verblüfft mich immer wieder mit eurer schieren Dummheit." Domnus Stimme – sie war wie eine Rasierklinge, die man in Whiskey getaucht hatte – schnitt durch Clare.

„Ich würde sagen, es ist dümmer, vor einem Gegner niederzuknien, als aufzustehen und kampfbereit zu sein, oder?", fragte Clare, woraufhin Domnu erneut lachte.

„Ja, ihr seid dumm – durch und durch. Deshalb muss ich mein Volk voranbringen und diese Welt in ihren Grundfesten erschüttern", murmelte Domnu.

„Was willst du von mir?", fragte Clare, denn Domnu

schien in Gesprächslaune zu sein. Sie hatte Clare eindeutig nicht hergebracht, um sie zu töten. Wenn sie Clares Tod gewollt hätte, so wäre sie bereits tot.

„Was ich will, geht dich nichts an, denn du wirst jetzt tun, was ich dir sage", zischte Domnu und ging auf und ab, was Clare die Gelegenheit gab, sich im Raum umzublicken. Es schien, als befänden sie sich in einer Art rundem Turm, ähnlich dem Wachturm einer alten Burg. Der Raum hatte nur ein paar kleine Fensterschlitze und war bis auf sie und Domnu leer.

„Ist zu tun, was du mir sagst, nicht dasselbe wie zu tun, was du willst?", fragte Clare.

Domnus Augen verengten sich. Sie hob ihre Hand, die sichtlich zitterte, und ballte sie einmal zur Faust, bevor sie sie wieder senkte.

„Nein, denn wenn ich hätte, was ich wollte, wärst du mit mir in der Unterwelt, zusammen mit den Schätzen", sagte Domnu mit spöttischer Stimme, während sie begann, durch den Raum zu schreiten.

Ah, dachte Clare, wer war jetzt die Dumme? Domnu hatte Clare gerade offenbart, dass sie einen größeren Plan hatte, aber irgendetwas hielt die Göttin davon ab, ihren Plan zu verwirklichen. Und das Einzige, was einer solchen Macht Einhalt gebieten konnte, war ein magischer Zauber, der von einer anderen Göttin gesprochen wurde. Clare schickte ein kurzes Dankgebet zu Danu, lehnte sich mit gespielter Lässigkeit an die Wand und verschränkte die Arme.

„Danu macht dir also einen Strich durch die Rechnung, wie? Es muss hart sein, eine Schwester zu haben, die stärker ist als du", sagte Clare. Doch als Domnu durch den

Raum sauste, sie an der Kehle packte und hochhob, bereute sie sofort, zu weit mit der dunklen Göttin gegangen zu sein. Wann würde sie lernen, nicht jeden Gedanken auszusprechen, der ihr durch den Kopf ging?

„Wenn meine Schwester mächtiger wäre als ich, würde sie die Schätze haben. Stattdessen habe ich sie. Und du und dein kostbarer Stein werden hierbleiben, um elend zu verenden", zischte Domnu, wobei sie jedes Wort sorgfältig artikulierte und ihre Augen vor Wut funkelten, während sie Clare in der Luft schweben ließ. Domnu schüttelte sie noch einmal und ließ sie dann auf den Boden fallen. Clare konnte sich gerade noch auf den Beinen halten, während sie nach Luft rang.

Domnu legte in der Mitte des Raumes einen Beutel auf den Boden. „Hier. Er gehört dir, Suchende. Schade, dass er dir jetzt nichts mehr nützt. Deine letzten Tage wirst du in diesem Raum verbringen, mit deinem magischen Steinchen, bis die Zeit des Fluches abgelaufen ist – bis die Mauern einstürzen und die Domnua wieder über die Erde herrschen."

Clare starrte in ihre Richtung, aber der Raum war leer. So schnell wie sie gekommen war, war sie auch wieder verschwunden, und Clare rannte los und schnappte sich den Beutel vom Boden. Mit dem Beutel in der Hand drehte sie sich im Kreis und suchte mit ihren Augen jede mögliche Stelle des Raumes nach einer Fluchtmöglichkeit ab. Abgesehen von den Schlitzen, durch die dünne Lichtstrahlen in die Dunkelheit drangen, gab es keinen Ausgang.

Sie saß offiziell fest.

„Scheiße", flüsterte Clare und zitterte, während die kalte Feuchtigkeit durch die dünne Baumwolle ihres Shirts zu sickern begann. Sie zog den Stein aus dem Beutel, ging durch den Raum und setzte sich schließlich, wobei sie das T-Shirt so weit wie möglich unter ihren Hintern schob.

„Ich brauche dich jetzt wirklich. Du musst etwas für mich tun", sagte Clare zu dem Stein und hielt ihn an ihr Gesicht. „Ich glaube an dich und deine Magie. Ich habe dich aus meinem Herzen geholt. Und im Moment brauche ich dich einfach, um mich warm zu halten und deine magischen Schwingungen auszusenden. Ich bitte dich. Ich weiß, du musstest verborgen bleiben, bis ich dich finden würde, aber ich habe dich gefunden. Ich habe für dich und für das Leben aller Menschen auf dieser Welt gekämpft. Ich habe für das Licht gekämpft. Bitte, ich flehe dich an, zeige mir deine Wärme. Schicke Blake eine Nachricht. Sende ihm ein Notsignal. Irgendetwas", flehte Clare und hielt den Stein noch einmal an ihr Herz. „Ich glaube an dich."

Tränen traten ihr in die Augen, als der Stein zu summen begann, ein tröstliches Schimmern aus seinem Inneren drang und sie mit Wärme umgab.

„Danke", flüsterte Clare und führte ihn zu ihren Lippen, um ihn zu küssen. „Ich danke der Göttin Danu. Denn ich werde leben, um zu sehen, wie das Gute in dieser Schlacht siegen wird. Blake, mein Liebster... komm zu mir. Ich werde dir nicht wegsterben."

Clare legte ihre Hände um den Stein, konzentrierte ihre gesamte geistige Energie auf Blake – ihre Liebe und ihr Leben – und schloss die Augen.

„Ich werde an diesem Tag nicht sterben. Ich bin hier. Finde mich, Blake. Finde mich."

# KAPITEL DREI

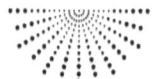

Neala O'Riordan blickte ihrem Gegner über dem abgenutzten Holztisch des gemütlichen Eckpubs in einer engen Straße in Kilkenny in die Augen.

„Komm, zeig's uns, Jack. Du spuckst jetzt schon seit Ewigkeiten große Töne. Ich bin es langsam leid, das ganze Gerede, dem keine Taten folgen."

Der Junge, kaum achtzehn Jahre alt, wenn überhaupt, hob sein Kinn und blickte Neala an.

„Das liegt daran, dass ich dir die Chance gegeben habe, auszusteigen, weil du eine Dame bist und so", sagte Jack, und die Stammgäste, die sich um den Tisch versammelt hatten, brachen in Gelächter aus. Es war bekannt, dass Neala zwar eine Dame war, aber sie war die Art von Dame, die einen Mann wüst beschimpfen konnte, während sie ihm ein Messer an die Kehle hielt, wenn er zu frech wurde.

Oder, wie in diesem Fall, ein Pint Guinness schneller herunterkippen konnte als jeder beliebige Mann zwischen Kilkenny und Dublin.

„Ahhh, solche Nettigkeiten habe ich nicht nötig, Kleiner", kicherte Neala und schüttelte ihr kastanienbraunes Haar über ihre Schultern. „Wir werden uns auf diesem Schlachtfeld fair begegnen."

Jack, ermutigt durch das Gehabe der anderen Jungs im Pub, straffte die Schultern, nickte und hob sein Bier. Neala zwinkerte seinen Freunden zu und hob dann, seiner Pose entsprechend, ihr eigenes.

„Sláinte", sagte Neala und lachte, als sie sah, wie Jack sein Bier erst halb heruntergegurgelt hatte, während Nealas Glas nun leer vor ihr stand und sie sich sittsam über ihre vollen Lippen wischte.

„Aber ... aber ...", sagte Jack, dem eine dicke Schaumkrone vom Guinness über der Oberlippe hing.

„Das wird dich lehren, deine Gegner zu unterschätzen – Dame hin oder her", sagte Neala und streckte ihre Hand aus. „Zahlen, bitte."

„Aber ... aber ..." Jack blickte nur von seinem Bier auf ihr leeres Glas, während seine Kumpels ihm auf die Schulter klopften und sich über ihn lustig machten. Neala begriff schnell, dass er nicht das Geld hatte, um seine Wettschuld einzulösen. Da sie jedoch wusste, dass der irische Stolz verlangte, seiner Wettschuld nachzukommen, beugte sie sich vor und senkte ihre Stimme.

„Komm morgen früh in den Laden. Ich habe ein paar Aufgaben für dich und dann sind wir quitt", sagte Neala.

„Ja, Miss, ich weiß das zu schätzen", sagte Jack, aber seine Augen waren nicht auf die ihren gerichtet. Sie ruhten deutlich auf der Stelle, an der ihre Bluse einen Blick auf ihr großzügiges Dekolleté freigab, das von einem mitternachtsblauen Seiden-BH eingerahmt wurde. Seufzend richtete sich Neala auf und schlug Jack mit der Handfläche auf den Hinterkopf, so dass seine Mütze herunterflog und seine Kameraden erneut in schallendes Gelächter ausbrachen.

„Pass auf wo du hinschaust, junger Mann", sagte Neala und nickte dem Barkeeper zu, der hinter der langen Holztheke unter der Balkendecke arbeitete. „Die Pints gehen auf meine Rechnung, Stephen. Ich komme diese Woche zur Abrechnung."

Stephen winkte mit der Hand, und Neala schlich sich ohne ein Wort des Abschieds hinaus, denn sie wusste, dass sie noch stundenlang mit den anderen im Pub plaudern würde, wenn sie nicht sofort ginge. Ein perfekter Abschied auf die irische Art und Weise wäre es, unbemerkt zu verschwinden, aber das war schwer zu bewerkstelligen, wenn es eine Rechnung zu begleichen gab.

Neala nickte ein paar Stammgästen zu, die draußen rauchten, und setzte ihren Weg fort, wobei sie den Leuten, die sie zum Bleiben aufforderten, kaum Beachtung schenkte. Sie alle wussten, dass sie um vier Uhr morgens aufstehen musste. Es war selten, dass sie länger als bis acht Uhr abends ausblieb. Es sei denn, es war Sonntag, denn ihr einziger freier Tag in der Woche war der Montag.

Neala liebte ihre Montage. Nicht, dass sie sich einen großen Ferientag daraus machte – oh nein, denn wenn man seine Arbeit liebte, war sie keine große Mühsal. Neala lächelte, als sie vor dem Schaufenster ihrer Bäckerei Sugar & Spice anhielt und zu den feinen goldenen Buchstaben hinaufblickte, die in geschwungener, antiker Schrift auf den hohen Glasfenstern prangten. Ihre Bäckerei, die in einem schönen Steinhaus in der Nähe der Hauptstraße von

Kilkenny untergebracht war, lief gut, und schon bald würde sie mehr Mitarbeiter einstellen müssen – falls sie sich dazu entschließen würde, den zweiten Standort, der ihr am anderen Ende der Stadt vorschwebte, zu eröffnen. Vielleicht, nur vielleicht, würde sie es bis Ende nächsten Jahres stemmen können, wenn sie gut wirtschaftete.

Neala schloss eine Tür mit einer dünnen, dekorativen Säule aus Milchglas in der Mitte auf, schlüpfte hinein, verriegelte die drei Schlösser der Tür hinter sich – ein Mädchen, das in der Stadt lebte, konnte nie zu sicher gehen – und stieg die Treppe hinauf, die zu der Zweizimmerwohnung im zweiten Stock über ihrer Bäckerei führte. Sie liebte es, über ihrem Laden zu wohnen. Als die Wohnung zu vermieten gewesen war, hatte sie ihre Vermieterin so lange bedrängt, bis sie versprochen hatte, die Wohnung niemandem zu zeigen, bevor Neala sie sich angesehen hatte. Ein einziger Blick in die Wohnung hatte ausgereicht – hohe Decken und alte, dekorative Blechschilder, große Fenster und freiliegende Steinwände –, und sie war sofort begeistert. Neala hatte eine Kaution hinterlegt und war noch am selben Tag eingezogen. Seitdem hatte sie sich mit ihrer Vermieterin angefreundet und es war sogar die Rede davon, dass das Gebäude, in dem sie jetzt lebte und arbeitete, eines Tages Neala gehören würde.

Neala seufzte, während sie ihre Schlüssel in eine kleine Blumenschale auf einem Regal neben der Tür legte. So viele Träume, so wenig Zeit. Aber so funktionierte ihr Geist. Warum im Kleinen träumen, wenn sie auch im Großen träumen konnte? War das nicht der eigentliche Sinn von Träumen? Sie ließ ihre Handtasche auf den Boden fallen und begab sich in die kleine Einbauküche, um mit ihrem

Lieblingsteil des Tages zu beginnen – der einen Stunde am Tag, während der sie mit niemandem reden und auf niemandes Wünsche eingehen musste. Außer auf ihre eigenen. Sie holte eine Pfanne hervor, goss Öl hinein, gab etwas Popcorn-Mais hinzu und deckte sie zu. Normalerweise gehörte zu ihrem Lieblingsteil des Tages Popcorn, ein Glas Rotwein und eine Stunde Schundfernsehen, bei dem sie keine einzige ihrer Gehirnzellen anstrengen musste.

Es war kein schlechtes Leben, überlegte Neala, die ein Ohr für das Ploppen der Kerne offenhielt, während sie sich beinahe hüpfend in ihr Zimmer begab. Sie zog ihre Jacke, ihr Oberteil und ihre Hose aus und warf sie auf den immer größer werdenden und endlos vollen Sessel, der neben ihrem Bett stand. Sie schnappte sich ein altes T-Shirt, zog es über den mitternachtsblauen Seidenschlüpfer – wer sagte, dass sie, nur weil sie den ganzen Tag eine Schürze trug, darunter nicht sexy angezogen sein konnte – und schlenderte zurück in die Küche, gerade als sich der Topf mit Popcorn füllte.

Der Gedanke an reizvolle Unterwäsche ließ sie an Sex zu denken... was sie daran erinnerte, dass es schon viel zu lange her war, dass sie in diesem Bereich Spaß gehabt hatte. Aber wer hatte schon Zeit für Komplikationen, wenn es ihr so viel Freude machte, ein florierendes Geschäft zu führen? Und was Neala betraf, so waren Beziehungen immer gleichbedeutend mit Komplikationen. Sie mochte ihr Leben so, wie es war – hektisch, erfüllend und reich an Freundschaften. Alles, was darüber hinausging, konnte ein Bonus sein, bereitete aber in der Regel nichts als Kopfschmerzen.

Summend griff Neala nach ihrem Popcorn, gab reichlich Salz und Kerrygold-Butter hinzu, nahm ihr Glas Wein und machte sich auf den Weg ins Schlafzimmer, wo sie die Tür zum Vorraum – und seinen schlichten Fenstern – schloss.

Geschützt vor den Blicken derjenigen, die draußen auf ihre Befehle warteten.

# KAPITEL VIER

Neala war bereits seit mindestens einer Stunde am Backen, als ihre Bäckergehilfin und Verkäuferin Sierra hereinkam. Mit ihren stahlblauen Haaren und den Tätowierungen auf ihren Armen wirkte Sierra wie ein umherwandelnder Blitzstrahl. Neala schätzte die Energie, die sie am Morgen mitbrachte. Es war wie eine Tasse Espresso, wenn sie hereinkam und vor den Geschichten des Vorabends nur so sprudelte.

„Du siehst gut aus." Sierra hielt inne und betrachtete Neala von oben bis unten, während sie an der Theke stand und Mehl in einen professionellen Mixer schüttete.

„Wirklich?", fragte Neala und blickte an sich herunter: eine enganliegende Jeanshose, ein lockeres weißes Shirt, das in die Hose gesteckt war, und ihr Haar, das sie zu einem Zopf geflochten und mit einem Haarnetz versehen hatte und das ihr über die Schulter fiel.

Sierra kam näher und studierte Nealas Gesicht.

„Hast du mit jemandem gevögelt?"

Neala lachte und schüttelte den Kopf, während sie sich auf das Abwiegen des Zuckers konzentrierte.

„Ich habe einfach letzte Nacht gut geschlafen. Oh, und ich habe einen neuen Gesichtsreiniger ausprobiert – und einen neuen pflaumenfarbenen Lidschatten."

„Ach, das ist es. Du trägst normalerweise kein Make-up. Nicht, dass du es nötig hättest, mit diesen grünen Augen und den dunklen Wimpern." Sierra zog eine Schnute.

Neala lächelte. „Für deine hohen Wangenknochen und sonnigen blauen Augen würde ich töten, meine Liebe", sagte Neala. Dieses Gespräch hatten sie schon öfter geführt. Sierra war schlank, hatte ein paar Sommersprossen und strahlend blaue Augen, während Neala das genaue Gegenteil von ihr war – üppige Kurven, ein Busen, der jeden Mann zweimal hinschauen ließ, und volles kastanienbraunes Haar, das ihre smaragdgrünen Augen zum Strahlen brachte. Es war nicht ungewöhnlich, dass beide Frauen Komplimente und Telefonnummern an der glänzenden Glasvitrine der Bäckerei bekamen. Sierra nahm jede Nummer an, die ihr über das Glas geschoben wurde, weil sie der Meinung war, dass es am besten war, das Angebot ausgiebig zu prüfen, bevor man sich entschied, während Neala selten eine Nummer oder eine Einladung annahm. Sie war der Meinung, dass es am besten war, keinen Kunden wegen möglicher Verwicklungen zu verlieren, die eine intime Beziehung mit sich bringen konnte.

Während Sierra über ihr missglücktes Date vom Vorabend plauderte – ein schrecklicher Küsser, wie es sich anhörte – holte Neala Scones aus dem Ofen, bereitete einen Teig zum Aufgehen vor und löffelte Schokoladensplitter in einen Keksteig. Sierra kümmerte sich um die Auslage, füllte die Regale der Bäckerei rasch auf und räumte die Brote vom Vortag in den Rabattkorb. Wenn das Brot etwas älter war, nahm Sierra es oft mit, um es an Heime zu spenden, die Bedarf hatten oder fütterte die Schwäne, die auf dem Fluss schwammen, der sich durch die schöne Innenstadt von Kilkenny schlängelte.

Im Nu war die Sonne aufgegangen und Nealas erste Kunden des Tages – ihre Stammkunden – warteten schon etwas ungeduldig vor der Tür. Neala warf einen Blick auf die Uhr. Es waren noch ein paar Minuten bis zur Öffnung, aber da sie nicht gewillt war, Kunden abzuweisen, schloss sie die Tür auf und ließ die Leute eintreten.

„Der Kaffee ist gerade fertig, wir sind gleich bei Ihnen", rief Neala über ihre Schulter und schwang sich hinter den Tresen. Sie hatte ihren Laden so eingerichtet, dass die Leute bei einem Tee und einem Scone verweilen oder Zeitung lesen konnten, wenn sie morgens nicht zu sehr in Eile waren. Auf mehreren kleinen Tischen standen bunte Blumentöpfe, und die großen Fenster ermöglichten es den Kunden, das Treiben auf der Straße zu beobachten. Neala hatte für die Wände eine warme Goldfarbe gewählt und sie dann mit Spiegeln, ausgefallenen Kunstwerken und Skulpturen dekoriert – mit so ziemlich allem, was ihr und Sierra gefiel. Es sah gleichzeitig nostalgisch und modern aus, ein Gleichgewicht zwischen Gemütlichkeit und Verspieltheit, und Neala liebte ihren Laden einfach.

Es dauerte mehrere Stunden, bis Neala wieder auf die Uhr sah. Der morgendliche Ansturm hatte sich endlich gelegt und sie konnte eine kleine Pause machen, bevor die nächste Gruppe von Stammgästen eintraf, eine Gruppe von Müttern, die sich zum Morgenkaffee trafen. Neala streckte die Arme über den Kopf und wandte sich an Sierra.

„Ich möchte ein Rezept für Süßkartoffel-Muffins ausprobieren, über das ich gestolpert bin. Ich denke, ich kann noch ein paar Nüsse und vielleicht Rosinen dazugeben."

„Klingt lecker. Ich übernehme die Mütter. Du kannst loslegen", sagte Sierra.

Neala war schon fast zurück in der Küche, als sie hörte, wie die Tür aufgestoßen wurde und die Fenster wackelten. Ein Spiegel fiel auf den Boden und zerbrach. Auf Sierras Schrei hin wirbelte sie herum und rannte zurück zum Tresen.

Ein Mann – ‚Krieger' war das Wort, das ihr zuerst in den Sinn kam – stand im Laden, direkt vor der Tür. Er ragte hoch über dem Glastresen empor, sein schwarzes Haar war wild, und seine stechend blauen Augen suchten den Laden ab, bis sie Neala fanden.

„Du. Mitkommen. Sofort!", befahl der Mann.

Sierra blickte rasch zu Neala hinüber. „Ich rufe die Polizei", flüsterte sie und griff bereits zum Telefon.

„Keine Bewegung", rief der Mann, und sowohl Neala als auch Sierra erstarrten und warteten darauf, was er verlangen würde.

„Ich gehe nirgendwo mit Ihnen hin, Sir", sagte Neala und versuchte, ihre beste Kundenberaterinnenstimme aufzusetzen, obwohl ihr Körper zu zittern begann. Der Mann vibrierte dermaßen vor Wut, dass es sich anfühlte, als würde sie von seinem Zorn angesengt werden.

„Du kommst jetzt mit. Oder ich werde dich gegen deinen Willen mitnehmen. Es geht nicht um dich – es geht darum..." Neala war schockiert, als die Stimme des Mannes brach und seine Augen für einen Moment aussahen, als würde er gleich in Tränen ausbrechen. „Clare zu retten. Sie braucht uns. Bitte, ich flehe dich an."

Sierra sah Neala noch einmal an, unsicher, was sie tun sollte.

Neala erkannte, dass der Mann ein Verrückter sein musste, und ging um die Ecke des Tresens. Sie hielt sich von ihm entfernt, versuchte aber, beruhigend zu wirken.

„Es tut mir leid, dass Clare Hilfe benötigt. Ich bin sicher, wenn wir die Behörden rufen, können wir ihr helfen, so wie Sie das wollen. Warum tun wir das nicht einfach?"

Der Mann lachte, fuhr sich mit den Händen durch die Haare und schüttelte den Kopf. „Die Behörden können nichts tun. Sie sind nicht zuständig für die Welt, um die es geht."

Neala warf einen besorgten Blick über ihre Schulter, wo Sierra ihr ein „Er-ist- verrückt-Gesicht" zuwarf und Neala zu verstehen gab, sich hinter der Theke in Sicherheit zu begeben.

„Neala!", keuchte Sierra, als Neala plötzlich am Arm gepackt und über die Schulter des Mannes gehievt wurde, als wäre sie schwerelos. Kreischend schlug Neala auf den Rücken des Mannes ein, entsetzt über das, was geschah.

„Hör auf damit", befahl der Mann. „Ich werde dir nicht wehtun. Hier geht es nicht um dich. Es geht um etwas viel Größeres."

„Lass mich runter!", schrie Neala, entschlossen, eine schreckliche Szene zu machen, als er sie durch die Tür und an der schockierten Gruppe von Müttern mit ihren Kinderwagen vorbei trug, die sofort ebenfalls zu schreien begannen.

Aber es waren nicht die Mütter, die den Mann dazu brachten, einen Rückzieher zu machen. Oh nein.

Neala verrenkte den Kopf, um besser sehen zu können, aber alles, was sie sah, waren ein Paar staubige Motorradstiefel aus Leder, abgewetzte Jeanshosen auf Beinen so stark wie Baumstämme, und war das...? Nun, wenn es das war, was sie dachte, dann musste der Mann sicherlich Großes geleistet haben, um den Engeln wohlgesonnen zu sein, als er erschaffen wurde. Neala dachte, dass ihr das Blut in den Kopf geschossen sein musste, wenn sie Zeit hatte, über so etwas nachzudenken. Dann sprach Mister Motorradstiefel.

„Blake. Du bist zu weit gegangen."

„Das ist mir völlig egal. Meine Frau ist in tödlicher Gefahr und deine muss sie retten. Wir haben keine Zeit, herumzutrödeln und darauf zu warten, dass Neala herausfindet, was sie ist. Clare wird sterben."

Moment mal... wie bitte?

Neala begann sich wieder zu wehren. Sie weigerte sich, so behandelt zu werden, als wäre sie nicht da, weigerte sich, sich dieser Demütigung auszusetzen – und das direkt vor ihrem eigenen Laden. Das Heulen der Polizeisirenen durchbrach die Unruhe der versammelten Menge.

Gott sei Dank, dachte Neala, einen Augenblick bevor alles um sie herum totenstill wurde. Neala schaute sich um, um zu sehen, was passiert war, dann setzte echte Panik ein, und sie begann zu hyperventilieren.

Denn alles war weg. Wo sie vor wenigen Augenblicken

noch vor ihrem Laden gestanden hatten, standen sie jetzt schweigend auf einem Feld.

Festgehalten wird von einem Verrückten, und mit Mister Motorradstiefel als einziger Rettung.

Neala schloss ihre Augen und versuchte zu atmen.

Es musste ein Traum sein.

# KAPITEL FÜNF

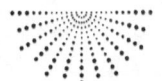

Neala keuchte auf, als sie kurzerhand auf dem Boden abgelegt wurde. Der Mann namens Blake drehte sich zu Mister Motorradstiefel um. Neala richtete sich auf und krabbelte auf Händen und Füßen rückwärts, um sich von den beiden zu entfernen, aber auch um zu sehen, was vor sich ging. Als ihre Augen die ganze Pracht von Mister Motorradstiefel erblickten, erstarrte sie.

„Dagda", stieß Blake hervor und verschränkte die Arme, während er den Mann in den Motorradstiefeln anstarrte.

Dagda, flüsterte Neala zu sich selbst, gefangen im Moment, völlig fasziniert von diesem Exemplar eines Mannes... Krieger... außerweltlichem *Etwas*, das vor ihr stand.

Sie hatte Blake für groß gehalten, aber dieser Dagda, dieser Hüne, überragte ihn um ein gutes Stück. Mit seinem tiefbraunen Haar, das auch schwache Töne von Gold und warmem Rot aufwies, seinem rötlichen Bart und seinen Schultern, die leicht doppelt so breit waren wie die von

Blake, war Dagda eine Naturgewalt. Er erinnerte Neala an Darstellungen von Kriegern aus vergangenen Tagen. Allein seine Hände schienen so groß zu sein wie ihr Kopf, und sie erschauderte bei dem Gedanken an den Schaden, den er ihr wahrscheinlich zufügen konnte.

Obwohl, so wie es aussah... schien er sie beschützen zu wollen.

Neala staunte nicht schlecht, als Dagda Blake anstarrte, seine Hände zu Fäusten ballte und seine Schultern vor kaum zu bändigender Wut zitterten.

„Du wirst meine Sucherin nicht anfassen."

Dagdas Stimme jagte ihr einen weiteren Schauer über den Rücken und weckte etwas tief in ihr... etwas, das sie schon sehr lange unterdrückt hatte. Überrascht von sich selbst, tadelte Neala diesen niederen Teil ihres Gemüts und richtete sich auf, wobei ihr Blick zwischen den beiden Männern hin- und herflog.

„Nun, sie muss ihren Hintern hochkriegen und endlich in Bewegung kommen. Alles hat sich geändert – die Regeln haben sich geändert. Weißt du es etwa nicht? Domnu hat die Schätze. Sie hat die Sucherinnen entführt, die Schätze gestohlen, und alles wird verloren sein. Clare... Clare ist weg", sagte Blake.

Neala hörte es wieder, das blanke Entsetzen in seiner Stimme, und spürte, wie ihr Mitgefühl trotz dieser seltsamen Lage, in der sie sich befand, anschwoll.

„Ich bin mir nicht sicher, worum es hier geht. Möchte mich vielleicht mal jemand aufklären?", sagte sie und trat vor, nur einen kleinen Schritt, aber genug, um die Aufmerksamkeit der anderen auf sich zu lenken. Sie erschauderte, als Dagda sie ansah, seine Augen waren mehr stürmisch als blau, und sie spürte, wie ihr wieder warm wurde. Obwohl er aussah, als könnte er sie mit bloßen Händen zerlegen, wollte sie sich an ihn lehnen und ihre Arme um ihn legen – nur um zu sehen, ob es sich anfühlte, als würde sie einen großen Bären umarmen.

„Siehst du? Sie weiß es noch nicht einmal. Und wir haben keine Zeit für so etwas", sagte Blake und stampfte mit dem Fuß im Gras auf.

„Einen cholerischer Anfall wird Nealas Lernprozess auch nicht beschleunigen. Es war nicht deine Aufgabe, dich einzumischen. Sie sollte es zu ihrer eigenen Zeit entdecken und lernen", sagte Dagda mit gemessenen Worten, die Arme vor der Brust verschränkt. Nealas Mund wurde trocken, als ihre Augen über die dicken Muskeln wanderten, die sich unter dem Hemd mit dem Schottenmuster wölbten.

„Im Ernst, Jungs, ihr müsst mich aufklären", sagte Neala, verärgert darüber, dass sie einfach weiterredeten, als ob sie nicht anwesend wäre. Als sie die beiden weiter ignorierten und ihre kleine Auseinandersetzung fortsetzten, warf Neala ihre Hände in die Luft, drehte sich auf dem Absatz um und stampfte über das Feld. Sie hatte keine Ahnung, wo sie war oder in welche Richtung sie ging, denn es war ja nicht so, dass sie die Männer hinter ihr mit Informationen überhäuft hätten. Zumindest würden sie gezwungen sein, ihr zu folgen, wenn sie wirklich so verdammt wichtig für das war, was sie tun mussten, um diese Clare zu finden.

Womit sie nicht gerechnet hatte, war der silberner Blitz und die zehn glühenden, wütenden Männer, die plötzlich auftauchten, als sie den Hügel hinaufging und ihr Leben bereits vor ihren Augen vorbeizuziehen begann.

Sie hatte kaum Zeit, nach Hilfe zu rufen, da wurden die Männer vor ihr schon von einem wütenden Dagda und Blake – beide in blinder Rage – in zwei Hälften gerissen, und die Männer, oder was auch immer sie waren, schmolzen zu silbrigen Pfützen auf der Erde.

Neala stolperte zurück und starrte auf die silbernen Tropfen, dann hinauf zu den beiden Männern, die sie sich vor ihr auftürmten, und wieder hinunter zu den Pfützen.

„Ich... was... zum... ich...“

„Wunderbar. Das Mädchen kann kaum sprechen“, sagte Blake.

Dagda schüttelte den Kopf, leise und empört, während er Blake zurechtwies. „Du wärst auch verwirrt, wenn sich dir jemand auf solch unhöfliche Weise vorgestellt hätte, wie du es getan hast. Es ist besser, wenn wir an einen sicheren Ort gehen. Und zwar schnell.“

„Ich weiß genau den richtigen Ort. Aber lass uns nicht lange bleiben. Wir werden gebraucht.“

Neala keuchte auf, als Dagda seine baumstammartigen Arme um sie schlang – sie hatte Recht gehabt, es fühlte sich tatsächlich an, als würde man von einem Bären umarmt oder festgehalten werden – und in Sekundenschnelle veränderte sich die Landschaft um sie herum.

„Wo... was...?“ Verdammt, dachte Neala. Sie hatte einmal geglaubt, dass sie in der Lage war, in stressigen Situationen gut zurecht zu kommen. Ein Geschäft zu führen und den ganzen Tag für die Kunden da zu sein, ließen keinen Platz für Sprachlosigkeit.

„Magie“, sagte Dagda schlicht, und sein Mundwinkel

zuckte kurz, als er sie aus den Armen gleiten ließ. Sie standen vor etwas, das wie ein Schloss aussah, und eine winzige Frau kam aus der Tür, strahlte und wischte sich die Hände an ihrer Schürze ab.

„Kommt rein, kommt rein." Die Frau gestikulierte, und Blake umarmte sie eilig.

„Ich bin völlig durcheinander", murmelte Neala.

„Bleib wachsam. Wir bringen dich früh genug auf den neuesten Stand", sagte Dagda, verließ ihre Seite und schritt auf die Frau zu, die ihm kaum bis zur Hüfte reichte.

„Es scheint, als hätte ich keine andere Wahl", sagte Neala. Sie erinnerte sich an die furchterregenden silbernen Männer, die gerade versucht hatten, sie anzugreifen, und trippelte vorwärts. Die beiden hatten sie zwar entführt, aber immerhin noch nicht umgebracht.

Es schien das geringere Übel zu sein...

# KAPITEL SECHS

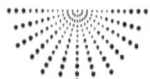

Die kleinwüchsige Frau strahlte Neala an, und trotz ihrer Vorbehalte lächelte Neala sofort zurück. Es war angesichts dieses schelmischen Gesichts, das vor Freude über den Besuch leuchtete, unmöglich, nicht zurückzulächeln. Ihr weißes Haar war zu zwei Zöpfen zusammengebunden, und ihre kleine Gestalt strahlte Gastfreundschaft aus.

„Ich bin Esther. Willkommen, Schwester", sagte die Frau, streckte ihre Hand aus und verbeugte sich. Neala nahm die Hand.

„Mein Name ist Neala. Und die Bezeichnung ‚Schwester' ist eine seltsame Wahl, nicht wahr? Es sei denn, mein Vater hatte Affären, von denen ich nichts wusste und", Neala suchte nach einer diskreten Formulierung „als er jung war."

Esther warf den Kopf zurück und lachte, wobei ihre Zöpfe wippten. Dann wischte sie sich eine Träne weg.

„Schwestern in unserem Kampf. Du bist eine Sucherin, so wie ich einst eine war. Nur sehr wenige von uns werden auserwählt, weißt du. Es ist eine große Ehre", sagte Esther und führte Neala in einen Raum, der an einen großen Saal aus vergangenen Zeiten erinnerte. Das eine Ende wurde von einem massiven steinernen Kamin bestimmt, vor dem ein langer Tisch stand, an dem leicht zwanzig Personen Platz finden konnten. Nealas Magen knurrte als Reaktion auf die schweren Gewürze, deren Duft durch den Saal wehte. Anscheinend war Esther Köchin – und zwar eine gute, wie der himmlische Geruch vermuten ließ.

„Es tut mir leid. Ich habe wirklich keine Ahnung, wovon du sprichst", sagte Neala sanft, und ihr dämmerte, dass die arme Frau geistig verwirrt sein musste. Aber wer war sie, um darüber zu urteilen? Wenn sie jemand fragte, hätte sie schwören können, dass sie gerade eine Gruppe von Männern gesehen hatte, die sich in silberne Pfützen auf dem Boden aufgelöst hatten.

Esther warf Blake einen missbilligenden Blick zu, aber er schaute nur finster drein, während er vor dem Kamin stand und die Glut schürte.

„Dein Enkel", sagte Dagda, „hat es auf sich genommen, Neala an ihrem Arbeitsplatz zu überfallen, und ließ mir keine andere Wahl, als mit Magie einzugreifen. Jetzt bleibt unseren Brüdern nichts anderes übrig, als den Schlamassel wieder mit Magie in Ordnung zu bringen und zu versuchen, das zu ändern, was die Leute zu sehen glaubten. Neala wird allerdings immer noch vermisst, und ich bin sicher, dass es ohne eine Erklärung von ihr einige Fragen geben wird. Es wäre am besten, wenn du ihre Angestellte kontaktieren würdest, um den Laden eine Weile zu schließen."

Neala griff automatisch nach ihrer Handtasche und

ihrem Handy, dann zog sie eine Grimasse. Sie hatte immer noch das an, was sie getragen hatte, als sie entführt worden war, was bedeutete, dass ihre Handtasche noch im Laden lag, ihr Haar wahrscheinlich immer noch in einem Haarnetz steckte und ihre hellblaue Schürze mit dem Spitzenbesatz immer noch über ihrer Jeans und ihrem weißen Shirt gebunden war. Beiläufig griff sie nach oben, um zu fühlen, ob das Haarnetz noch auf ihrem Kopf saß.

Natürlich tat es das.

Neala schnitt eine Grimasse und nahm es ab. Dann fuhr sich mit der Hand über den Kopf durch das schwer zu bändigende Haar.

„Ich kann niemanden erreichen, wenn ich kein Telefon habe, und ich weiß auch nicht genau, wo ich bin. Wäre es so schwer für euch, das Rätselraten zu beenden und mir zu sagen, was zum Teufel hier los ist?"

Esther seufzte und schnalzte mit der Zunge, während sie Neala weiter durch Haus das Haus geleitete.

„Ich werde ihr das Bad zeigen, so dass sie sich frisch machen kann. Ihr Jungs überlegt euch was. Wenn wir zurück sind, erklärt ihr dem armen Mädchen am besten alles."

Neala folgte Esther, die sich plaudernd durch den großen Saal bewegte und dabei auf verschiedene Gemälde und Kunstgegenstände hinwies. Als sie einen Blick über ihre Schulter warf, begegnete sie stürmischen grauen Augen mit einem ebenso stürmischen finsteren Blick. Neala hätte schwören können, dass sie spürte, wie sich das Blut in ihren Adern erhitzte, während sie Dagda anblickte. Der Mann gehörte auf den Rücken eines Schlachtpferdes und sollte seinen Clan in einen Krieg führen – oder in heutiger Zeit vielleicht rittlings auf einem mächtigen Motorrad sitzen, zusammen mit seiner Rockerbande auf dem Weg in Schwierigkeiten. Seine Augen schienen sie prüfend anzusehen und sie für unzulänglich zu befinden, aber Neala konnte nicht sicher sein, was er dachte. Wenn es einen Mann gab, auf den das Sprichwort ‚Stille Wasser sind tief' zutraf, dann war es Dagda. Er war wie ein rätselhafter Bär, trügerisch ruhig und wild entschlossen.

„Ich bin schonmal in der Küche. Du kannst dich gerne zu mir gesellen, wenn du dich frisch gemacht hast", sagte Esther und zeigte einen hübschen, gewölbten Gang entlang, der sich von der Tür des Badezimmers entfernte.

„Danke", sagte Neala und sah zu, wie die winzige Frau wegging. Offensichtlich konnte es ihnen nicht darum gehen, sie gefangen zu halten, sonst hätten sie sie nicht mit dieser winzigen Frau aus den Augen gelassen. Also beschloss Neala, sich ein Urteil zu verkneifen, bis jemand so freundlich war, sie aufzuklären.

Außerdem wollte sie unbedingt das probieren, was auch immer gerade in der Küche gekocht wurde und ihr das Wasser im Mund zusammenlaufen ließ. Sie erledigte schnell das Nötigste, löste dann mit einem kurzen Seufzer über den Zustand ihres Haares den Zopf und ließ es locker über die Schultern fallen, damit es fertig trocknen konnte, denn es war noch nass von der Dusche am Morgen. Das war das Problem mit vollem Haar – wenn sie es nass zusammenband, blieb es den ganzen Tag über feucht.

„Mein lieber Schwan!", hauchte Esther, als Neala zu ihr in die Küche kam. Die Frau stand auf einem kleinen Schemel und rührte fröhlich in einem leuchtend roten Topf mit Eintopf. „Du hast ja eine wunderbare Haarpracht.

Dagda wird verzaubert sein, wenn er sie sieht – wenn er es nicht sowieso schon ist."

„Dagda ... warum?", fragte Neala. Sie lehnte sich gegen den Tresen und fühlte sich wohl in der Küche – in jeder Küche.

„Nun, er ist dein Beschützer, meine Liebe. Manchmal stimmt die Chemie einfach. Und wenn ihr zusammenkommt – wenn es wahr ist, dass ihr füreinander bestimmt seid – dann ist es fürs Leben und darüber hinaus", sagte Esther.

Neala spürte, wie die Nervenenden in ihrem Magen zu flattern begannen.

„Dann bin ich sicher, dass das nicht der Plan für uns ist. Ich muss mich um andere Dinge kümmern – zum Beispiel mein Geschäft führen. Und, da wir gerade beim Thema sind, muss ich auch noch herausfinden, warum ich mitten in meiner Frühschicht entführt wurde. Und... was noch wichtiger ist, was ist in diesem Eintopf? Er riecht göttlich." Neala konnte nicht anders. Sie hatte eine Menge Fragen, aber das Essen gewann zwangsläufig die Oberhand.

Esther lachte, schöpfte einen Löffel und hielt ihn Neala vorsichtig hin.

„Das ist Pho. Ich habe mich durch ein neues Kochbuch gearbeitet, das Blake mir mitgebracht hat – es enthält Rezepte aus der ganzen Welt. Ich bin für ein großes Sonntagsessen für alle Leute verantwortlich, die auf meinem Land arbeiten, und wir haben alle beschlossen, dass wir kultivierter und weltoffener werden wollen. Ist das nicht eine tolle Sache? Wir fangen mit Kochkulturen aus aller Welt an. Ich koche ein neues Gericht, und dann trägt eine der anderen Frauen Fakten über das Land vor, aus dem wir an diesem Abend essen, und eine andere stellt ein Spiel oder vielleicht eine berühmte Geschichte oder ein Lied aus diesem Land vor. Das ist wirklich eine schöne Art, unser Wissen zu erweitern."

Neala war ganz entzückt von Esther und strahlte sie an.

„Das hast du ganz fabelhafte Arbeit geleistet. Ich bin sicher, das wird ein Hit."

„Oh, gut! Das war heute nur ein Testlauf, um sicherzugehen. Bringen wir es den Jungs und sehen wir nach, ob sie sich schon gegenseitig umgebracht haben."

Sofort erschrak Neala und blickte in Richtung des großen Saals, in dem alles still war.

„Meinst du, das würden sie tun?"

„So wie Jungs eben sind", kicherte Esther und holte ein Tablett hervor. „Jetzt lass uns die Schüsseln füllen."

Und so fand sich Neala wieder einmal in einer Küche wieder, in ihrer gewohnten Umgebung, wo sie Menschen zu Essen gab, ohne zu wissen, wo sie war.

Oder was sie eigentlich war.

# KAPITEL SIEBEN

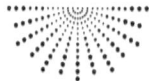

D ag beobachtete Blake und schwieg, obwohl ein Teil
von ihm den Mann für die Art und Weise, wie er
auf Neala losgegangen war, am liebsten eine verpasst hätte.
Es brauchte schon einiges, um Dag in Wut zu versetzen,
aber er war ganz nah dran gewesen, als Blake Neala über
seine Schulter geworfen hatte und aus der Bäckerei
gestürmt war.

Dagda war sich seiner imposanten Größe seit seiner
Jugend bewusst, nachdem ein einziger Schlag während
eines typischen Gerangels unter Halbstarken dafür gesorgt
hatte, dass der andere Junge bewusstlos zu Boden ging.
Seine Mutter hatte sich ihn missbilligend zur Brust
genommen und ihm in groben Zügen erklärt, dass er seine
Erwartungen an andere ändern müsse, weil er mehr Macht
als die meisten anderen hatte. Und zwar nicht nur körper-
lich – Feen-Blut strömte durch seine Adern. Es hatte
niemanden überrascht, dass er als Na Cosantoir ausgewählt
worden war. Seitdem hatte er unermüdlich daran gearbeitet, seine Talente zu vervollkommnen, sowohl seine körper-

liche Kraft als auch seine Magie, denn er wusste, dass eines Tages jedes Quäntchen seines Wissens und seiner Fähigkeiten gebraucht werden würde, um seine Sucherin zu beschützen. Es war seine geschworene Pflicht gegenüber der Göttin Danu.

Dass ein anderer Beschützer daherkam und versuchte, seine Sucherin zu entführen, war unerhört. Dagdas Fäuste ballten sich wieder und sein Blut begann zu kochen.

„Was hast du dir nur dabei gedacht? Was sollte diese Nummer mit Neala?", fragte Dag und bemühte sich, seine Stimme ruhig zu halten. Die Hände eines anderen Mannes auf seiner Sucherin zu sehen, brachte ihn dazu, sie am liebsten für immer wegschließen zu wollen. Da Beschützer und Sucherin normalerweise keine romantische Beziehung eingehen sollten – obwohl das nach Blake und Clare zu urteilen nicht immer der Fall zu sein schien –, wollte er seinen Eifersuchtsgedanken nicht weiter nachgehen. Es war das Beste, wenn er in seiner Rolle blieb, die Göttin ehrte und seine Mission beendete. Dann würde er frei sein, sein Leben wirklich zu beginnen, außerhalb der Grenzen der Erfordernisse, die seine Pflichten an ihn stellten.

„Domnu hat Clare. Sie wurde mitten in der Nacht entführt. Aus... meinen Armen." Blakes Stimme brach und Dagda wandte den Blick ab. Er tat so, als würde er den feuchten Schimmer in seinen Augen, beleuchtet von den Flammen des Kaminfeuers, nicht bemerken. Er gab Blake einen Moment Zeit, sich zu sammeln, bevor er sich räusperte.

„Bist du sicher, dass es Domnua waren?"

„Ich bin mir sicher. Ich habe sie gesehen. Es war das erste Mal, dass ich sie nicht aufhalten konnte. Die Magie war so dunkel, wie ich es noch nie erlebt habe. Ich konnte nichts tun. Noch nie in meinem Leben habe ich mich so hilflos gefühlt und außerdem geschah es ganz plötzlich. Sie war da, dann wurde sie mir aus den Armen gerissen und verschwand."

„Woher weißt du, dass die Schätze gestohlen wurden?", fragte Dagda und drehte sich wieder um. Er stellte sich vor das Feuer, um den verführerischen Tanz der Flammen zu beobachten.

Blake kramte in seiner Tasche und holte eine kleine Papierrolle hervor, die Dagda nahm, entrollte und ins Licht hielt.

*Nur eine Frage der Zeit würde es sein*
*Und jetzt sind die Schätze mein.*
*Dies Wissen mag euch nun erbauen:*
*Der Schlüssel liegt in Clares Vertrauen.*

„Nicht gerade das eloquenteste Gedicht", bemerkte Dagda.

Blake prustete. „Domnu ist nicht gerade für ihre Intelligenz bekannt", kommentierte er.

Dagda hob seinen Blick zum Fenster, wo Blitze wütend über den Himmel zuckten. „Sind die Schutzwälle sicher?", fragte er.

„Ja, das Land ist geschützt. Die Magie hier ist stark. Sonst könnte ich Esther nie allein lassen."

„Apropos..." Dag drehte sich um, als er Nealas schallendes Lachen hörte, einen satten und erdigen Klang. Jetzt ballten sich seine Fäuste aus einem anderen Grund. Ihr Haar fiel locker über ihre Schultern und sein warmes Mahagoni mit den tiefroten Untertönen kam im Schein des Feuers voll zur Geltung. Es war die Art von Haar, in dem ein Mann seine Hände vergraben wollte, während er dabei zusah, wie sich seine Trägerin in Ekstase unter ihm wand. Er schloss die Augen und atmete tief durch, um seinen Geist von solchen Bildern zu befreien. Dann half er den Frauen mit dem Geschirr.

„Geh schon, geh." Esther schubste ihn weg. „Ich mag zwar klein sein, aber ich bin stark. Warum gehst du nicht zur Anrichte und schenkst uns allen einen Whiskey ein, und wir unterhalten uns ein wenig."

Dagda tat, wie ihm geheißen, und war dankbar für den kurzen Moment, um seine Gedanken zu sammeln und sich noch einmal daran zu erinnern, dass seine Mission die wichtigste von allen war. Dies war das Ende eines jahrhundertealten Fluchs – die allerletzte Etappe – und es war ihm anvertraut, dafür zu sorgen, dass seine Sucherin den Schatz fand.

Oder die Schuld läge bei ihm.

# KAPITEL ACHT

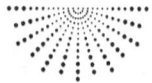

„Also..." Neala zog das Wort in die Länge, während sie alle vor den dampfenden Schüsseln mit Pho saßen. „Obwohl es hier herrlich gemütlich ist und Esther eine hervorragende Gastgeberin ist, wäre ich dankbar, wenn ihr mir sagen könntet, was zum..." Mit einem kurzen Blick auf Esther änderte sie den Satz ab. „Was hier eigentlich vor sich geht."

„Du hättest nicht so auf sie losgehen sollen, Blake", schimpfte Esther, und selbst Neala zuckte angesichts der Enttäuschung in ihrer Stimme ein wenig zusammen. „Du weißt, dass es das Beste ist, wenn diese Dinge zu ihrer eigenen Zeit geschehen."

„Wir haben keine Zeit. Clare ist entführt worden. Alle Schätze, die wir gefunden haben, sind wieder verloren. Wir stehen wieder ganz am Anfang – schlimmer noch, denn wir haben nur eine Sucherin, und die ist auch noch faul." Blake gestikulierte empört in Nealas Richtung.

„Wie bitte? Ich bin nicht faul. Ich reiße mir den ganzen Tag den Hintern auf in einem Unternehmen, das mir selbst gehört, das ich leite und in dem ich zahllose Stunden arbeite. Du kannst mich gerne eine Zicke nennen, aber faul finde ich inakzeptabel."

„Schön, aber war es denn wirklich so schwer für dich, die Zeichen zu sehen, die dir geschickt wurden? Öffne deine Augen, Mädchen. Die Danula haben versucht, dich zu erreichen", entgegnete Blake mit gefährlichem Blick über seiner Schüssel.

„Da ich nicht weiß, was ein Danula ist, kann ich wohl keine Zeichen von einem Danula empfangen, nicht wahr?"

„Wenn du ab und zu deine Augen öffnen würdest, hättest du die Antwort", konterte Blake, und Neala wollte gerade aufspringen, als Esther mit ihrer Hand auf den Tisch schlug und beide zum Schweigen brachte. Der Einzige, der sich nicht beirren ließ, war Dagda, der seelenruhig die Pho löffelte und schwieg.

„Blake. Das reicht. Du wirst keinen Gast an meinem Tisch beleidigen. Soweit ich weiß, wird Clare vermisst, Neala muss auf den neuesten Stand gebracht werden, und Dagda ist ein Mann weniger Worte", sagte Esther.

Neala sah, wie sich Dagdas Mund zu einem leichten Lächeln verzog, bevor er Esther einmal zunickte.

„Hör mal, es tut mir leid, dass deine Freundin vermisst wird", sagte Neala und beschloss, die Wogen zu glätten, um Antworten zu bekommen, „aber ich habe wirklich keine Ahnung, wovon du sprichst oder wer du bist. Wenn ich irgendwelche Hinweise übersehen habe, tut es mir leid. Mein Leben ist unglaublich hektisch und ich habe kaum Zeit, meine E-Mails zu checken, geschweige denn nach Zeichen von etwas oder jemandem zu suchen, den ich nicht einmal kenne. Ich bin einfach überarbeitet... Ich muss sogar noch zusätzliche Hilfskräfte einstellen. Aber was du heute getan hast, war beängstigend und furchtbar, und ich bin sicher, dass meine Kunden einen ordentlichen Schreck bekommen haben."

„Wir haben uns darum gekümmert", sagte Dagda und sah, wie Nealas helle Haut noch weißer wurde.

„Ihr habt sie getötet?", fragte Neala und ließ ihren Löffel in die Pho fallen, wo er mit einem kleinen Platschgeräusch landete.

„Was? Nein. Wir haben nur mit Magie ihre Erinnerungen verändert", sagte Blake und schüttelte angewidert den Kopf. „Weißt du etwa nicht, dass wir die Guten sind?"

„Nein. Das weiß ich nicht. Denn die Guten kommen nicht einfach in mein Geschäft gerannt, zertrümmern meinen Lieblingsspiegel und entführen mich gewaltsam vor den Augen meiner Stammkunden", sagte Neala, wobei ihre Worte vor Sarkasmus trieften.

„Wenn ich etwas anmerken darf", sagte Esther und lenkte die Aufmerksamkeit wieder auf sich, „Blake ist normalerweise nicht so schroff, und ich habe ihm beigebracht, Frauen gegenüber respektvoll zu sein. Also wird er sich zuerst entschuldigen, und dann werden wir dir von dem Fluch erzählen."

Neala erschauderte bei dem Wort ‚Fluch', und ihre Augen trafen Dagdas Blick auf der anderen Seite des Tisches. Der Mann war wie eine stille Naturgewalt, sein Blick war fest und er strahlte Macht aus. Jetzt erschauderte sie aus einem ganz anderen Grund.

„Es tut mir leid, wenn ich verzweifelt bin, weil die Frau, die ich mehr liebe als das Leben selbst, mitten in der Nacht aus meinen Armen gerissen wurde", sagte Blake. „Vielleicht war ich ein wenig übereifrig in meinem Bedürfnis, schnelle Antworten zu finden."

Neala sah ihm in die Augen. „Das nennst du eine Entschuldigung? Klingt, als ginge es mehr um dich als um mich", sagte Neala leichthin und löffelte mehr von der Pho. Sie war wirklich köstlich. Später würde sie Esther nach dem Namen des Kochbuchs fragen müssen.

„Es tut mir leid, dass ich dich erschreckt und deinen Spiegel zerbrochen habe. Können wir jetzt weitermachen?", stieß Blake hervor.

Neala seufzte und winkte mit der Hand ab. Sie war es ohnehin leid, darüber zu streiten, denn es würde ihr immer noch keine Antworten darauf geben, warum sie hier an einem regnerischen Dienstagnachmittag saß, Pho aß und Whiskey mit Fremden an einem unbekannten Ort trank.

Neala zuckte zusammen, als die beiden Männer plötzlich aufsprangen und sich im großen Saal umdrehten, wobei ihre Hände automatisch zu den Messern schnellten, die sie an ihren Gürteln trugen. Ihr war nichts Außergewöhnliches aufgefallen.

„Der Alarm der Schutzwälle ist ausgelöst worden", erklärte Esther.

„Schutzwälle?"

„Es ist wie ein magisches Sicherheitssystem", zwinkerte Esther ihr zu.

Einen Moment lang glaubte Neala ihr fast. Aber sicher war die liebe alte Dame einfach nur etwas schrullig. Oder vielleicht träumte sie einfach nur lebhaft. Das Leben hatte ihr in letzter Zeit zu schaffen gemacht, und der Stress begann seinen Tribut zu fordern. Vielleicht sollte sie sich nach dem Aufwachen lieber eine Auszeit gönnen.

„Es sind Bianca und Seamus", rief Blake von dort, wo er durch die Tür spähte, und Neala verdrehte fast die Augen.

„Oh toll, eine Party", knurrte sie.

Esther lachte und stand auf. „Ich hole noch ein paar Schüsseln."

„Brauchst du Hilfe?"

„Nein, du bleibst und lernst deine neuen Freunde kennen. Sie werden bald deine besten Freunde auf dieser Reise sein und du wirst sie sehr brauchen", sagte Esther, hielt dann inne und legte Neala eine Hand auf die Schulter. „Ich bitte dich, unvoreingenommen zuzuhören. Ich weiß, es hört sich an, als wären wir alle verrückt, und du denkst vielleicht, du träumst. Aber ich kann dir versichern: All dies ist sehr real, todernst, und deine Hilfe – Hilfe, die nur du leisten kannst – wird dringend benötigt. Wir sind auf deiner Seite, Neala."

Damit trottete Esther davon und summte vor sich hin, während Neala sich umdrehte, um die Neuankömmlinge zu begrüßen. Sie wurde langsam sehr nervös und hatte das Gefühl, auf einer Party zu sein, auf der alle über einen Witz lachten, dessen Pointe sie verpasst hatte.

Als eine strahlende Blondine hereinkam und Blake sofort in eine Umarmung zog, verschränkte Neala ihre Arme und wartete. Hinter der Blondine kam ein schlaksiger rothaariger Mann herein, ein drahtiger Kerl, der einen lässigen Stil pflegte. Auch er umarmte Blake. Sie murmelten sich etwas zu, kauerten sich vor das Feuer und schüttelten Dagda die Hand.

Neala fühlte sich wie ein kleines Kind, das aus dem Team ausgeschlossen wurde, und sie wollte sie anschreien, damit sie ihr Aufmerksamkeit schenkten. Genervt von allen, setzte sie sich wieder hin und löffelte noch mehr Pho. Warum sollte man das gute Essen verkommen lassen?

„Es tut mir leid, das war unglaublich unhöflich von uns." Die Blondine, von der Neala dachte, dass sie Bianca sein musste, tauchte mit reuevoller Miene an ihrer Seite auf. „Ich bin Bianca, und dieser große, hinreißende Typ ist mein Freund Seamus. Es tut mir leid, dass wir ein bisschen zu spät zur Party kommen. Wir sind hier, um dir bei deiner Suche zu helfen – die Göttin Danu hat uns geschickt. Wir hatten allerdings ein paar Schwierigkeiten, dich zu finden, was, wie ich jetzt weiß, daran liegt, dass unser sturer Freund hier beschlossen hat, die Dinge selbst in die Hand zu nehmen. Darf ich hinzufügen, dass mir das sehr leidtut? Ich bezweifle, dass er sich selbst entschuldigt hat. Aber ich kann mir gut vorstellen, wie beängstigend und traumatisierend das alles für dich war. Ich kann dir nicht versprechen, dass nicht noch mehr beängstigende oder traumatisierende Tage auf dich zukommen werden, aber ich kann dir versprechen, dass Seamus und ich die ganze Zeit bei dir sein werden, um dir zu helfen."

Für eine Vorstellung war das verdammt gut, dachte Neala und lehnte sich zurück, um die Blondine anzustarren. Bianca wickelte einen Schal von ihrem Hals und zog ihre Jacke aus, während es die ganze Zeit nur so aus ihr heraussprudelte und sie erzählte, wie besorgt sie gewesen waren, dass sie verschwunden war.

„Ich freue mich auch, dich kennenzulernen", sagte Neala schließlich, als sie auch ein Wort sagen durfte. „Mein Name ist Neala, mir gehört Sugar & Spice in Kilkenny, und ich habe keine Ahnung, wofür ich eure Dienste benötige – es sei denn, ihr wollt mit dem Backen anfangen?"

Bianca lachte vor Vergnügen und klatschte in die Hände, als Esther zurück in den großen Saal trottete.

„Esther! Ich habe dich so vermisst!"

Und so schwirrte Bianca zu Esther hinüber, ließ Neala wieder einmal sitzen, die sich fragte, wie beängstigend der vor ihr liegende Weg wirklich werden würde.

Aber wenigstens würde sie nicht verhungern, dachte sie, während sie auf ihre Schüssel hinabblickte.

Die kleinen Freuden. Sie würde sie genießen, wo sie sie bekommen konnte.

# KAPITEL NEUN

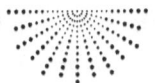

Neala wurde schnell mit Seamus bekannt gemacht, der ihr ein charmantes Grinsen schenkte, das das Etikett ‚tollpatschig‘, das sie ihm ursprünglich angeheftet hatte, völlig verschwinden ließ. Er mochte zwar nur aus Ellbogen und Beinen bestehen, aber der Mann hatte sein eigenes ruhiges Charisma. Sie konnte sich vorstellen, dass er eine gute Ergänzung zu Biancas temperamentvoller Persönlichkeit war.

Sie hob die Hand und brachte damit den Tisch zum Schweigen, woraufhin sie alle ansahen.

„Hört mal, ich weiß, das ist für euch nichts Besonderes und ihr scheint alle zu wissen, was hier vor sich geht. Aber da ich nicht ganz sicher bin, dass das nicht alles nur ein Traum ist, wäre ich wirklich dankbar, wenn man mich jetzt mal aufklären würde. Und zwar sofort. Ansonsten werde ich in fünf Minuten durch diese Tür gehen, euer kleines magisches Sicherheitssystem oder was auch immer passieren, und mich per Anhalter auf den Weg nach Hause machen. Dann könnt ihr eure Mission, oder was auch immer es sein soll, ohne meine Hilfe fortsetzen. Verstanden?"

„Ich bin so froh, dass du mir sympathisch bist. Ich hatte schon befürchtet, dass die letzte Sucherin schwierig sein würde, so wie es schon einmal der Fall war... ohne Namen zu nennen." Bianca hob ihre Hände und Seamus nannte über den Tisch hinweg den Namen. „Sasha".

„Ihr habt eine Minute", sagte Neala und stieß sich vom Tisch ab.

„Setz dich", befahl Dagda.

Neala stemmte die Hände in die Hüften und ließ sich von dem Mann nicht einschüchtern, auch wenn er aussah, als könnte er mit bloßen Händen Baumstämme entzweibrechen.

„Das werde ich nicht. Ich will Erklärungen. Jetzt", sagte Neala, und es schien, dass ihr Tonfall endlich bei allen ankam.

„Als ich dich vorhin ‚Schwester' genannt habe, habe ich das auch so gemeint", sagte Esther und lenkte Nealas Aufmerksamkeit auf ihr sanftes Lächeln am Kopfende des Tisches. „Wir sind Schwestern in einer einzigartigen Gruppe von Frauen, deren Aufgabe es ist, einen jahrhundertealten Feenfluch zu brechen. Die guten Feen – unter der Führung der Göttin Danu – arbeiten daran, diesen Fluch zu brechen. Die bösen Feen, die Domnua, arbeiten gegen uns, um den Fluch zu ihren Gunsten wirken zu lassen. Mit anderen Worten, die Mauern der Unterwelt würden fallen und sie würden frei auf unserer Erde umherstreifen und für Chaos und das Ende der Welt, wie wir sie kennen, sorgen." Esther hielt inne, um etwas Pho zu probieren, und blickte zufrieden auf ihren Löffel. „Ja, ich glaube, ich habe ins Schwarze getroffen. Jedenfalls gehörst du, meine Liebe, zu einer Gruppe von Frauen, denen die Ehre zuteilwurde, nach den Schätzen zu suchen, die lange Zeit durch diesen Fluch verborgen waren. Es sind die großen Schätze, von denen in den keltischen Schöpfungsmythen der Vier Schätze die Rede ist. Man kann sehen, dass sie in verschiedenen Mythen auf unterschiedlichste Weise verwendet werden, aber Bianca wird dir mehr darüber erzählen können."

„Einer der Gründe, warum ich zur Uni gegangen bin", fügte Bianca hinzu.

„Diese beiden hier", fuhr Esther fort und zeigte auf Blake und Dagda, „sind Beschützer. Jeder Sucherin wird ein eigener Beschützer zugewiesen, der ihr auf ihrer Suche hilft, alle Domnua tötet, die sie angreifen, und sie auf ihrem Weg beschützt. Manche beschützen ihre Sucherin schon seit Jahren im Verborgenen. Andere lernen ihre Sucherin am Tag des Beginns der Suche kennen. In meinem Fall, ach ja, hatte er mich schon eine ganze Weile lang beschützt." Esthers Augen leuchteten vor Liebe. „Er war einer der vortrefflichsten Männer, denen ich je begegnet bin, und ich hatte das Privileg, ihn viele Jahre lang lieben zu dürfen."

„Er war ein großartiger Mann", stimmte Blake zu.

Neala blickte zwischen den beiden hin und her und sah die Liebe in ihnen.

Es war eine ausgezeichnete Geschichte und Neala wusste, dass sie eine Menge Fragen haben würde und wahrscheinlich eine Unmenge von Ungereimtheiten in der Geschichte finden könnte. Aber was sie alle ausstrahlten, war, dass sie diese Geschichte für wahr hielten. Zu hundert

Prozent, ohne Mist, die ehrliche Wahrheit. Unabhängig davon, ob es tatsächlich so war oder nicht, es war ihre Wahrheit, und Neala musste behutsam vorgehen.

„Ja, das ist eine schöne Geschichte, die du da erzählst. Aber ich bin sicher, dass ich nicht die Frau bin, nach der ihr sucht. Ich verfüge über keinerlei Magie und hatte noch nie mit solchen Dingen zu tun" – sie wedelte etwas hilflos mit der Hand in der Luft – „und deshalb bin ich mir sicher, dass ihr euch geirrt habt. Ich werde mich jetzt verabschieden und wünsche euch viel Glück auf der Reise. Beziehungsweise dabei, den Fluch zu brechen. Oder was auch immer ihr glaubt, tun zu müssen."

Irgendwie schade, dachte Neala, als sie sich von ihrem Stuhl erhob und vom Tisch zurücktrat. Sie konnte sich vorstellen, diese Leute lieb zu gewinnen, besonders diesen großen Bären von einem Mann, Dagda. Aber sie hatte keine Zeit für verrückte Sachen, denn sie hatte ein Geschäft zu führen. Sie würden eine andere Person für ihren kleinen Kult rekrutieren müssen.

„Du müsstest ein Zeichen tragen", rief Bianca ihr hinterher und hielt sie auf.

„Ein Zeichen?"

„Eine Art Tätowierung. Es wird ein quaternärer Knoten sein. Ein keltischer Knoten mit vier Enden. Die anderen Frauen hatten ihn unter ihrem Haaransatz", sagte Bianca. „Kannst du ihn auf deiner Kopfhaut spüren?"

„Ich... nein, ich glaube nicht", sagte Neala, verwirrt von der Frage, aber ihre Gedanken sprangen automatisch zu einer kleinen Beule, die sie seit etwa einem Monat spürte, immer wenn sie ihr Haar kämmte. Sie hatte sich vorgenommen, die Stelle im Spiegel zu untersuchen, hatte es aber jedes Mal vergessen.

„Doch, ich glaube, du weißt es", sagte Dagda leise.

Neala fuhr sich mit der Hand über die Stelle in ihrem Nacken, die sich unter ihren dichten Locken befand.

„Das kann ich nicht sicher wissen, oder? Ich habe keine Augen im Hinterkopf." Neala hob beide Hände und blickte die Leute am Tisch an, die zu ihr aufschauten. Dabei ignorierte sie entschieden Dagdas geduldigen Blick. „Hört zu, ich glaube nicht an all das. Ich bin nur eine einfache Frau, die davon träumt, ihr Geschäft auszubauen und die Menschen mit meinen Kuchen und Torten glücklich zu machen. Das ist alles. Magie und Flüche und all das spielen in meinem Leben keine Rolle. Viel Glück für alles, wirklich. Und Esther, danke für die Pho. Sie war köstlich."

Als sie sich zum Gehen wandte, kreischte sie auf, als sich plötzlich ein Spiegel vor ihrem Gesicht materialisierte, der nur Zentimeter vor ihrer Nase schwebte und an nichts befestigt zu sein schien. Neala starrte in ihr eigenes schockiertes Abbild im Spiegel und neigte dann langsam den Kopf, um zu sehen, wie er hochgehalten wurde. Ihr wurde leicht schwindelig, als sie sah, dass er von selbst schwebte. Als ein zweiter Spiegel über ihrer Schulter auftauchte, erstarrte sie.

„Sieh unter deinem Haaransatz nach", sagte Dagda mit tiefer Stimme, die fast wie ein Knurren klang.

Neala schnappte nach Luft, tat aber, was er sagte. Sie führte eine zitternde Hand an ihr Haar und zog es nach oben. Dann legte sie es auf eine Schulter und tastete nach der Stelle. Sie fand sie und schob eine kastanienbraune

Locke beiseite, bis sie sehen konnte, was es war. Und rang nach Luft.

„Es ist ein quaternärer Knoten. Auf meinem Körper. Wie eine Tätowierung, an die ich mich nicht erinnern kann. Habe ich eine bekommen?", stotterte Neala. „Habe ich mir eines Abends nach zu viel Bier ein Tattoo stechen lassen und es einfach vergessen? Bin ich völlig verrückt geworden? Wie kann es sein, dass ich einen Knoten am Kopf habe und mir dessen gar nicht bewusst bin? Das ist doch verrückt."

„Du kannst gerne noch mehr auf deinen Kopf bekommen, wenn du dich nicht wieder hinsetzt und uns hilfst", sagte Blake.

Neala sah, wie Dagda wieder dieses sexy Halblächeln aufsetzte, als sowohl Esther als auch Bianca begannen, Blake zurechtzuweisen.

„Ist ja schon gut. Es tut mir leid", sagte Blake, beugte sich vor, kniff sich in die Nase und seufzte. „Ich mache mir einfach große Sorgen um Clare, und ich bin mir nicht sicher, was dieser Hinweis bedeutet."

„Ein Hinweis!", rief Bianca und klatschte vor Freude in die Hände. „Es ist früh für einen Hinweis. Zeig mal her."

Blake übergab ihn und Bianca schaute darauf. Niemand sah Neala an. Die Spiegel waren wie von selbst verschwunden und sie musste eine Entscheidung treffen. Sie machte einen Schritt auf die Tür zu.

Und hielt an.

Als sie sich umdrehte, begegnete sie Esthers Blick – es war ein Blick des Mitgefühls, aber auch einer, der keinen Unsinn duldete. Ein Teil von ihr fühlte sich auf seltsame Weise verpflichtet, Esther nicht zu enttäuschen. Und als ihr

Blick den Tisch entlangwanderte, um Dagdas zu treffen, fühlte sie noch etwas mehr.

Eine Herausforderung.

Und sie war noch nie jemand gewesen, die einer Herausforderung widerstehen konnte.

„Na gut, ihr Spinner, ich bin dabei. Bringt mich auf den neuesten Stand."

# KAPITEL ZEHN

„Ehrlich gesagt bin ich mir nicht ganz sicher, ob ihr alle verrückt seid oder ob ich selbst verrückt geworden bin", seufzte Neala. Sie lehnte sich zurück und trank ein zweites Glas Whiskey, während Bianca ihr eifrig die Geschichten der anderen Sucherinnen erzählte. Als sie beim Teil mit den Meerjungfrauen und Sirenen angekommen war, war Neala aufgestanden und hatte den Raum durchquert, um die Whiskeyflasche von der Anrichte zu holen. Sie tat ihr Bestes, der Erzählung ohne Wertung zu folgen.

„Hör zu", sagte Bianca und beugte sich vor. Ihre hübschen blauen Augen tanzten in einem vor Aufregung geröteten Gesicht. „Ich kann dich verstehen. Ich habe selbst keine Magie – jedenfalls nicht so wie diese Leute hier. Aber ich habe schon immer daran geglaubt und war unendlich fasziniert vom reichen Schatz an Mythen und Geschichten über Magie und Feen in unserem Land. Und herauszufinden, dass es wahr ist? Nun, das ist, als würde ein Wissen-

schaftler beweisen, dass es Außerirdische gibt. Hey..."
Bianca wandte sich an Seamus. „Sind Aliens echt? Könnt
ihr reden und so?"

„Keiner, dem ich begegnet bin, abgesehen von diesem
seltsam aussehenden Typen im Pub vor ein paar Jahren",
überlegte Seamus.

Bianca drückte seinen Arm. „Du würdest es mir doch
sagen, oder?"

„Für dich tue ich alles, meine Süße", strahlte Seamus sie
an und Bianca lachte wieder und hüpfte vor Liebe zu ihm
fast auf ihrem Stuhl.

„Das ist mein Mann", lächelte Bianca und drehte sich
wieder zu Neala um. „Aber ich kann dich verstehen. Es ist
viel auf einmal und die Lernkurve ist steil. Aber die Wahrheit ist: Leute sterben, die Domnua meinen es todernst mit
dem Sieg, und wir brauchen deine Hilfe. Ob du es nun ganz
glauben kannst oder nicht, ich bitte dich einfach darum,
deine Ungläubigkeit für einen Moment beiseitezulassen
und uns zu vertrauen. Ich weiß, dass das vielleicht ganz
schön viel verlangt ist, aber wir wären nicht hier, wenn wir
nicht an die Sache glauben würden", sagte Bianca.

Alle am Tisch nickten Bianca zustimmend zu, und
Dagda hob sein Glas in stillem Beifall.

„In Ordnung. Ihr solltet wissen, dass ich eine Herausforderung, die ich annehme, auch zu Ende bringe. Was
auch immer geschieht. Ich sage nicht, dass ich immer erfolg-
reich bin." Neala zuckte mit der Achsel und schob ihr T-
Shirt wieder hoch, wo es ihr über die Schulter gerutscht
war. „Aber wenn ich sage, dass ich etwas tun werde, dann
tue ich es auch. Da könnt ihr euch auf mich verlassen. Viel-

leicht vermassle ich die Sache, vielleicht bin ich eher hinder-
lich als hilfreich, aber wenn es stimmt, was du sagst, und
unsere Leute sterben, werde ich helfen, so gut ich kann."

„Das ist alles, worum wir dich bitten können", sagte
Bianca.

Esther beugte sich vor und tätschelte Nealas Hand zur
Ermutigung.

„Du wirst das schon schaffen, meine Gute. Ich habe ein
gutes Auge für Menschen und ich sehe dein Temperament.
Du erinnerst mich an eine wilde Piratenkriegerin, die ich
mal kannte..."

„Ich schrecke vor nichts zurück", stimmte Neala
lächelnd zu.

„Können wir über diesen Hinweis sprechen? Ich denke,
wir müssen mit Clare anfangen", sagte Blake, dessen
Geduld am Ende war.

„Ja, setzen wir uns ans Feuer", sagte Esther und winkte
mit der Hand über das Geschirr. „Wir räumen später ab."

Sie ließen sich alle auf den verschiedenen Sesseln und
Sofas nieder, die vor den riesigen Kamin gezogen wurden –
über dem man leicht ein ganzes Rind hätte grillen können,
dachte Neala. Als sie es sich vor den Flammen gemütlich
gemacht hatten, während es draußen regnete, holte Bianca
den Hinweis hervor und las ihn noch einmal.

*Nur eine Frage der Zeit würde es sein*
*Und jetzt sind die Schätze mein.*
*Dies Wissen mag euch nun erbauen:*
*Der Schlüssel liegt in Clares Vertrauen.*

„Es wirkt kindisch", bemerkte Bianca.

„Finde ich auch", sagte Neala. „Wie ein Spottvers auf
dem Schulhof."

„Ich glaube nicht, dass Domnu dafür bekannt ist, besonders weise zu sein, weshalb sie ja auch nicht hier oben regiert", sagte Seamus, und alle blickten zum Fenster, als es draußen krachte.

„Seht ihr? Sie ist eine Zicke", überlegte Bianca.

„Wir müssen daran denken, ihr Temperament gegen sie zu verwenden", sagte Neala, und alle sahen sie erstaunt an. „Was? Ist es nicht klug, ihre Schwächen zu kennen?"

„Ja, das ist es", sagte Dagda mit warmer, zustimmender Stimme. „Sie ist eitel, oberflächlich und leicht zu ärgern. Alles nützliche Dinge, die man wissen sollte."

„Hier ist auch noch eine Zeichnung drauf", sagte Bianca und hielt das Papier ans Licht.

Neala beugte sich über die Armlehne des zerknitterten Ledersessels, in dem sie saß, und sah sich das Papier an. „Es sieht aus wie ein Kompass", entschied sie, und Bianca nickte zustimmend.

„Das stimmt. Der quaternäre Knoten in einem Zirkel. Aber warum?"

„Vier Schätze. Vier Himmelsrichtungen. Ich nehme an, sie hat jeden Schatz in einer Himmelsrichtung hinterlegt?"

Blake starrte Neala an, und Bewunderung umspielte seine hübschen Züge.

„Ich will verdammt sein. Ich glaube nicht, dass ich das so schnell kapiert hätte", gab Blake zu. „Aber es macht absolut Sinn. Und da Clare die Erste war – würde ich sagen, sie ist im Norden?"

„Osten", sagte Neala automatisch und zuckte dann mit den Schultern, als sie sie ansahen. „Ich weiß nicht, es ist einfach eine Eingebung. Ich glaube, der letzte Schatz liegt im Norden, oder? Der wahre Norden? Der Nordstern, der uns alle leitet?"

„Theoretisch ergibt das durchaus Sinn. Der Kessel der Fülle, keiner geht hungrig, der wahre Norden – er leitet uns alle", sinnierte Bianca. „Es passt."

„Ich finde es immer noch interessant, dass der Kessel mein Schatz ist, da ich Bäckerin bin und gerne dafür sorge, dass alle satt sind", sagte Neala. Sie hatte gestaunt, als sie erfahren hatte, dass ihr Schatz der berüchtigte *Cauldron of Plenty,* der Kessel der Fülle war. Sogar sie hatte die eine oder andere Legende darüber gelesen – ein Schatz, der anderen diente, niemanden hungern ließ und ganze Dörfer oder kampfmüde Truppen ernähren konnte.

„Jede der Sucherinnen hat ein feines Gespür für ihren eigenen Schatz", meldete sich Esther zu Wort. „Ich hatte denselben Schatz wie du."

„Wirklich?", fragte Neala, und ihr wurde ganz warm ums Herz bei der Verbindung, die sie nun mit diesem kleinen Energiebündel von einer Großmutter hatte.

„Ja. Obwohl es nicht mein Schicksal war, ihn zu finden, konnten wir den Ort ausfindig machen, an dem er damals aufbewahrt wurde, und den Schatz besser schützen. Erst als wir den Ort gefunden hatten, erfuhren wir, dass es uns nicht bestimmt war, ihn zu besitzen. Stattdessen war es unsere Aufgabe, ihn mit neuer Magie zu schützen – stärkerer Magie, verstehst du?"

„Du weißt also, wo er sich befindet?", fragte Neala, erfreut über diese Wendung der Ereignisse.

„Nein, tut mir leid, das weiß ich nicht. Ich wusste vor fünfzig Jahren, wo er sich befand. Aber wir haben es mit

Magie zu tun – und zwar mit Feenmagie – also wird er längst an einen anderen Ort gebracht worden sein."

„Die Magie der Feen ist wechselhaft und vertrackt", erklärte Bianca. „Nichts ist so, wie es scheint. Feen lieben ein gutes Rätsel oder einen guten Scherz. Dass ein Schatz über fünfzig Jahre an einem Ort bleibt, wäre beispiellos. Sie bewegen sich, werden bewegt oder folgen einem Zauber, mit dem sie verwoben sind. Tut mir leid, Mädchen, aber du stehst immer noch ganz am Anfang."

„Na ja, einen Versuch war es wert", sagte Neala achselzuckend.

„Cannon Rock", sagte Blake und blickte von seinem Tablet auf, auf dem er scrollte. „Das ist eine kleine Insel vor der Küste, die für ihre Schiffswracks berühmt ist. Auf der Insel gibt es einen stillgelegten Leuchtturm."

„Was denkst du, Neala?", fragte Bianca. „Fühlt sich das richtig an?"

„Ich… ich weiß es nicht. Woher kann ich das wissen? Ich mache mir Sorgen, dass ich dich von deinem Weg auf der Suche nach deiner Liebe abbringen könnte." Neala knabberte besorgt an ihrer Unterlippe, während sie Blake beobachtete.

„Fühlt es sich richtig an? Ja oder nein, Neala", fragte Dagda mit rauer und durchdringender Stimme.

„Ja", sagte Neala, die überrascht war, dass es sich tatsächlich richtig anfühlte – soweit sie es beurteilen konnte.

Blake sprang auf seine Füße. „Dann lasst uns gehen. Wir haben keine Zeit zu verlieren."

„Ihr geht erst, wenn ich euch Proviant eingepackt habe", befahl Esther, und obwohl Blake aussah, als wolle er

widersprechen, hielt er inne, da er seiner Großmutter nicht
ungehorsam sein konnte.

„Ja, Großmutter."

„Ich helfe dir. Ich wollte dich auch fragen, ob du vielleicht eine zusätzliche Jacke oder einen Mantel oder so
etwas hast? Ich habe nur dieses T-Shirt, weil ich direkt aus
einer warmen Küche geholt wurde. Und jetzt regnet es
draußen in Strömen", sagte Neala, während sie Blake gezielt
ansah.

„Natürlich. Ich habe alles, was du brauchst", sagte
Esther.

„Dann helfe ich dir mit dem Proviant und den Vorrä-
ten. Das scheint doch genau unser Ding zu sein, oder?",
fragte Neala.

Esther strahlte sie mit ihrem sonnigen Lächeln an.
„Man sagt, der Weg zum Herzen eines Mannes führt durch
seinen Magen."

Neala schluckte und ignorierte Dagda geflissentlich, als
sie aufstand und half, die Schüsseln abzuräumen. Der
Mann war nichts als höflich, reserviert und fordernd, wenn
es die Situation erforderte. Aber er verströmte nicht einen
Hauch von Interesse, weder in romantischer noch sonstiger
Hinsicht. Neala hätte sich schwergetan, ihn als ihren
Beschützer zu identifizieren, abgesehen davon, dass er Blake
auf der Straße vor ihrer Bäckerei aufgehalten hatte.
Ansonsten hätte sie auch eine Cousine dritten Grades sein
können, bei dem Interesse, das Dagda ihr entgegenbrachte.

Esther musste sich sicher irren, wenn sie sagte, dass
Sucherinnen und ihre Beschützer am Ende zusammenkamen. Denn obwohl ein kurzes Techtelmechtel mit ihm
sicherlich reizvoll wäre, schien es doch mit mehr Verwick-

lungen verbunden zu sein, als sie gewohnt war, einzugehen. Sie beschloss, das Thema zu wechseln, und lächelte Esther auf dem Weg in die Küche zu.

„Also, Esther, ich brauche den Namen dieses Kochbuchs. Die Pho war köstlich...“

# KAPITEL ELF

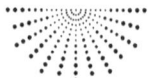

Obwohl Esther darauf bestanden hatte, dass sie über Nacht blieben, hatte Blake abgelehnt. Es war verständlich, dachte Neala. Sie würde auch nicht wollen, dass ihr Mann eine Nacht lang schlief, bevor er sie retten würde. Wenn er Clare so sehr liebte, wie er sagte, dann bezweifelte sie, dass er überhaupt Schlaf bekommen würde. Am besten, wir legen gleich los und bringen die erste Etappe dieser Herausforderung hinter uns, dachte Neala, als sie sich auf dem Vordersitz des Land Rover streckte, den Blake mit rücksichtsloser Effizienz fuhr. Sie hatten ihr den Vordersitz zugewiesen, obwohl Neala protestiert und auf Dagdas Körpergröße hingewiesen hatte.

„Schon gut, ich mache es mir bei den Taschen bequem", hatte Dagda gesagt und war in den hinteren Teil des Wagens gehüpft, wo er sich zwischen den Taschen mit Lebensmitteln und anderen Ausrüstungsgegenständen, die Esther für ihre Reise als notwendig erachtet hatte, ausstreckte. Neala hatte mit den Schultern gezuckt, nicht übermäßig um seinen Komfort besorgt, und sich in den mit

Flanell gefütterten Mantel gekuschelt, den Esther irgendwo für sie gefunden hatte. Das tiefe Olivgrün des Stoffs brachte ihre Augen zum Strahlen, wie sie festgestellt hatte, als sie im Badezimmer ihre Haare neu geflochten hatte.

Aber was kümmerte sie eigentlich, wie sie aussah? Sie befanden sich auf tödlicher Mission. Ihr Aussehen tat nichts zur Sache, erinnerte sich Neala und ignorierte bewusst die kleine Stimme in ihrem Kopf, die sie anflehte, Dagda mehr Aufmerksamkeit zu schenken. Für jemanden, der so ausgesprochen ruhig war, hatte er eine beeindruckende Präsenz.

„Diese Insel, Cannon Rock – ist sie nicht mit dem Land verbunden? Gibt es eine Brücke oder so etwas?", fragte Bianca.

„Nein. Ich schwimme rüber, wenn es sein muss", sagte Blake.

Neala staunte über diese Art von Liebe. Jahrelang war sie immer davon ausgegangen, dass sie sich verlieben, heiraten und vielleicht ein oder zwei Kinder haben würde, wenn sie wollte. Nachdem dann mit keinem ihrer Freunde so richtig der Funke übergesprungen war – jedenfalls nicht länger als für drei oder vier Monate – hatte sie die Idee der großen Liebe langsam aufgegeben. Neala merkte, dass sie in dieser Hinsicht etwas zynisch geworden war. Als Bäckerin entwarf und dekorierte sie ständig allerlei Hochzeitstorten und Gebäck für Brautpartys, und sie freute sich immer für das glückliche Paar. Aber ein kleiner Teil von ihr fragte sich, ob sie sich wirklich – also *wirklich* – auf eine Art und Weise liebten, die kein anderer verstehen konnte, oder ob sie einfach nur im Rausch gefangen waren und sich nach diesem Gefühl der Zugehörigkeit sehnten, das einem die

Gesellschaft aufzwang. Besonders Frauen bekamen dieses Gefühl vermittelt, überlegte Neala. Wenn man mit fünfunddreißig noch nicht verheiratet war, war es, als ob etwas mit einem nicht stimmte. *Diese Frau muss verrückt sein – sie ist immer noch zu haben. Die Guten werden jung vergeben.* Es war eine Haltung, die sie an ihren besten Tagen ärgerte und an ihren schlechtesten Tagen wütend machte. Was war mit den Frauen, die ihr Selbstwertgefühl nicht daran festmachten, ob sie in einer Beziehung waren oder nicht? Was war mit denjenigen, die Beziehungen als Ergänzung zu ihrem Leben betrachteten, aber nicht als Notwendigkeit? Die Träumerinnen? Die Unternehmerinnen? Die Macherinnen? Diejenigen, die Veränderungen bewirkten? Sie sollten als guter Fang betrachtet werden. Jeder Mann, der das Glück hatte, Zeit mit einer solchen Frau zu verbringen, geschweige denn mit ihr auszugehen, sollte es als Ehre betrachten.

Solange sie keinen Mann traf, der sie auf diese Weise sah – mit vollem Respekt für ihr Geschäft und die Träume, die sie hatte – würde Neala der Liebe gegenüber zynisch eingestellt bleiben. In ihrem Leben war keine Zeit für Falschheit, und sie hatte ganz sicher kein Interesse daran, sich ihr Leben nach den Regeln der Gesellschaft einzurichten.

Aber... dennoch. Blakes absolute Entschlossenheit, Clare – die Liebe seines Lebens – zu retten, versetzte ihr einen kleinen Stich ins Herz. Von jemandem so sehr geliebt zu werden, so leidenschaftlich, dass er sogar sein Leben aufs Spiel setzte, musste sich unglaublich gut und beruhigend anfühlen. Wie eine große, warme Sicherheitsdecke, in der Gewissheit, dass das Fundament immer vorhanden war. Ja, Neala konnte den Reiz erkennen.

„Ich kenne jemanden. Er wird uns ein Boot besorgen", sagte Dagda von hinten.

Natürlich, dachte Neala.

„Guter Mann", sagte Seamus und machte eine Art komplizierten Handschlag mit Dagda über den Sitz.

„Neala, ich habe ungefähr eine Million Fragen an dich, aber ich denke, wir sollten mit ein paar Grundlagen beginnen", sagte Bianca. „Jeder, der silbern leuchtet, ist böse. Sie werden ohne zu zögern versuchen, dich zu töten. Sie sind weder mit einem Gewissen ausgestattet, noch empfinden sie Reue. Verstehst du, was ich sage? Wer zögert, stirbt. Ich glaube, wenn ich das von Anfang an besser verstanden hätte, wäre ich eine bessere Kämpferin gewesen."

Neala ballte die Hände in ihrem Schoß. Sie hatte es schon immer gehasst, zu streiten. Es war nicht so, dass sie sich in einer Auseinandersetzung nicht behaupten konnte – davon hatte sie schon weiß Gott genug gehabt – aber Gewalt hinterließ einen bitteren Nachgeschmack in ihrem Mund und erinnerte sie an vergangene Tage, an die sie lieber nicht denken wollte. Es war einer der Gründe, warum sie sich dazu entschlossen hatte, ein so sonniges und fröhliches Unternehmen zu gründen. Es war wirklich schwer, gemein oder unhöflich zu ihr zu sein, wenn man Schokoladenkekse oder einen Geburtstagskuchen abholte. Einige Kunden schafften es zwar immer noch, aber die meisten waren zufrieden, wenn man sie mit süßen Sachen fütterte.

„Ich kämpfe nicht gerne", sagte Neala leise.

„Es tut mir leid, aber das musst du, wenn dich ein Domnua angreift. Hast du irgendwelche Waffen? Irgendetwas, um dich zu rüsten?", fragte Bianca barsch.

„Nein", sagte Neala mit einem Schulterzucken und sah

Bianca entschuldigend an. Aber wenn die Blondine kämpfen konnte, konnte sie es auch, dachte Neala.

„Ich werde sie beschützen. Sie braucht keine Waffe", sagte Dagda brüsk von hinten – und verdammt, Neala musste zugeben, dass sie diese Worte bis ins Mark erwärmten.

„Ach, das ist wirklich süß", sagte Bianca und reichte Neala einen Dolch. „Aber hier ist trotzdem ein Messer, für alle Fälle."

„Ich sagte, ich würde sie beschützen", sagte Dagda beinahe knurrend.

„Die Göttin schütze uns vor Männern und ihren Egos", sagte Bianca fröhlich. „Wenn du gegen hundert Domnua kämpfst und einer dringt zu Neala durch, wäre es dann nicht schön, wenn sie außer ihren nackten Fäusten etwas hätte, um sich zu verteidigen?"

Schweigen erfüllte das Auto.

„Das dachte ich mir auch", sagte Bianca. „Nun, ich schlage vor, dass du auf die Augen, die Kehle oder das Herz zielst. Ohne zu zögern. Sie sind blitzschnell, die dummen Scheißer", sagte Bianca.

Neala fand immer mehr Gefallen an der Blondine. Sie hatte wirklich Temperament und strahlte eine Heiterkeit aus, die beneidenswert war.

„Verstanden. Ich werde mein Bestes geben", sagte Neala und meinte jedes Wort ernst. Sie hasste Streit, aber sie war eine Überlebenskünstlerin – eine Kämpferin – und würde tun, was nötig war, wenn die Zeit dafür kam.

„Warum kämpfst du nicht gerne?", fragte Blake.

„Geht es nicht jedem so? Ich kenne niemanden, der denkt: ‚Oh, lasst uns ein bisschen Spaß haben und uns heute Abend in die Haare kriegen'", sagte Neala, schüttelte ihren Zopf über die Schulter und starrte hinaus auf die vorbeiziehende Landschaft. Das Licht war schwach, der Abend nahte, und der Regen peitschte heftig gegen die Windschutzscheibe.

„Das stimmt wahrscheinlich. Nach einem Streit fühle ich mich immer ganz furchtbar", gab Bianca zu. „Aber es hörte sich so an, als gäbe es noch andere Gründe. Es ist allerdings auch in Ordnung, wenn du nicht darüber reden willst."

Neala drehte sich wieder zum Fenster, und im Auto herrschte Stille. Offensichtlich warteten sie darauf, dass sie sich erklärte. Und was machte es schon? Sie wusste nicht einmal mehr, wo sie war, oder was Magie oder Realität war, also konnte sie sich diesen Fremden gegenüber auch gleich öffnen.

„Ich hatte es als Kind ziemlich schwer. Keine Mutter, alkoholkranker Vater, der leicht reizbar war. Ich war eine ganze Zeit lang übergewichtig, bevor ich einen kleinen Wachstumsschub hatte. Ich war ein leichtes Ziel", sagte Neala und schaute dann über ihre Schulter zu Bianca. „Bis ich es nicht mehr war."

„Ich mag Frauen, die für sich einstehen", nickte Bianca bewundernd. „Was hat dein Vater...?"

„Ob er mich geschlagen hat? Nein, Beschimpfungen haben ihm ausgereicht. Er fand, dass alle Frauen ihren Platz kennen sollten, zu Hause, in der Küche. Sie sollten keine Meinung haben, es sei denn, sie stimmte mit seiner eigenen überein. Besonders wenn es um Politik ging. Man konnte den Mann nicht von seiner politischen Meinung abbringen, und er wurde dabei ziemlich kindisch. Er provozierte jeden

in seiner Umgebung und bettelte förmlich darum, in laut-
starke Streitereien verwickelt zu werden. Und was hat es
ihm gebracht? Nichts. Er hat niemanden umgestimmt oder
von einem anderen Weg überzeugt. Stattdessen verlor er auf
diese Weise Freunde, seine Familie und schließlich mich.
Ich war seine größte Enttäuschung. Ein eigenes Unternehmen zu besitzen und unverheiratet zu sein? Ja, er war
kein bisschen stolz auf mich, das ist die Wahrheit."

„Das tut mir leid", sagte Bianca und tätschelte Nealas
Schulter.

„Du hast ‚war' gesagt ...", sagte Seamus.

„Ja, er ist vor ein paar Jahren gestorben. Zu viel Alkohol. Es war unvermeidlich – es war eher eine Frage des
Wann als des Wie, verstehst du?"

„Ja. Leider geht es vielen so. Viele von uns trinken gerne
mal was. Aber einige – nun, sie sind nicht dafür gemacht.
Der Alkohol steigt ihnen zu Kopf und wird zu ihrer süßen
Flucht. Schließlich wird er zu ihrem Fluch, da sie ohne ihn
keinen Frieden finden können. Ganz schön hart", sagte
Seamus.

„Und deine Mutter? Ist sie noch da?", fragte Bianca
sanft.

„Nein, ich habe sie nie kennengelernt. Vaters
Geschichten darüber, wer sie war oder wie sie gestorben ist,
waren oft widersprüchlich, aber in Wahrheit ist es unwich-
tig. Wenn sie noch am Leben ist, hat sie mich nicht zu sich
genommen oder dafür gesorgt, dass sich jemand um mich
kümmert. Für mich ist sie also so oder so tot", sagte Neala.

„Hart", kommentierte Blake, ohne den Blick von der
Straße zu nehmen.

„Das Leben ist hart. Man kann sich darüber beklagen

oder das Beste daraus machen. Ich werde nicht leugnen, dass ich ab und zu meine melancholischen Momente habe, aber meiner Meinung nach ist es sinnlos, Trübsal zu blasen wegen Dingen, die man nicht ändern kann. Das Einzige, worüber ich Kontrolle habe, ist das, was ich tue und wer ich sein will. Ich bin eigentlich recht glücklich in meinem Leben", sagte Neala – und dabei spürte sie, wie ihr eine Last vom Herzen fiel, von der sie gar nichts gewusst hatte. Es stimmte – sie war glücklich – und vielleicht hatte sie mit der Zeit die Gabe bekommen, ihre harte Kindheit auf eine Weise zu verstehen, die ihr die Möglichkeit gab, ihren Blick nach vorne zu richten.

„Du bist mehr als eine Überlebenskünstlerin", sagte Dagda von hinten, und Neala drehte sich zu ihm um, um seinen Blick zu erwidern. Die stürmischen Augen leuchteten im Licht des zu Ende gehenden Tages schwach auf. „Du bist eine Kriegerin, und jeder wäre stolz auf das, was du allein erreicht hast."

„Danke", sagte Neala leise und ein Lächeln machte sich auf ihrem Gesicht breit.

Der Moment zog sich für ein oder zwei Sekunden hin, bevor Bianca ein summendes Geräusch machte. Neala errötete und drehte sich auf ihrem Sitz zurück. Ein inniges, warmes Gefühl blieb jedoch und sie hatte Lust, auf den Rücksitz zu klettern, um von dem riesigen Bären von einem Mann umarmt zu werden. Ein Mann weniger Worte, aber anscheinend genau den richtigen zur richtigen Zeit.

„Wir müssen uns mit diesem Hinweis befassen", sagte Bianca und half allen über den Moment der Verletzlichkeit hinweg. Neala atmete erleichtert aus. Sie sah, wie Blake ihr vom Fahrersitz aus ein kleines Lächeln zuwarf.

„Ich verstehe nicht, was Clares Vertrauen oder Glauben mit der Sache zu tun hat", sagte Blake. „Ich glaube nicht, dass sie einen festen Glauben hat, außer an Gestein und Kristalle und dergleichen." Er kicherte, als Neala ihn überrascht ansah. „Sie ist Wissenschaftlerin. Geologin, um genau zu sein. Deshalb war der Schatz, den sie finden musste, auch ein Stein. Ich bin überrascht, dass sie ihn der Göttin zurückgeben konnte, als die Zeit gekommen war, ohne ihn vorher in ihrem Labor eingehend untersucht zu haben."

„Vielleicht geht es um den Glauben an sich selbst? Um Selbstvertrauen? Immerhin hat sie den Stein in ihrem Herzen gefunden", sagte Bianca.

„Und... was dann? Wir ermutigen sie, an sich selbst zu glauben und von dort auszubrechen, wo sie ist?", fragte Neala und runzelte verwirrt die Stirn. „Es ergibt für mich einfach keinen Sinn."

„Du musst nicht sofort alle Antworten haben", sagte Dagda vom Rücksitz aus. Seine Stimme war wie ein Segen in dem dunklen Auto. „Vertraue einfach darauf, dass du die Antwort kennst, wenn du sie brauchst."

# KAPITEL ZWÖLF

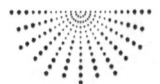

Neala dachte darüber nach, was Dagda gesagt hatte, während sie seiner Wegbeschreibung zu einer kleinen Hütte an einer überwucherten Straße am Wasser folgten. Sie hatte viele Stimmen gleichzeitig im Kopf; das machte sie zu einer ausgezeichneten Unternehmerin und Geschäftsfrau – die Fähigkeit, mehrere Dinge gleichzeitig zu erledigen und mehreren Gedankengängen gleichzeitig zu folgen. Aber woher sollte sie wissen, welche Antwort die richtige war, vor allem, wenn das Leben von jemandem davon abhing? Für jemanden, der erst seit kurzem auf dieser kleinen Reise dabei war, schien das eine Menge Druck zu sein.

Aber sie hatte versprochen, sich der Herausforderung zu stellen. Es schien, als würde sie einen Crash-Kurs darin bekommen, ihrem inneren Führer zu vertrauen.

„Bist du sicher, dass dieser Typ ein Boot für uns hat? Eines, das diese Gewässer sicher befahren kann?", fragte Bianca und beugte sich vor, um über Nealas Schulter auf

die verfallene Hütte zu blicken, die vom Licht der Scheinwerfer erleuchtet wurde. Die Fensterläden waren fest zuge-
zogen, um die Hütte vor dem Regen zu schützen, obwohl
Neala nicht glaubte, dass dies in Anbetracht des klaffenden
Lochs auf einer Seite des Daches ausreichend sein würde.
Hinter der Hütte konnte sie in etwas Entfernung gerade
noch die Umrisse eines anderen Gebäudes erkennen.

„Vertrau mir", sagte Dagda und schwang sich aus dem
Heck des Autos.

Neala betrachtete ihn, wie er selbstsicher durch die Nacht
schritt, wobei ihm der Regen nicht im Geringsten etwas
auszumachen schien. Sie mochte die Art, wie er sich bewegte,
mit einer geschmeidigen Effizienz, die seine Körpergröße
verleugnete. Die Tür öffnete sich, bevor er die Hütte erreichte,
und Neala konnte den Schatten eines Mannes erkennen, der
sich im Licht abzeichnete. Nach einem kurzen Gespräch
wandte sich Dagda um und gab dem Land Rover ein Zeichen,
zu dem Gebäude hinter der Hütte durchzufahren. Als der
Wagen den Weg entlangrollte, war Neala überrascht, eine
große Scheune zu sehen, die zwischen den Bäumen versteckt
und von der Hauptstraße aus kaum zu sehen war. Nicht, dass
auf dieser alten, verlassenen Straße viele Autos vorbeikommen
würden. Trotzdem, es war ein sicherer Ort.

„Ist das...", begann Neala und neigte ihren Kopf überrascht zu Dagda und dem Mann, die auf die Scheune zugin-
gen. „Täuschen mich meine Augen, oder schimmern sie
schwach violett? Ist das eine Aura? Magie?"

„Oh, natürlich, mein Fehler." Bianca führte ihre Hand
ans Gesicht. „Die Guten mit Magie sind schwach lila. Die
Farbe des Königtums. Du hast auch einen Hauch davon,

aber du kannst es nicht sehen. Es wird deutlicher zum Vorschein kommen, wenn du herausfindest, was deine Magie ist."

„Meine Magie?", fragte Neala, aber alle waren bereits dabei, den Wagen zu verlassen – mit ihren Waffen in der Hand, wie Neala bemerkte, und so griff auch sie nach ihrem Dolch. Dies war ein guter Ort für einen Hinterhalt, also mussten sie wachsam bleiben. Aber sie nahm sich vor, sich Bianca so bald wie möglich zur Seite zu nehmen und herauszufinden, was sie mit ihrer Magie meinte.

Ein leichter Schauer der Erregung durchzuckte sie bei diesem Gedanken. Wäre das nicht einfach das Tollste? Wenn sie, Neala O'Riordan, Selfmadefrau und Unternehmerin, unabhängig und Tochter eines Säufers, ihre eigene Magie hätte? Es war das, wovon kleine Mädchen in Märchen lasen. Nicht, dass ihr zu Hause jemals Märchen vorgelesen worden wären, aber in der Schule hatten sie welche gelesen, und Neala war immer fasziniert gewesen von all den Möglichkeiten, die darin steckten.

Und war es nicht genau das, was ein Träumer war? Jemand, der Möglichkeiten sah und ergriff? Sie war schon immer eine Träumerin gewesen. Neala beschloss, für alles offen zu sein, und ging auf Dagdas Freund zu, den Dolch im Anschlag, aber mit einem Lächeln im Gesicht.

„Das ist mein Freund Sean. Er besitzt mit seiner Frau Margaret einen Fischereibetrieb in Dublin. Ich glaube, es sind Freunde von euch, oder? Es gibt eine Verbindung zu Grace's Cove. Ihr habt im Haus von Margarets Tochter und ihrem Schwiegersohn gewohnt – Keelin und Flynn?"

„Ja, das stimmt. Es war ein schönes Haus und ein

rundum gelungener Aufenthalt. Große Magie dort." Bianca
strahlte Sean an und reichte ihm die Hand.

„Es freut mich, dass ihr einen angenehmen Aufenthalt
hattet", sagte Sean, und sein breites Lächeln erhellte sein
hübsches Gesicht. „Es hieß, es gebe einige Unruhen und
wir sind wir gerne bereit, euch zu helfen, wenn wir können.
Ich lagere einige meiner Lieblingsboote hier oben, und die
Fahrt hierher war kein Problem."

Neala mochte ihn auf Anhieb.

„Wir freuen uns, dich kennenzulernen und vielen Dank
für deine Hilfe", sagte Bianca, als Sean ein großes Vorhänge-
schloss öffnete. Er schob das Scheunentor weit auf und
legte einen Schalter um, um das Innere zu beleuchten.

„Das gibt's doch nicht", hauchte Seamus überrascht,
und Neala nickte ihm zu.

Sechs Boote, von einem kleinen zweisitzigen Fischerboot bis zur großen Luxusyacht, reichten über die gesamte
Länge der Scheune. Jedes Boot war makellos lackiert, sorgfältig geputzt und glänzte unter den Scheinwerfern, die von
den Dachsparren herabhingen.

„Man würde nie vermuten, dass die hier lagern", sagte
Blake.

„Ja, genau das ist der Sinn der Sache. Die Gefahr von
Vandalismus ist gering, wenn die Leute denken, es sei nur
eine Hütte von einfachen Leuten. Trotzdem habe ich noch
ein starkes Sicherheitssystem und bezahle ein paar Einhei-
mische, die einmal in der Woche vorbeikommen und nach
dem Rechten sehen. Sie brauchen das Geld, und es hält die
Leute davon ab, hier herumzuschnüffeln", sagte Sean und
ging zu einem mittelgroßen Boot in der Mitte der Scheune.
„Ich denke, dieses ist am besten geeignet für das, was ihr

vorhabt. Cannon Rock ist schwierig zu navigieren, und man muss direkt zwischen den Felsen an einem kleinen Strand anlegen, um überhaupt an Land zu kommen. Seht ihr, wie der Bug hier abflacht? Wir werden es schaffen, die Küste zu erreichen, ohne allzu großen Schaden zu nehmen."

„Wir?", fragte Dagda.

„Ihr habt doch nicht gedacht, dass ich euch allein fahren lasse, oder? Wie viel Erfahrung habt ihr mit der Führung von Booten?"

Alle schauten sich gegenseitig an.

„Ich habe das schon häufiger gemacht", sagte Dagda.

„Ja, Dag, ich würde dir vertrauen. Aber ich glaube, du hast wichtigere Dinge im Kopf, als das Boot zu steuern. Soviel ich weiß, liegen große Gefahren vor uns. Du lässt mich fahren. Ich kenne diese Gewässer und ich kenne dieses Boot. Du machst deinen Job und ich mache meinen, verstanden?", sagte Sean in einem Ton, der keinen Widerspruch duldete.

„Na dann, an die Arbeit", sagte Dagda, und damit schien die Sache erledigt zu sein.

Sean arbeitete zügig und teilte allen Aufgaben zu, vom Abnehmen der Bootsabdeckung bis zum Ankoppeln an den Wagen. Sie arbeiteten gut zusammen, größtenteils schweigend, aber wie ein eingespieltes Team. Neala hätte jeden von ihnen mit Vergnügen als Mitarbeiter in ihrer Bäckerei eingestellt.

„Dein Regenzeug", sagte Dagda und kam mit einer leuchtend gelben Jacke und Hose in der Hand auf sie zu.

„Danke", sagte Neala und sah zu ihm auf.

„Bleib dicht bei mir", sagte Dagda.

„Das werde ich. Gibt es… hast du einen Rat für mich?",
fragte Neala, die sich in seiner Gegenwart unerklärlich
schüchtern fühlte. Der Mann war einfach so groß! Er überragte sie um einiges, und seine ruhige Stärke und sein abso-
lutes Vertrauen in seine Fähigkeiten hätten sie
eingeschüchtert, wenn sie nicht für ihre Sicherheit eingesetzt würden.

„Halte den Kopf oben und das Herz offen", sagte
Dagda, und seine Augen hielten die ihren fest, bis eine
angenehme Wärme durch Nealas Körper strömte und sie
sich unbewusst über die Lippen leckte. Dagdas Blick
wanderte zu ihrem Mund und dann wieder hoch zu ihren
Augen. „Und unterlasse das bitte. Es lenkt ab."

„Was meinst du?", fragte Neala, ehrlich verwirrt.

„Über deine Lippen lecken. Es weckt in mir das Verlangen, dich zu küssen, bis dir der Atem wegbleibt, und ich
muss mich darauf konzentrieren, dich zu beschützen."
Dagda ging weg, bevor sie antworten konnte.

Neala führte ihre Hand überrascht an die Lippen und
spürte dann, wie sich ein paar Tröpfchen Lust zu der
Wärme gesellten, die sich in ihrem Bauch sammelte.

Ein Mann weniger Worte, aber er wusste sie einzusetzen, wenn es darauf ankam, dachte Neala und ein kleines
Lächeln umspielte ihre Lippen. Sie zog den gelben Regeno-
verall und die Jacke an. Sie wusste, dass sie den Schutz gut
gebrauchen konnte, denn mittlerweile goss es draußen wie
aus Eimern.

„Du siehst verändert aus", sagte Bianca, die aussah wie
ein runder, sonniger Ballon aus gelbem Regenschutz.

„Nein, tue ich nicht", brummte Neala, steckte ihren
Zopf zurück und zog die Kapuze über ihr Haar.

„Oh doch, das tust du. Ich kenne das. Ich sehe auch so aus, wenn Seamus etwas Süßes zu mir sagt. Ohhhh, erzähl mir, was hat Dagda gesagt? Ich hatte gehofft, dass es etwas Romantik geben würde", hauchte Bianca und umklammerte Nealas Arm vor Aufregung.

„Würdest du bitte still sein? Von Romantik kann keine Rede sein", sagte Neala und warf einen Blick auf die Männer, die sich am Scheunentor versammelt hatten, um sich zu vergewissern, dass das Boot ordnungsgemäß angekoppelt war.

„Ach komm schon, ich sehe doch, wie er dich ansieht", schmollte Bianca.

„Wie er mich... Wie sieht er mich denn an?", fragte Neala.

Bianca hüpfte auf ihren Zehen. „Siehst du? Du bist sehr wohl interessiert."

„Hey, das war nicht fair." Jetzt war es an Neala, zu schmollen.

„Ich weiß. Aber die Wahrheit kommt doch irgendwie raus, oder?"

„Er sagte, er würde mich küssen, bis mir der Atem wegbleibt, wenn ich nochmal über meine Lippen lecke." Neala stieß die Worte schnell aus und beschloss, Bianca zu vertrauen, anstatt zu versuchen, sich herauszureden.

„Ohhhh." Bianca fächelte sich Luft zu. „Ich würde übrigens wetten, dass er ein verdammt guter Küsser ist. Ein ruhiger Mann. Aber stille Wasser sind tief, weißt du?"

„Wahrscheinlich." Neala atmete aus.

„Sie rufen uns. Wir sprechen später darüber. Aber denke daran: Töte alles, was silbern leuchtet. Wenn das alles vorbei ist, kannst du mit deinem Gott oder deiner Göttin ein ernsthaftes Gespräch über die Moral des Ganzen führen. Wenn du ein religiöser Typ bist", sagte Bianca.

„Bin ich nicht", sagte Neala.

„Gut. Das wird dich zu einer besseren Kämpferin machen."

# KAPITEL DREIZEHN

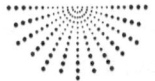

„Glaubt ihr wirklich, dass das sicher ist?", fragte Neala und betrachtete die Wellen, die gegen das Ufer schlugen. Der Regen prasselte immer noch in Sturzbächen nieder, und Neala konnte kaum einen Meter weit sehen.

„Nein", sagte Dagda und sprang aus dem Auto, um Blake anzuweisen, während er das Boot ins Wasser setzte.

„Wunderbar", hauchte Neala.

„Nichts ist sicher, Schatz. Ob man zum Markt geht oder bei einem Sturm ein Boot besteigt. Es herrscht Krieg, verstehst du? Sei immer auf der Hut", riet Seamus.

„Er hat Recht. Aber du wirst es durchstehen. Wir werden ein paar Domnua in den Hintern treten, Clare retten und von hier verschwinden. Verdammt, auch ich versuche, mir keine allzu großen Sorgen zu machen", gab Bianca zu.

Neala beugte sich vor und drückte sie. „Es tut mir leid. Ich weiß, dass sie deine Freundin ist."

„Meine beste Freundin. Wir sind seit Jahren befreundet

und haben schon viele schwere Zeiten zusammen durchgestanden. Aber das hier übertrifft alles", gab Bianca zu, holte tief Luft und wischte sich den besorgten Ausdruck aus dem Gesicht. „Das ist nicht die richtige Einstellung. Ich muss meine Energie neu ausrichten."

„So gefällst du mir, meine Liebe", sagte Seamus und öffnete die Tür, um sie aus dem Wagen und in den Regen zu führen. Automatisch duckte Neala ihren Kopf gegen den Angriff des Wassers, aber es nützte nichts. Jeder Teil von ihr, der nicht von Regenkleidung bedeckt war, wurde augenblicklich durchnässt.

So viel zu dem neuen Make-up, das sie am Morgen aufgetragen hatte.

„Alle aufspringen", rief Sean von dort aus, wo sie das Boot festhielten, das wild auf den Wellen und im Wind schaukelte. Neala schnappte nach Atem, als sie hochgehoben wurde, als würde sie nichts wiegen, und auf Deck abgesetzt wurde. Ihre Taille brannte an der Stelle, an der Dagda sie hochgehoben hatte, und seine Energie schien den Regen und die Kälte zu durchdringen und ihr Inneres zu erwärmen.

Bald waren alle außer Dagda an Bord, und Neala keuchte auf, als die Motoren ansprangen.

„Dagda ist nicht auf dem Boot", sagte sie und versuchte, zum Bug zu eilen.

„Bleib bei mir", befahl Blake, packte sie am Arm und zog Neala dicht an seinen Körper heran. „Er schiebt das Boot raus. Er wird gleich an Bord sein."

Dagda schob das Boot vorwärts. Die Wellen schlugen um ihn, aber seine Körpergröße half ihm, und er führte sie hinaus, bis er hüfttief im Wasser stand. Dann stieg er mit einer solchen Leichtigkeit an Bord, als wäre er ein junger Bursche, der auf einen Baum kletterte. Neala beschloss, dem Gefühl, das sie gehabt hatte, als Dagda das Boot fortgezogen hatte, keine zu große Beachtung zu schenken, und beugte stattdessen den Kopf gegen den Regen, der ihr ins Gesicht peitschte.

Dagda stellte sich hinter sie, gerade so dicht, dass sie ihn spüren konnte. Es war wie eine Sicherheitsdecke über ihrem Rücken. Seamus stand in einer ähnlichen Position hinter Bianca, während Blake den vorderen Teil des Bootes einnahm und das dunkle Wasser absuchte.

„Wie kann er überhaupt etwas sehen?", rief Neala gegen den Wind.

„Scheinwerfer, plus Magie. Außerdem kennt Sean die Gewässer, und er hat die Geräte im Auge", sagte Dagda mit seinem Mund an ihrem Ohr. Neala zuckte fast zusammen, als seine Lippen so nah an ihrer Haut waren.

Sean stand aufrecht im Ansturm des Regens, die Schultern breit, die Hände fest am Steuerrad. Ein kleines Dach schützte ihn etwas, aber der Regen flog fast seitwärts, und niemand war davon verschont, durchnässt zu werden. Die anderen drängten sich weiter hinten zusammen, bildeten einen Halbkreis und starrten in die Dunkelheit, während die Wellen gegen den Kiel schlugen und das Boot durchschüttelten.

Dort, in der Dunkelheit der Wellen, konnte Neala einen Blick erhaschen.

Ein silberner Blitz.

Sie strengte ihre Augen an, um zu sehen, ob da noch mehr war, aber sie sah nichts.

„Ich glaube, ich habe…" sagte Neala und schüttelte dann den Kopf. Sie wollte nicht albern wirken.

„Was hast du gesehen?", wollte Dagda wissen.

„Es war nur … ein silberner Blitz. Aber jetzt sehe ich nichts mehr. Ich bin sicher, dass ich mir das nur eingebildet habe", rief Neala.

„Achtung", rief Dagda. Alle auf dem Boot wurden aktiv und zogen Messer, Dolche und andere Waffen aus Taschen und Rucksäcken hervor. Selbst Sean zog etwas, das wie eine Machete aussah, unter dem Steuerrad hervor.

Für einen unheimlich langen Moment schienen die Wellen und der Regen zu verstummen, und alles war still.

Als die Domnua zuschlugen, geschah es mit der Kraft eines rachsüchtigen Orkans.

# KAPITEL VIERZEHN

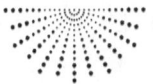

Bianca hatte Recht gehabt damit, dass die Domnua schnell waren, aber Neala hatte nicht wirklich verstehen können, was sie meinte, bis sie sich über die Bordwand ergossen, ein endloser Strom silberner Krieger, so dicht wie der Regen, der wieder einmal vom Himmel fiel.

Die Schlacht entbrannte sofort. Bianca und Seamus stürzten sich in die Welle der Domnua, hielten sich aneinander oder am Rand des Bootes fest, um Halt zu finden, während sie sowohl gegen die schaukelnden Wellen als auch gegen die angreifenden Domnua kämpften. Blake, Rücken an Rücken mit Sean, bekämpfte den immer stärker werdenden Ansturm der Feenkrieger, während Sean das Steuer festhielt und standhaft blieb, obwohl um ihn herum der Kampf tobte.

Das nenne ich einen Kapitän, dachte Neala bei sich, während sie an der Reling kauerte und den Dolch vor sich ausstreckte, wobei ihre Augen versuchten, jede Bewegung zu verfolgen, auch wenn dies praktisch unmöglich war.

Aber oh... Dagda. Dagda war eine Augenweide. Wie

jeder Krieger, der das tat, wozu er geboren wurde, war er genau in seinem Element – zu kämpfen, um die Seinen zu beschützen. Er war schlichtweg großartig. Domnua, die versuchten, auf seinen Rücken zu springen, wurden mit Leichtigkeit über Bord geworfen, während er vier weitere, die sich von vorne näherten, mit einem einzigen Schlag seines Schwertes tötete. Dagda hob den Kopf und schrie sein Kampfgeheul in den Himmel, sein Haar war vom Regen nass, seine Augen leuchteten vor Kampfgeist, und Neala konnte nur staunen.

Und dankbar sein, dass er auf ihrer Seite war.

Sie wusste nicht, ob sie sich in den Kampf stürzen oder bleiben sollte, wo Dagda sie abgesetzt hatte, mit dem strikten Befehl, an Ort und Stelle zu bleiben. Da sie nicht wusste, was schlimmer war – seine Anweisungen zu ignorieren oder nicht zu kämpfen – beschloss Neala schließlich, dass sie etwas tun musste, irgendetwas, um zu helfen. Sie holte tief Luft und schritt nach vorne.

Sofort wurde sie von hinten gepackt. „Dagda!" schrie sie und wehrte sich gegen den Griff, der ihre Arme wie Stahl um ihre Taille schlang.

Sie hatte also auf die falsche Stimme gehört, dachte Neala, als sie nach Luft schnappte und gegen die Knie des Domnuas trat, der sie festhielt. Sie versuchte, ihren Fuß anzuwinkeln, um ihn dorthin zu treten, wo es einem Mann am meisten wehtun würde.

Silberne Flüssigkeit explodierte um sie herum und bedeckte sie, bevor Neala zu Boden fiel. Sie rutschte beinahe aus, als Dagda sie am Arm packte, das Schwert in der Hand.

„Ich habe dir gesagt, du sollst hierbleiben", sagte Dagda mit wütender Miene.

„Ich kann nicht einfach dasitzen und nicht helfen", rief Neala.

„Du hilfst uns. Indem du hierbleibst. Verstehst du denn nicht? Sie sind hinter dir her! Je mehr wir dir über das Boot folgen müssen, desto wahrscheinlicher ist es, dass einer von uns stirbt. Setz. Dich. Hin." Dagda schob sie zurück in ihren Schlupfwinkel und stellte sich vor sie, bereit zum Kampf.

Neala kam sich auf der Stelle dumm vor. Er hatte eindeutig Recht, obwohl sie nicht wirklich verstand, warum die Domnua nur hinter ihr her sein sollten. Sie hatte gedacht, dass sie hinter ihnen allen her waren – deshalb wollten sie doch Clare retten, nicht wahr? Aber jetzt fühlte sie sich furchtbar, weil sie die anderen mit ihrer eigenen, fehlgeleiteten Stimme in Gefahr gebracht hatte.

Und sie sollte also ihren Instinkten vertrauen? Bislang hat sie ihre Sache nicht gut gemacht.

„Cannon Rock", rief Blake, und fast augenblicklich verschwanden alle Domnua, als hätte jemand das Licht ausgeschaltet. Der Regen ließ nach, kam aber immer noch, und Neala konnte die schwachen Umrisse der felsigen Küste einer kleinen Insel ausmachen.

„Wir können dort auf keinen Fall mit einem Boot landen", keuchte Neala, wischte sich silbernes Blut aus dem Gesicht und sah zu, wie es sich im Regen zu ihren Füßen auflöste. Es war fast wie Spielzeug-Glibber, leuchtend wie Neon, aber silbern statt grün.

„Wir werden es landen. Vertrau mir", rief Sean zurück.

Da er das Boot inmitten eines tobenden Sturms und

eines heftigen Kampfes vor dem Kentern bewahrt hatte, dachte Neala, dass sie auf ihn zählen konnten. Sie schob die Sorge beiseite und erhob sich aus ihrer Hocke auf dem Deck des Bootes.

„Es tut mir leid", sagte Neala und wandte sich an die Gruppe.

„Ist schon in Ordnung. Es ist schwer, dem Drang zu widerstehen, zu helfen. Aber in diesem Fall hatte Dag Recht. Es ist das Beste, wenn du geschützt bleibst. Wenn dir etwas zustößt – ist alles verloren", sagte Seamus.

„Toll, kein Stress also, ja?", brummte Neala.

„Mache einfach keine dummen Sachen", sagte Dagda.

Neala drehte sich um und starrte ihn an. „Niemand hat mir gesagt, dass ich diejenige bin, hinter der sie her sind", betonte sie.

„Dann solltest du vielleicht einfach zuhören, wenn Anweisungen gegeben werden", sagte Dagda in gleichmäßigem Tonfall, den Blick auf die bedrohlich wirkenden Felsen gerichtet. „Bleib auf der Höhe des Geschehens. Du bist diejenige, von der der Erfolg oder das Scheitern dieser Suche abhängt. Die Leute, die dir helfen sollen, unnötig in Gefahr zu bringen, ist inakzeptabel."

Dagda ging zum Bug des Bootes, um sich mit Blake zu beraten, und Neala blinzelte gegen die drohenden Tränen an.

„Lass dich nicht von ihm ärgern. Ich kann spüren, dass er mehr bellt als beißt. Wahrscheinlich hat er einfach Angst um dich", sagte Bianca und drückte ihren Arm. „Du weißt, wie Männer sein können."

„Es tut mir leid. Ehrlich. Ich wollte nur helfen."

„Glaube mir, du wirst uns auf dieser Suche in vielerlei

Hinsicht helfen. Aber du kannst nicht die ganze Zeit so helfen, wie du willst. Wir sind ein Team, okay?"

Neala holte zitternd Luft und sah zu, wie Dagda furchtlos ins Wasser sprang und das Boot mit Leichtigkeit an ein winziges Stück flachen Ufers zog.

„Du hast Recht. Ich bin es gewohnt, das Sagen zu haben. Nächstes Mal werde ich es besser machen", sagte Neala und schenkte Bianca ein reuiges Lächeln.

„Schon in Ordnung. Komm, wir holen Clare."

„Woher sollen wir wissen, wo sie ist?", fragte Neala, während sie ihre Rucksäcke schulterten und zum vorderen Teil des Bootes gingen.

„Es ist eine winzige Insel", sagte Sean und schaltete die Motoren ab. „Es gibt nur einen Leuchtturm darauf. Ich vermute, dass sie da drin ist, es sei denn, es gibt eine unterirdische Höhle, von der ich nichts weiß. Wir werden sie rasch finden."

„Kennst du den Weg?", fragte Blake, als sie am Bug des Bootes standen. Seamus hüpfte leichtfüßig auf den Strand und streckte sich nach Bianca aus. Neala sah sich erneut Dagda gegenüber, der seinen Arm um ihre Taille legte und sie sanft ans Ufer trug.

„Ja, ich kenne den Weg. Aber benutzt eure Stirnlampen. Der Leuchtturm ist außer Betrieb, und der Weg zur Klippe ist steinig."

Mit eingeschaltetem Licht machten sie sich auf den Weg in die Nacht, um Clare zu finden – die erste Sucherin, die ihren Schatz gefunden hatte.

# KAPITEL FÜNFZEHN

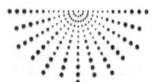

D agda tat sein Bestes, um Nealas Anwesenheit zu
ignorieren, obwohl sie direkt vor ihm durch den
Regen stapfte. Selbst in einem gelben Regenmantel –
eigentlich nur ein unförmiger Sack – fand er sie verlockend.
Er schwor, dass er ihren Duft im Regen riechen konnte,
eine köstliche Mischung aus Vanille und Zimt. Er nahm an,
dass man so roch, wenn man den ganzen Tag in einer
Bäckerei verbracht hatte. Er wollte an ihrem Hals knabbern,
sich an sie schmiegen und alle Vertiefungen und
Rundungen ihres üppigen Körpers erforschen.

„Es tut mir leid", sagte Neala über ihre Schulter und
klang dabei wie ein kleiner Welpe, der gerade getreten
wurde.

Dagda seufzte und fuhr fort, die felsige Landschaft um
sie herum abzusuchen, auf der Suche nach einem Zeichen
von Domnua.

„Leben und lernen."

„Ich weiß. Ich lerne schnell, aber das ist alles so neu für
mich. Ich glaube nicht, dass ich wirklich das ganze Ausmaß

dessen verstanden habe, was wir hier eigentlich tun. Ich bin es nicht gewohnt, im Mittelpunkt zu stehen oder jemanden zu haben, der auf mich aufpasst. Ich habe alles im Leben allein gemacht, verstehst du? Es ist schwer, diesen Schalter umzulegen und Anweisungen zu befolgen, besonders wenn ich das Gefühl habe, dass ich helfen kann."

Das ergab Sinn für ihn, auch wenn er ihr am liebsten an den Hals gegangen wäre, nachdem er die Domnua vernichtet hatte, die versucht hatten, sie ins Wasser zu ziehen. Zu sehen, wie sie in Gefahr war, hatte ihn nur in seiner Überzeugung bestärkt, dass es gut war, so viel professionellen Abstand wie möglich zu ihr zu halten. Der Gedanke daran, dass sie verletzt oder getötet werden könnte, hatte ihn bis ins Mark erschüttert. Dagda war eine Ein-Mann-Band. Er war es gewohnt, Alleinflüge zu machen, und er wollte es auch dabei belassen. Er hatte sein Leben damit verbracht, die Welt auf Motorrädern zu erkunden und sich frei zu bewegen, bis die Göttin Danu ihn nach Hause gerufen hatte, um seinem Volk zu dienen. Es war eine Rolle, die er aus freien Stücken und mit Freude angenommen hatte, aber nicht mit der Erwartung, in seinem Leben irgendwelche neuen Bindungen einzugehen.

Eigentlich schien es sogar der perfekte Job zu sein, um keine neuen Bindungen einzugehen. Er musste jederzeit bereit sein, in magische Welten hinein- und hinauszuschlüpfen und Domnua zu zerstören, wenn es erforderlich war. Er musste wie der Rauch im Wind sein.

Mit Neala ins Bett zu gehen gehörte nicht zu seinen Aufgaben.

Zuerst hatte er versucht, es als eine unterhaltsame Möglichkeit abzutun. Die Frau war umwerfend – eine der schönsten, die er auf all seinen Reisen gesehen hatte, und er hatte sicherlich schon mit vielen Frauen Zeit verbracht. Aber irgendetwas an ihr hatte ihn angezogen. Eine süße Unschuld, die sich hinter ihrem nüchternen Äußeren verbarg, und die ihn nach mehr als nur einem kurzen Abenteuer mit ihr sehnen ließ.

Deshalb war er entschlossen, Abstand zu halten und seine Gefühle in dieser Hinsicht nicht zu sehr zu vertiefen.

„Ich verstehe. Mir geht es ganz ähnlich. Ich habe auch alles allein gemacht. Aber glaub mir, wenn ich dir sage, dass du irgendwo bleiben sollst, dann meine ich das auch so. Ich muss wissen, dass du da bist, wo ich dich hingeschickt habe. Was wäre, wenn ich mein Schwert blindlings geschwungen und dich getroffen hätte? Es gibt jetzt tiefgreifendere Konsequenzen für deine Handlungen. Sei einfach froh, dass niemand verletzt wurde und lerne daraus."

„Das werde ich, ich verspreche es", sagte Neala.

Sie gingen eine Weile schweigend weiter und bewegten sich so schnell sie konnten im Lichtschein ihrer Lampen. Die Nacht war noch immer feucht und die Steine unter ihren Füßen waren rutschig.

„Wo warst du, als du allein losgezogen bist? Du bist doch ein Feenmann, oder?", fragte Neala, und Dagda musste beinahe seufzen. Frauen wollten immer reden.

„Ich bin durch die Welt gezogen. Wie ein Herumtreiber schlage ich nirgendwo Wurzeln. Ich nehme mir in jedem Land, in dem ich bin, ein Motorrad und fahre einfach los. Unterwegs treffe ich neue Leute und lerne neue Kulturen kennen."

„Warum bist du dann hierhergekommen?"

„Die Göttin hat mich gebeten."

Dagda sah, wie Neala den Kopf schüttelte.

„Ich muss mich immer noch an diese ganze Göttinnen-Sache gewöhnen, wenn ich ehrlich sein soll. Nicht aus Respektlosigkeit oder so, es ist nur... unglaublich. Die Göttin hat dich gebeten, etwas zu tun. Wie war sie denn so?"

„Wunderschön wie nichts auf dieser Welt. Licht und eine Erhabenheit, die schwer zu beschreiben ist. Man sieht ihr Licht und ihre Schönheit nicht nur, man fühlt es tief in sich. Sie ist so, wie ich mir das Lachen eines Schmetterlings vorstelle."

„Das ist ... absolut bezaubernd", lachte Neala und warf ihm ein Lächeln über ihre Schulter zu. Der Blick in ihren Augen hätte einen geringeren Mann leicht auf die Knie sinken und um ihre Aufmerksamkeit betteln lassen.

„Tja, nun, wenn die Göttin ruft – dann antwortet man. Aber es ist eine hohe Ehre, und ich freue mich, meinem Volk dienen zu können, denn ich wandere nun schon seit Jahren umher und war nicht immer da, um zu helfen."

„Keine Familie?"

„Dazu gibt es nicht viel zu sagen", sagte Dagda und schloss diese Tür.

„Ah, da kann ich dich verstehen. Aber ich selbst bin nicht so viel herumgekommen. Ich glaube, ich habe ein Zuhause gebraucht, und so habe ich schließlich eine Bäckerei eröffnet. Ich wollte einen Ort, der mir ganz allein gehört."

„Es ist ein reizender Laden", sagte Dagda und hätte sich fast selbst einen Tritt verpasst. Ein reizender Laden? Er klang schon wie ein Weichei.

„Danke. Ich bin sehr stolz darauf."

„Genug geredet. Wir sollten aufmerksam bleiben. Ich glaube, wir laufen in eine Falle", sagte Dagda und beendete das Gespräch. Er hatte so viel geredet wie seit Wochen nicht mehr, und es war wenig hilfreich bei seinem Plan, sich von Neala zu distanzieren.

Vielmehr glaubte er, dass sein Herz bereits in seine eigene Falle gegangen war.

# KAPITEL SECHZEHN

Das Lachen eines Schmetterlings. Neala wiederholte den Satz in ihrem Kopf. Es war außerordentlich charmant, rief aber auch ein Gefühl von Verspieltheit und Freude hervor, das sie von einem schroffen Mann wie Dagda nicht erwartet hatte. Sie fragte sich, ob er sensibel war und welche anderen Schichten sich unter seiner harten Schale verbargen.

Oh, aber sie konnte ihn sich gut vorstellen auf seinem Motorrad auf offener Straße, mit strammen Muskeln und dem Wind im Haar. Sie fragte sich, ob er Tätowierungen hatte, und fügte dies zu ihrem geistigen Bild von ihm hinzu. Neala war überrascht, dass sie in ihrer Vorstellung hinter ihm auf dem Motorrad saß, und zum ersten Mal im Leben hatte sie wirkliche Sehnsucht nach der Freiheit der offenen Straße. Reisen hatte nie ganz oben auf ihrer Prioritätenliste gestanden, und bis vor ein paar Jahren war es praktisch unmöglich gewesen, da sie jeden Pfennig zweimal umdrehen musste, um ihre Bäckerei am Leben zu erhalten.

Aber jetzt? Oh, jetzt wollte sie die Welt sehen! Ohne

gleich alles zu überstürzen, aber vielleicht, sobald sie ein zweites Geschäft eröffnet und eine Filialleiterin eingestellt hatte. Vielleicht würde sie sich den Nudelkurs in Italien gönnen, den sie schon immer machen wollte.

„Leuchtturm voraus", rief Blake.

Neala blickte auf, nachdem sie sorgfältig auf ihre Füße geachtet hatte, und sah durch den Nebel die Umrisse eines dunklen steinernen Leuchtturms. Wenn sie genau hinsah, sah es so aus, als ob ganz oben am Turm ein schwacher Schein zu sehen war.

„Die Wellen unter uns klingen jetzt viel weiter weg", bemerkte Neala.

Bianca drehte sich zu ihr um. „Wir sind ganz oben auf der Klippe. Es ist die höchste Stelle der Insel. Sei sehr vorsichtig, wo du hintrittst. Ich habe wirklich keine Lust, dir ins kalte Wasser hinterherzuspringen", sagte Bianca.

Neala fühlte sich ungerecht behandelt. „Hey, ich habe mich für vorhin entschuldigt, ich werde die Anweisungen befolgen", sagte sie, gerade als ihr Fuß ausrutschte und sowohl Bianca als auch Dagda sie packen mussten.

Würden die peinlichen Situationen irgendwann ein Ende haben?

„Ich schwöre, ihr Feen macht euch einfach über mich lustig", brummte Neala, lächelte dann aber, als sie Dagdas leises Kichern hörte. Wenigstens hatte sie es geschafft, ihn zum Lachen zu bringen, was er anscheinend nicht oft tat.

„Ist schon gut, ich bin auch oft ungeschickt. Aber hier oben ist es wirklich glitschig. Oh, verdammt, Blake macht Tempo", sagte Bianca. Bald waren sie alle schneller unterwegs und versuchten, auf ihre Füße zu achten und gleichzeitig mit Blake Schritt zu halten. Als sie den Leuchtturm erreichten, versuchte er bereits, Halt zu finden, um an der Wand hochzuklettern.

„Gibt es keine Tür?", fragte Dagda, während der Wind auffrischte und der Regen in dichten Strömen herabfiel.

„Der Turm wurde magisch versiegelt. Keine Tür. Auch keine Fenster, soweit ich erkennen kann. Nur kleine Schlitze in der Mauer, durch die das Licht ein- und ausgehen kann. Ich werde hinaufklettern müssen. Wenn das geht." Blake fluchte lange und laut, als er wieder an der Wand hinabrutschte.

Neala legte den Kopf schief und blickte nach oben – weit nach oben – und wieder zurück zu Blake. Es war ausgeschlossen, dass der Mann in der Lage war, diesen Turm zu erklimmen und sich bei diesem Wind und Regen festzuhalten. Was dachte er sich nur dabei? Sie sah zu, wie er es noch einmal versuchte und wieder auf den Boden fiel, wobei seine Flüche lauter wurden. Dagda kreiste um die Gruppe, den Rücken zu ihnen gewandt, und suchte die Nacht nach allem ab, was sich bewegte.

„Haben wir ein Seil in der Tasche?", rief Seamus.

Neala ließ sich auf die Knie fallen, öffnete den Rucksack und kramte darin, bis sie ein ordentliches Stück Seil fand. „Ja, hier ist ein Seil, aber es ist nicht lang genug, um so etwas zu erklimmen, fürchte ich."

„Ich lasse mir etwas einfallen", sagte Blake und schnappte sich das Seil von ihr. Sein Gesicht war von purer Entschlossenheit und Panik gezeichnet. Ein Schrei von oben ließ ihn innehalten. Durch das Heulen des Windes konnte Neala ihn gerade noch hören.

„Blake!", schrie Clare aus dem Turm.

„Clare! Wir sind da! Wir holen dich raus."

„Sei vorsichtig", rief Clare hinunter, aber es war, als würde sie einen Besessenen anschreien. Blake begann mit dem Seil über der Schulter die Mauer zu erklimmen, wobei er bei jedem Schritt nach Halt suchte. Je höher er kam, desto besorgter wurde Neala.

„Wie will er sie da rausholen, wenn er oben ist? Es sieht nicht so aus, als gäbe es eine Tür. Das gefällt mir nicht," sagte Bianca.

„Ich weiß es auch nicht. Wie kann das keine Falle sein? Hat der Hinweis nicht etwas über Clares Glauben gesagt? Ist es nicht so, dass sie sich selbst befreien muss?", überlegte Neala und wurde wütender auf diese Frau, die es zuließ, dass sich ihr Mann in solche Gefahr begab, um sie zu retten.

„Aber die Hinweise sind nicht für sie", sagte Bianca automatisch, dann weiteten sich ihre Augen, als sie sich umdrehte und Neala ansah, während der Regen im Licht ihrer Stirnlampe beinahe seitlich fiel. „Sie sind für dich."

„Blake! Pass auf! Sie kommen!", schrie Clare von der Spitze des Turms, gerade als sich der Himmel öffnete und es Domnua auf sie regnete. Die Gruppe sprang in Aktion – aber es war zu spät, denn Blake stürzte vom Turm und schien auf Clares Schrei hin einen Moment lang in der Luft zu schweben, bevor er über die Klippe stürzte.

„Tu etwas!", schrie Bianca und rannte zum Rand der Klippe, während sie Domnua auf dem Weg dorthin auslöschte.

„Ich? Was soll ich tun?", schrie Neala panisch und schaute hinüber zu Dagda, der eine ganze Reihe von Domnua abwehrte. Er drehte sich zu ihr um und zeigte auf seine Brust, bevor er herumwirbelte und sechs weitere Domnua ausschaltete, die es auf ihn abgesehen hatten.

„Meine Brust? Ich verstehe nicht." Neala verschluckte sich fast an ihren Worten, so groß war ihre Panik. Die Stimmen in ihrem Kopf prallten aufeinander, bis eine sich über die anderen erhob. Dagda hatte es ihr gesagt, bevor sie aufgebrochen waren.

Kopf hoch. Herz auf.

Das war ihr Hinweis gewesen. Clare hatte in ihr Herz blicken müssen, um den Schatz zu finden, aber sie hatte auch an die Liebe glauben müssen. Vielleicht war Neala in der Vergangenheit etwas zynisch gewesen, was die Liebe anging, aber niemand, der Blake dabei gesehen hatte, wie er eine schleimige, glitschige Wand hinaufkletterte, mit aufge- schürften und blutigen Händen, während sich eine Armee von Domnua zum Angriff erhob – alles nur, um zu Clare zu gelangen –, konnte jemals die Existenz der Liebe leug- nen. Wahre, welterschütternde, weltvernichtende Liebe.

Neala hob ihr Kinn und hielt ihre Hände über den Kopf. Sie fühlte sich, als sei ihr Körper außerhalb ihrer selbst. Dann rief sie den Wind an.

„Ich glaube an die Liebe. An ihre Schönheit und ihren Schmerz, an das wunderbare Leben und das Licht, das sie gibt und nimmt. Ich rufe den Wind herbei."

Niemand war überraschter als sie selbst, als der Wind über ihrem Kopf zu kreisen begann und sich zu einer Art Mini-Wirbelsturm entwickelte. Neala beobachtete ihn mit großen Augen, völlig unvorbereitet auf eine solche Kraft.

„Hol Blake!", schrie Bianca, und Neala erkannte, dass sie den Wind lenken konnte – etwas, das sie später noch viel genauer untersuchen musste. Sie eilte zum Rand der Klippe, während Dagda die Domnua abwehrte, die hinter ihr her waren, und Neala sah, dass Blake mit einer Hand an der Klippe hing, gerade außerhalb von Seamus' Reichweite. Das Seil, das ihm hätte helfen können, baumelte von seiner Schulter.

„Bring ihn hoch", befahl Neala dem Wirbelsturm, schloss für eine kurze Sekunde die Augen und betete, dass sie nicht völlig verrückt geworden war. Sie öffnete sie rechtzeitig, um zu sehen, wie der Wirbelsturm Blake anhob und ihn nicht allzu sanft auf die Felsen schleuderte, wo er einen Moment lang schnaufend lag, während Bianca sich über ihn beugte.

„Ähm, Liebling, möchtest du diesen kleinen Windball noch für eine andere nützliche Sache einsetzen?", brummte Dagda von dort aus, wo er immer noch gegen die Domnua kämpfte.

Neala schreckte auf. Sie merkte, dass sie immer noch die Kontrolle hatte. Mit einer Handbewegung befal sie dem Wind, die Domnua wegzufegen, und in wenigen Augenblicken verschwanden ihre Schreie in den Tiefen des dunklen Wassers unter ihnen.

„Und es wäre an der Zeit, den Regen wegzublasen. Bring uns das Mondlicht, mein süßer Wind", trällerte Neala, unsicher, ob sie das Richtige tat, aber sie folgte ihrem Instinkt. Die Brise strich über ihre Wangen wie ein sanfter Kuss, und schwang sich dann in den Himmel, wobei sie die Sturmwolken und den Regen mit sich riss, als würde jemand einen Vorhang öffnen, damit der Mond und die Sterne sichtbar wurden, die hell am Himmel hingen.

„Einen tollen Zaubertrick hast du da, Schatz", sagte Dagda.

„Ich wusste gar nicht, dass ich das kann", keuchte Neala, während sie am Rande der Klippe kniete. Dagda ergriff ihren Arm und zog sie von der Kante weg, um sie näher zum Leuchtturm zu bringen.

„Blake!", schrie Clare und rannte um den Leuchtturm, nur mit einem T-Shirt bekleidet und die Augen nur auf ihren Liebsten gerichtet. An einer Hand baumelte ein kleiner Beutel. Neala sah schweigend zu, wie sie über den felsigen Boden rannte, ohne den Schmerz an ihren Füßen zu spüren, und über Blake zusammenbrach. Dort küssten sie sich, wie ein Liebespaar, das sich schon seit ewigen Zeiten nicht mehr gesehen hatte. Neala dachte, dass sie zwar nicht zu lange getrennt gewesen waren, aber auch ein verdammt traumatisches Ereignis hinter sich hatten, und wandte höflich den Blick ab.

„Der Wind! Das ist fantastisch", krähte Bianca und tänzelte vor Neala umher. „Wie bist du darauf gekommen?"

„Ich habe keine Ahnung. Es ist mir einfach in den Kopf geschossen. Ich lerne gerade, auf die richtige Stimme zu hören, denke ich." Neala zuckte mit den Schultern.

„Und dafür bin ich sehr dankbar", sagte Blake, der mit Clare auf dem Arm auf sie zugegangen war. Er zog Neala in eine Umarmung und stellte sie dann Clare vor, die ihr, obwohl sie nicht wie eine große Umarmerin aussah, ebenfalls eine gab.

„Im Rucksack ist eine Decke", stammelte Neala und deutete auf Clares nackte Beine, und Blake beeilte sich, sie mit etwas Warmem zuzudecken.

„Es ist schön, eine andere Sucherin kennenzulernen. Ich habe ein Geschenk für dich", sagte Clare.

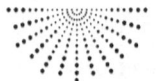

# KAPITEL SIEBZEHN

„E in Geschenk? Für mich?", fragte Neala, überrascht davon, dass Clare überhaupt etwas im Turm dabeigehabt hatte.

„Ja, von der Göttin selbst", sagte Clare und reichte Neala den Beutel, den sie bei sich trug. Neala ließ ihn beinahe fallen, als sie spürte, wie die Macht, die er enthielt, durch sie pulsierte.

„Hoppla."

„Ich weiß. Große Magie", sagte Clare, und alle zuckten zusammen, als Neala den Wahrheitsstein herauszog. Er war völlig rund und glühte aus seinem Inneren. Er versprühte eine solche Macht, dass es schien, als würde er singen.

„Ich kann das nicht annehmen", sagte Neala und wollte ihn Clare zurückgeben, die ihre Hände hochhielt.

„Er ist nicht für mich. So sehr ich auch darauf brenne, ihn in meinem Labor zu untersuchen", gab Clare zu.

Blake lachte, während er seine Arme um sie schlang und sie in die Decke einhüllte. Erleichterung und Erschöpfung zeichneten sich auf seinem hübschen Gesicht ab.

„Aber ich kann doch nicht... was soll ich damit machen?", fragte Neala, die Angst hatte, den Stein fallen zu lassen oder zu verlieren.

„Nimm ihn mit. Du könntest ihn auf deiner Reise gebrauchen. Da ist noch mehr drin", sagte Clare und nickte mit dem Kopf auf den Beutel.

„Ähm, okay." Neala hielt den Stein für die anderen hin, aber nur Bianca nahm ihn, obwohl auch Sean sich vorbeugte, um ihn zu studieren, wobei Erstaunen und Ehrfurcht seine Züge erhellten.

„Der Stein der Wahrheit. Ich hätte nicht gedacht, dass er tatsächlich existiert", gab Sean zu.

„Eine Halskette?", fragte Neala und hielt eine Kette mit einem großen Anhänger daran hoch. Der Anhänger hatte die gleiche Form wie der quaternäre Knoten, den sie an ihrem Kopf gefunden hatte, und schien vier Blütenblätter aus Metall zu haben. Bis auf eines der Blätter waren alle leer. Das Blütenblatt auf der Ostseite des Knotens enthielt einen rosa Stein.

„Ja, und das ist ein Rosenquarz. Er wird verwendet, um den Glauben an die Liebe zu stärken und, in Kombination mit anderen Steinen, um Liebe anzuziehen."

„Die Kette ist wunderschön und doch merkwürdig. Nur ein Teil des Anhängers enthält einen Stein."

„Ich wette, du bekommst auf deinem Weg weitere Steine für jeden Teil der Kette! Oh, das wird die beste Schatzsuche aller Zeiten", quietschte Bianca. „Wir werden sogar all diese zusätzlichen Helfer mit auf dem Weg haben."

Clare schien bei diesen Worten ernst zu werden.

„Wir können nicht mitkommen", sagte Clare und die Gruppe verstummte.

„Ich... ich muss das allein machen?", sagte Neala mit einem Piepsen in der Stimme.

„Nein, nein, so habe ich das nicht gemeint", lachte Clare. „Du wirst Hilfe haben. Aber Blake und ich können nicht mit euch kommen. Wir haben unseren Teil der Reise hinter uns und dürfen nicht weiterreisen. Das tut mir leid. Ich möchte, dass du weißt, dass ich für den Rest meines Lebens dankbar dafür sein werde, dass du Blake für mich gerettet hast. Ich würde alles tun, um dir zu helfen, aber die Göttin lässt es nicht zu. Ich glaube, es verstößt gegen die Regeln oder so."

„Glaubst du nicht, dass die Regeln an diesem Punkt sowieso hinfällig geworden sind? Jetzt, wo die Domnua gekommen sind und die Sucherinnen und Schätze gestohlen haben?", fragte Seamus, der sich über die Wendung der Ereignisse bitterlich ärgerte.

„Es tut mir leid. Ihr müsst wissen, dass es mir wirklich leidtut. Es bringt mich um, nicht mitkommen und euch helfen zu können. Außerdem werde ich mir solche Sorgen um Bianca und Seamus machen – meine beiden besten Freunde auf der Welt. Aber ich kann nicht. Ich schwöre, dass ich es würde tun würde, wenn ich nur könnte."

„Natürlich würdest du das", sagte Bianca automatisch.

„Ich denke, wir sollten so schnell wie möglich von dieser Insel verschwinden", meldete sich Dagda zu Wort. „Ich glaube nicht, dass Domnu besonders erfreut darüber sein wird, dass wir sie bereits geschlagen haben. Je länger wir hier verweilen, desto gefährlicher wird es."

Neala musste sich das nicht zweimal sagen lassen und setzte ihren Hintern in Bewegung. Beim Abstieg schwieg sie, während Bianca und Clare im Hintergrund plauderten und sie spürte, wie die Kraft des Steins und die Halskette um sie herum vibrierten.

Sie konnte den Wind herbeirufen, dachte Neala und hätte fast laut gequietscht.

War das nicht ein Wunder?

# KAPITEL ACHTZEHN

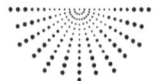

Sasha hatte nicht geschlafen, als sie entführt worden war, und sie hatte auch nicht kampflos aufgegeben. Deshalb stand sie jetzt einer äußerst wütenden dunklen Göttin gegenüber, die drohte, ihre Existenz vollständig auszulöschen.

„Lug war einer meiner besten Männer", zischte Domnu und ging vor Sasha auf und ab, die auf ihren Fußballen balancierte und auf Domnus nächste Schritte wartete.

„Er kann nicht so toll gewesen sein, wenn ich ihn ausschalten konnte", sagte Sasha und wischte sich mit dem Handrücken Blut von der Lippe.

„Er hat offensichtlich nicht damit gerechnet, dass du bewaffnet bist", erwiderte Domnu, wobei die Zornesröte auf ihren eisigen Wangenknochen aufleuchtete und ihr Haar vor Wut um ihren Kopf wirbelte.

„Ein guter Krieger rechnet damit, dass jeder bewaffnet ist", entgegnete Sasha, die sich weigerte, klein beizugeben, selbst im Angesicht eines solch mächtigen Zorns.

„Aber eigentlich spielt es auch keine Rolle", sagte

Domnu, Sashas Bemerkung ignorierend. „Ich habe andere. Stärkere Kämpfer. Er wurde faul in letzter Zeit und andere werden aus dem Preis, den er bezahlen musste, lernen. Genauso wie du lernen wirst, dass dein Widerstand zwecklos war."

„Ich werde immer gegen die Dunkelheit kämpfen", sagte Sasha und hob ihr Kinn.

„Dann wirst du einen schweren Stand in der neuen Welt haben, nicht wahr?", zischte Domnu und pirschte sich vor, bis sie nur noch Zentimeter von Sashas Gesicht entfernt war. Ihre dunkle Macht drückte Sasha mit dem Rücken an die kalte Steinwand.

„Es wird keine neue Welt geben", sagte Sasha, ohne ihren Blick zu senken, obwohl sie kaum noch atmen konnte.

„Und genau da irrst du dich, meine liebe Sucherin. Wie du siehst, habe ich euch alle gefangen genommen und euch eure entzückenden Schätze abgenommen. Ich muss nur noch einen finden, und die Welt, wie du und ich sie kennen, wird für immer eine andere sein. Danu, meine ach so perfekte Schwester, wird in die Dunkelheit verdammt werden, und ich, oh ja, ich selbst werde über alles herrschen." Domnu warf den Kopf zurück, lachte und tanzte in ihrem Wahn durch den Raum, wobei ihr Haar bei jeder Drehung und jedem Schwung um ihren Kopf peitschte.

„Das bezweifle ich", kommentierte Sasha, woraufhin die Göttin vor Wut aufschrie.

„Oh, du wirst die Erste sein, die gehen muss. Wenn ich erst einmal ungehindert herrsche, glaub mir, dann wirst du dir den Tod herbeisehnen, wenn ich mit dir fertig bin."

Domnu verschwand aus dem Blickfeld, bevor Sasha sie

weiter reizen konnte. Sasha blies den tiefen Atemzug, den sie angehalten hatte, heraus und rutschte zu Boden. Vielleicht war es dumm gewesen, die Göttin zu verärgern, aber es lag nicht in ihrer Natur, vor einer Tyrannin zurückzuschrecken. Ihr ganzes Training in den Kampfkünsten und ihr Studium der Geschichte des Schwertkampfes hatte sie gelehrt, niemals Angst zu zeigen.

Dennoch hatte sie große Angst – um Declan, um ihre Freunde und sogar um die Göttin Danu. Es musste etwas Schreckliches passiert sein, damit sie hier gelandet war. Wo auch immer hier war, dachte Sasha und hob ihren Kopf, um den Raum abzusuchen, in dem sie sich befand. Wie sie schon vermutet hatte, gab es keinen Weg hinein und keinen heraus. Es war ein viereckiger Steinraum mit kleinen eckigen Fenstern, durch die vielleicht ein Vogel passen würde. Sonst gab es nichts. Hier war Magie am Werk, und es gab nicht viel, was sie dagegen tun konnte.

Als das Schwert des Lichts plötzlich in der Mitte des Raumes aufblitzte, schrie Sasha auf und ergriff es, schlang ihre Hand um den Griff und spürte, wie die Macht ihr ganzes Wesen durchdrang. Mit dem Schwert kam die Hoffnung.

„Declan, ich bin hier. Ich bin bewaffnet. Ich werde nicht kampflos untergehen. Ich werde für uns kämpfen, für unsere Liebe und für unser Volk. Ich liebe dich", flüsterte Sasha immer wieder und schickte alle Energie und Kraft, die sie aufbringen konnte, zu Declan.

Sie setzte sich mit dem Rücken an die Wand, das Schwert zwischen den Beinen, wie ein kampfbereiter Soldat.

# KAPITEL NEUNZEHN

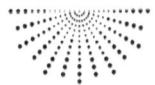

„Wir müssen schlafen", betonte Bianca, als sie auf Nealas Anweisung durch die Nacht in Richtung Süden fuhren.

„Sie hat Recht", mischte sich Seamus ein. „Das müssen wir. Sonst werden wir schlampig und machen Fehler, die uns das Leben kosten könnten."

Sie hatten sich unter Tränen von Clare und Blake verabschiedet, die mit Sean zurück nach Dublin gefahren waren. Mit dem Versprechen, sie auf dem Laufenden zu halten und einer extralangen Umarmung von Bianca an Clare, hatten sie sich auf den Weg gemacht. Diesmal hatten sie zwar ein Gefühl für die ungefähre Richtung, aber kein bestimmtes Ziel vor Augen.

„Warum halten wir nicht bei mir in Kilkenny an? Ich kann nach der Bäckerei sehen, Sierra sagen, dass ich in Sicherheit bin, und wir können in meiner Wohnung schlafen", schlug Neala vor.

Bianca klatschte vor Freude in die Hände. „Und frisch gebackene Leckereien vernaschen!", sagte sie.

„Nein", sagte Dagda hinter dem Lenkrad des Land Rovers.

„Und warum nicht?", wollte Neala wissen, die sich nach einer Dusche und frischen Kleidern sehnte.

„Die Domnua werden dein zu Hause mit Sicherheit überwachen. Wir könnten genauso gut die weiße Fahne der Kapitulation schwenken, wenn wir dorthin zurückgehen", sagte Dagda.

„Wird Sierra sicher sein? Und meine Kunden?", fragte Neala. Seine Worte machten ihr Angst.

„Ja. Sie sind hinter dir her. Es ist noch nicht an der Zeit, dass sie sich der Welt zeigen", beruhigte Dagda sie.

Neala nickte und drehte sich um, um aus dem Fenster zu blicken, obwohl es nichts zu sehen gab außer Dunkelheit und dem Licht von ein oder zwei Häusern am Horizont. Sie ließ ihre Hand in den Samtbeutel gleiten, den sie bei sich trug, strich mit den Händen über den glatten Stein und genoss das Vibrieren der Macht, das sie wärmte, obwohl sich der Stein selbst kühl anfühlte. Als ihre Hand über ein Stück Papier glitt, hielt sie inne.

„Ich glaube, in diesem Beutel ist noch etwas", sagte Neala und kramte eine Mini-Papierrolle hervor, die sie in der ganzen Aufregung übersehen hatte.

„Ein Hinweis!", schwärmte Bianca und beugte sich aufgeregt über Nealas Schulter.

Neala las im Licht der Uhr, die sich auf dem Armaturenbrett des Wagens befand, um Dagda nicht zu blenden, während er im Dunkeln fuhr.

*Das Schwert des Lichts*
*Ein Schreck aus dem Nichts*
*Ich will weiter Zwietracht säen*

*Das lässt mich vor Freude krähen.*

„Domnu muss wirklich an ihrer Lyrik arbeiten. Sie klingt wie eine Vierjährige, die auf dem Schulhof vor sich hin reimt", lachte Bianca, doch als ein Blitz den Himmel in zwei Hälften teilte, verstummte sie. „Huch."

„Sie ist außerdem ziemlich eitel", sagte Dagda und deutete mit der Hand auf den Himmel, „wenn man bedenkt, wie sie reagiert, wenn wir sie schlecht machen. Das sollten wir uns merken. Kindisch und eitel."

Ein weiterer Blitz zuckte über den dunklen Himmel.

„Der südlichste Punkt Irlands ist die Insel Cape Clear", sagte Seamus und blickte von seinem Tablet auf.

„Können wir das heute erreichen?"

„Es ist eine fünfstündige Fahrt. Und Bianca hat Recht, wir haben seit fast vierundzwanzig Stunden nicht mehr geschlafen. Ich bin dafür, dass wir uns einen Platz suchen, wo wir ein paar Stunden schlafen können und dann weiterfahren."

„Und wo sollen wir zu dieser frühen Stunde unterkommen?"

„Ich bin sicher, dass irgendeine Herberge oder ein Hotel geöffnet hat. Oder wir zelten." Dagda zuckte unbekümmert mit den Schultern.

„Oder, Dag, wir beide wechseln uns mit dem Autofahren ab – wir fahren einfach durch, die Mädchen schlafen, und dann können wir, sobald wir angekommen sind, in einem Gasthaus einchecken und uns alle ein paar Stunden ausruhen."

„Auch eine Möglichkeit", sagte Dagda.

„Dann lasst uns Schichten machen. Ich bleibe mit

Dagda auf, damit er nicht einschläft, und ihr zwei tauscht in ein paar Stunden", sagte Neala.

„Klingt gut. Ich bin so schon kurz vorm Umfallen", gab Bianca zu und kuschelte sich auf dem Rücksitz in Seamus' Armbeuge. Schon nach wenigen Augenblicken wurde ihr Atem rhythmisch und Seamus begann leicht zu schnarchen.

„Das hat ja nicht lange gedauert", kommentierte Neala.

„So ist das, wenn man vom Adrenalin runterkommt. Du kannst gerne auch schlafen, während ich fahre", sagte Dagda. Die Nacht hüllte sie auf den Vordersitzen ein, während er fuhr.

„Nein, ich leiste dir Gesellschaft. Das wäre ungerecht", sagte Neala und streckte sich auf ihrem Sitz, bevor sie ihn ansah. „Du sagtest, du hättest keine Familie, die erwähnenswert wäre. Was soll das heißen?"

„Es gibt nichts darüber zu sagen", sagte Dagda, dessen Gesicht im Schein des Armaturenbretts wie eine Maske aussah.

Neala wartete und sagte nichts, bis Dagda aufseufzte.

„Frauen. Immer wollen sie reden, reden, reden. Meine Familie und ich gehen schon seit Jahren getrennte Wege. Wir hatten Meinungsverschiedenheiten bei Dingen wie der angemessenen Lebensweise für einen Feenmann, der Berufswahl und wen ich heiraten sollte. Sie sind außerordentlich konservativ und meinen, dass sich die Welt der Feen nicht mit der Welt der Menschen vermischen sollte. Sie gehören einer alten Gruppe an, deren Mitglieder weiterhin nur in magischen Sphären leben und niemals mit Menschen zusammenkommen oder interagieren wollen. Ich hatte eine andere Ansicht."

„Ich... nun, das ist faszinierend. Darüber habe ich nie wirklich nachgedacht. Zugegeben, bis vor einem Tag habe ich kaum an die Existenz von Feen geglaubt, aber der Gedanke an eine ganze Gesellschaft, die außerhalb der unseren existiert und nicht mit uns interagieren will... Sind die meisten Feen dieser Überzeugung?" Neala musste sich fast kneifen. Sie konnte nicht glauben, dass sie dieses Gespräch führte – aber schließlich hatte sie gerade den Wind herbeigerufen. Alles war möglich.

„Die Mehrheit der Feen befürwortet die Vermischung mit Menschen, erfreut sich daran oder steht ihr zwiegespalten gegenüber. Es gibt eine kleine Untergruppierung, die es ablehnt. Sie sehen die Menschheit als eine Art Proletariat an und denken, dass wir unsere Blutlinie zerstören, wenn wir mit Menschen schlafen oder sie heiraten."

Die Vorstellung, mit Dagda zu schlafen, kam so plötzlich und heftig über sie, dass Neala sich bemühen musste, normal zu atmen. Ihr ganzer Körper war vor Verlangen durchströmt. Sie hoffte inständig, dass er nicht über magische Kräfte verfügte, mit denen er ihre lüsternen Gedanken lesen konnte. Zum Glück war es dunkel, denn sie war sich sicher, dass sie rot im Gesicht war. Neala schluckte, bevor sie antwortete.

„Ich nehme an, die Vermischung von Rassen ist ein uraltes Thema in vielen verschiedenen Kulturen. Warum sollte es in magischen Sphären anders sein?"

„Genau. Ich hatte eine andere Meinung und bin gegangen. Wir sprechen nicht miteinander, und ich glaube, wir haben alle unseren Frieden damit gemacht." Dagda zuckte mit den Schultern.

„Du bist also ein Einzelgänger."

„Ja. Nur ich, Mädchen."

„Das verstehe ich", sagte Neala. Sie schob einen Fuß unter ihr Bein und wünschte sich eine Tasse heiße Schokolade und einen warmen Schokokeks aus ihrer Bäckerei. „Mir geht es genauso. Ich glaube, am Ende muss man dann seine eigene Familie gründen. Oder man lässt es einfach bleiben."

„Wann ist dein Vater gestorben?", fragte Dagda.

„Jetzt ist es schon sieben Jahre her", sagte Neala. „Aber unser Kontakt war zuletzt sehr sporadisch. Meistens rief ich ihn nur noch in den Ferien an. Er nutzte diese Gespräche, um über meine politische Einstellung und meine Lebensentscheidungen zu schimpfen, und versuchte ständig, mir Nadelstiche zu versetzen, weil ich nicht mit ihm übereinstimmte."

„Warum hast du nicht so getan, als wärst du seiner Meinung, um ihn zu beschwichtigen?", fragte Dagda.

„Nicht mein Stil", sagte Neala und lächelte zu Dagda hinüber.

„Ja, meiner auch nicht."

„Und hier sind wir nun, zwei Einzelgänger auf der Mission, die Welt zu retten – und auch diejenigen, die nicht dieselben Ansichten haben wie wir", sagte Neala.

„Man kann sich nicht immer alles aussuchen. Wir kämpfen für das Allgemeinwohl, um auch diejenigen zu retten, die zu blind sind, um zu sehen. Es mag sich nicht gut anfühlen, aber stell dir vor, wenn niemand den Kampf aufnehmen würde? Dann wäre alles verloren."

„Das stimmt wohl."

„Bist du wütend auf deinen Vater?", fragte Dagda.

„Ja, das bin ich. Er war so sehr auf sich selbst, seine Welt

DAS LIED DES SCHATZKESSELS

und seine Wünsche und Bedürfnisse fixiert, dass er nicht über seinen eigenen Tellerrand geschaut hat, um zu versuchen, eine echte Beziehung aufzubauen – eine Beziehung, die auf gegenseitigem Respekt beruht. Ich war bereit, ihm seine eigenen Ansichten zuzugestehen; warum konnte er mir nicht meine zugestehen? Das war kindisch und herrschsüchtig, und, ja, ich bin wütend."

„Wut ist nicht gut für die Seele", kommentierte Dagda.

„Genauso wenig wie Bedauern."

# KAPITEL ZWANZIG

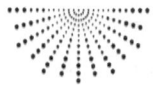

Am frühen Morgen fanden sie eine kleine Frühstückspension am Meer mit zwei freien Zimmern. Dagda gefiel es wegen seiner Lage an der Steilküste und dem offenen Land drumherum – nicht leicht für die Domnua, sich anzuschleichen und ihnen aufzulauern. Neala gefiel es wegen der leuchtendblauen Eingangstür und der gelben Fensterläden, die an einem weiteren düsteren Tag am Wasser wie ein Leuchtfeuer der Freundlichkeit strahlten.

„Mädchen auf ein Zimmer, Jungs auf das andere?", fragte Neala fröhlich, in der Erwartung, dass Bianca einfach zustimmen würde. Sie war überrascht, als die Blondine unnachgiebig den Kopf schüttelte.

„Tut mir leid, Liebes, aber ich will mit meinem Schatz kuscheln", sagte Bianca, und sie und Seamus waren die Treppe hinauf verschwunden, ohne einen weiteren Gedanken daran zu verschwenden, in welche Lage sie Dagda und Neala damit gebracht hatten.

Neala schluckte, als sie die knarrenden Holzstufen hinaufstieg und der Gastwirtin zu ihrem Zimmer folgte. Dagda lächelte über ihren kleinen Seufzer der Erleichterung, als sie zwei Doppelbetten sah, die in einem kleinen, aber charmanten Zimmer unter der Dachschräge versteckt waren.

„Es ist zwar klein, aber ihr werdet bei dem windigen Wetter heute gut geschützt sein. Sagt mir Bescheid, falls ihr noch etwas braucht. Ich denke, ihr werdet euch ausruhen wollen und ich will nicht weiter stören." Die Wirtin verließ mit einem Lächeln den Raum.

„Ich bin in etwa zwanzig Minuten zurück", sagte Dagda und deutete auf die Tür zu dem kleinen Badezimmer in der Ecke. „Du kannst gerne unter die Dusche gehen."

„Warte, wo gehst du hin?", fragte Neala.

„Umgebungs-Check. Und um Vorräte zu besorgen."

Und damit war er weg, und Neala war dankbar für einen Moment, in dem sie allein sein konnte. Obwohl sie hundemüde war, schwirrte ihr der Kopf von all den neuen Dingen, die sie im Laufe des letzten Tages gelernt und erlebt hatte. Sie bezweifelte, dass sie in absehbarer Zeit würde schlafen können. Stattdessen winkte die Dusche. Erfreut über das heiße Wasser, das in einem gleichmäßigen Strahl kam, genoss Neala eine lange, verschwenderische Dusche, kämmte sich mit den Fingern durch ihr Haar und ließ die Wärme des Wassers alle noch vorhandenen Verspannungen in ihren Muskeln wegspülen. Als sie sich schließlich abgetrocknet und ihr Haar in ein Handtuch gewickelt hatte, meldete sich die Erschöpfung. Neala beäugte das einzige

Shirt, das sie hatte, zog es sich über den Kopf und spähte in den Raum. Als sie sah, dass Dagda noch nicht zurück war, suchte sie ein Bett aus, schlüpfte unter die Decke und schlief ein, sobald ihr Kopf das Kissen berührte.

Als Dagda zurückkam, hatte sich Neala oft genug im Bett gewälzt, dass sich ihr Haar aus dem Handtuch gelöst hatte und die Decken um ihre Beine geschlungen waren. Er war nicht auf ihren Anblick vorbereitet – auf die Verletzlichkeit, die auf ihrem friedvollen, schlafenden Gesicht lag, oder auf die Art und Weise, wie ihr Haar über die Bettwäsche fiel, das satte Rotbraun als Kontrast zu dem blütenweißen Kissen. Obwohl er wusste, dass es ungezogen war, konnte er nicht anders, als die Kurven ihrer Hüfte zu betrachten, hinab zu einem üppigen Schenkel, der unter dem Laken hervorlugte, bis hin zur zart geformten Wade. Es schmerzte Dagda, dass er nicht einfach das Zimmer durchqueren konnte, um mit ihr unter das Laken zu gleiten, sie zu umschlingen, bis sie eins waren, damit er sie beschützen konnte und sie ihn.

Leise fluchend fuhr er sich mit der Hand durchs Haar und legte neben ihrem Bett vorsichtig eine Einkaufstasche auf den Boden, bevor er das Zimmer durchquerte und sich unter die unfassbar kleine Dusche zwängte. Wenn er sich jemals dazu entschließen sollte, sesshaft zu werden und ein Haus zu kaufen, würde er sich eine riesige Dusche mit Raum für sechs Personen und einer Bank bauen, auf der man sitzen konnte.

Oder auf der man sich lieben konnte.

Dagda seufzte und zwang sich, die Bilder von Neala zu verdrängen, die ihm durch den Kopf gingen, und konzentrierte sich stattdessen auf die anstehende Aufgabe. Ein paar Stunden Schlaf bekommen, die Gruppe in Bewegung halten, wenig Spuren hinterlassen. Er musste daran denken, dass sie im Krieg waren, nicht im Urlaub.

Ihr Leben hing davon ab.

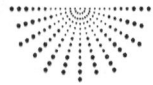

# KAPITEL EINUNDZWANZIG

E r hatte ihr Kleidung gekauft.

Neala lachte fast darüber, wie absurd es war, sich Dagda in einem Bekleidungsgeschäft vorzustellen, während er mit einer Verkäuferin über Größen und dergleichen sprach.

„Ich kann nicht glauben, dass du ein Bekleidungsgeschäft gefunden hast", sagte Neala erfreut und kramte in der Tasche, die sie neben ihrem Bett gefunden hatte. Sie lag zwar immer noch unter der handgesteppten Bettdecke und trug nur ein Shirt, aber das war jetzt egal, denn sie hatte ja Wechselkleidung.

„Ich habe meine Wege", sagte Dagda, setzte sich im Bett auf und verschränkte die Arme auf der nackten Brust, die plötzlich Nealas ungeteilte Aufmerksamkeit hatte. Der Mann war in der Tat gut gebaut. Und sie hatte Recht gehabt, er hatte einige Tätowierungen – von denen sie allerdings keine entziffern konnte, denn sie schienen in einer komplizierten Schrift geschrieben zu sein, die sie nicht lesen konnte. „Na los, schau, ob sie dir gefallen."

„Oh, richtig", sagte Neala und riss ihren Blick von Dagdas Muskeln los. Sie holte ein langärmeliges Oberteil in tiefgrün hervor, einen wunderschönen, weich gewebten Wollpullover mit einem neblig grauen Muster, das mit Grüntönen gesprenkelt war, und ein paar Seidenschlüpfer in leuchtendem Smaragdgrün. Neala hielt die Höschen hoch und hob eine Augenbraue.

„Ich hatte nicht den Eindruck, dass du der schlichte weiße Baumwolltyp bist", sagte Dagda achselzuckend, für den es völlig normal zu sein schien, sexy Unterwäsche für eine Frau zu kaufen – was Neala sofort ein bisschen ärgerte. Für wie viele andere Frauen hatte er wohl schon Unterwäsche-Shopping gemacht?

„Das ist richtig, danke", sagte Neala und errötete ein wenig bei dem Gedanken, dass er wusste, welche Art von Unterwäsche sie trug.

„Einen BH habe ich dir nicht ausgesucht, weil ich das entsprechende Vergnügen noch nicht hatte und daher die Größe nicht beurteilen kann", sagte Dagda, und Neala hob eine Hand, um ihn zum Schweigen zu bringen.

„Die sind super, danke. Magst du Grün?"

„Du gefällst mir in Grün", sagte Dagda, und seine Stimme hatte dieses sexy Timbre, das Neala einen Schauer über den Rücken jagte.

„Das ist sehr nett von dir. Meine Assistentin sagt mir immer, ich solle mehr Grün tragen, aber ich neige dazu, nur Weiß zu kaufen. Bei der Arbeit bekomme ich viele Flecken ab, auch wenn ich eine Schürze trage, also mag ich Sachen, die leicht zu bleichen sind", sagte Neala und schloss dann den Mund, als sie merkte, dass sie anfing zu schwafeln. „Ich ziehe mir die mal an."

Sie bemerkte, dass sie die ausgesprochen sexy Unterwäsche in die Luft hielt, und errötete erneut. Hocherhobenen
Hauptes stieg sie aus dem Bett, zog ihr Shirt nach unten,
um sicherzugehen, dass es alles bedeckte, und flitzte mit den
neuen Klamotten in der Hand ins Bad. Nachdem sie sich
schnell frisch gemacht hatte, kam Neala in Jeans, dem
langärmeligen grünen T-Shirt und einem grünen Seiden-
höschen wieder heraus, das passte, als würde Dagda jeden
Zentimeter und jede Kurve ihres Körpers kennen. Seine
Augen wanderten über sie und verweilten kurz an ihrer
Taille, bevor sie ihren Blick trafen.

„Sieht gut aus", sagte Dagda.

„Nochmals vielen Dank. Alles passt perfekt. Und, äh,
ja, es ist schön, ein sauberes Oberteil zu haben", sagte Neala
und weigerte sich, die Unterwäsche-Situation erneut anzu-
sprechen. Sie waren beide erwachsen und es war keine
große Sache.

Ein Klopfen ertönte an der Tür, gefolgt von Biancas
Stimme.

„Seid ihr wach? Störe ich bei irgendetwas? Wir haben
Besuch."

Neala staunte nicht schlecht, als Dagda vom Bett
sprang und die Tür aufstieß. Glücklicherweise trug er eine
Hose – was ihr zunächst seltsam vorkam, bis ihr klar wurde,
dass ein Krieger wie er nie unvorbereitet war. Deshalb hielt
er jetzt einen Dolch in der Hand und schaute über Biancas
Kopf hinweg den Flur entlang.

Bianca starrte auf die muskulöse Brust, die sich auf
Augenhöhe befand, und spähte dann um Dagda herum auf
Neala.

„Alles gut, ich wollte nur sichergehen, dass ihr was

anhabt", sagte Bianca. „Es sind keine Domnua. Trefft uns im Frühstücksraum. Wir sind bereit zum Aufbruch."

„Wir sind in fünf Minuten unten", sagte Dagda und schloss die Tür vor Biancas Nase. „Wir packen zusammen."

„Ich habe ungefähr zwei Sachen zum Packen. Ich bin bereit", bemerkte Neala.

Dagda musste lachen. „Du hast Recht. Ich bin es gewohnt, dass Frauen einige Taschen dabeihaben."

Neala wartete, bis Dagda das Bad benutzt, seine Sachen in eine Tasche geworfen und ein rotes Schottenhemd zugeknöpft hatte, in das sie sich am liebsten hineingekuschelt hätte. Verdammt, der Mann war einfach unfassbar sexy. Sie wollte ihn unbedingt nach den Frauen fragen, mit denen er gereist war und die so viele Taschen dabeihatten, hielt aber den Mund, obwohl es sie ein wenig ärgerte.

„Sag es", sagte Dagda mit einem kleinen Seufzer und stand an der Tür des Zimmers.

„Was? Da ist nichts." Neala zuckte mit den Schultern.

Dagda verschränkte die Arme und versperrte die Tür.

„Mit Frauen ist es nie einfach nur nichts. Sprich", befahl Dagda.

„Ich dachte nur, es ist bemerkenswert, dass du die richtige Größe meiner Kleider erraten konntest" – Neala weigerte sich, ‚Höschen' zu sagen – „und dass du dich so gut mit dem Reisen in Frauenbegleitung auszukennen scheinst, das ist alles. Mir scheint, es gab schon viele Frauen in deinem Leben."

Dagdas Gesicht verzog sich zu einem breiten Grinsen, und Neala hätte ihm am liebsten gegen das Schienbein getreten.

„Ach, Liebling, bist du etwa eifersüchtig? Ich hatte ja

keine Ahnung, dass du so über mich denkst", sagte er, und Neala stöhnte auf.

Sie drängte sich an ihm vorbei und rammte ihm dabei den Ellbogen in die Seite. „Bin ich nicht", beharrte sie.

„Hört sich aber so an", sagte Dagda in einem ausgesprochen fröhlichen Ton, während er ihr die Treppe hinunter folgte.

„Selbst wenn ich es gewesen wäre, wäre ich es jetzt bestimmt nicht mehr", sagte Neala, noch genervter von ihm.

„Die Dame, wie mich dünkt, gelobt zu viel", zitierte Dagda von hinten.

Neala warf angewidert die Hände hoch, während sie den Frühstücksraum betraten, gefolgt von Dagdas leisem Kichern. Bianca hatte Recht gehabt. Die Göttin schütze sie vor den Männern und ihren Egos.

# KAPITEL ZWEIUNDZWANZIG

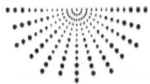

Ein hochgewachsener Mann mit braunem, im Nacken zusammengebundenem Haar und tiefgrünen Augen schritt durch das Frühstückszimmer. Er war von einem deutlichen violetten Schimmer umgeben. Nach seinen angespannten Bewegungen und seinem wildentschlossenen Gesichtsausdruck zu urteilen, fragte sich Neala, ob er ein weiterer Beschützer war.

„Es ist also Sasha, die entführt wurde", sagte Seamus ohne Einleitung. Neala blickte zu Bianca, die neben einer älteren Frau mit bemerkenswert weißem Haar saß, die ein übergroßes Button-Down-Hemd und schicke Khakihosen trug. Whiskeybraune Augen lächelten sie von der anderen Seite des Raumes an. Ihre Energie hatte etwas Besonderes und sorgte dafür, dass Neala sich sofort wie zu Hause fühlte.

„Bruder", sagte Dagda und schritt durch den Raum, um dem ungeduldigen Mann auf eine komplizierte Art die Hand zu schütteln.

„Ja, Sasha ist entführt worden. Ich bin übrigens

Declan", sagte Declan und nickte Neala auf der anderen Seite des Raumes zu, „ihre Liebe und ihr Beschützer. Und ich habe sie im Stich gelassen."

„Das hast du ganz sicher nicht, junger Mann." Die ältere Frau sprach mit einer solchen Schärfe, dass alle im Raum sofort die Schultern strafften. „Du kannst nicht ununterbrochen auf der Hut sein. Es ist nicht deine Schuld. Es ist die Schuld dieser feigen Göttin, Domnu." Bei ihren Worten hörte man draußen einen Blitz krachen und die Frau blickte zur Decke hinauf. „Lass den Quatsch."

Neala hob beide Augenbrauen und betrachtete die Frau. Wer auch immer sie war, zwei Dinge waren sicher – Neala wollte sich lieber nicht mit ihr anlegen, und sie mochte sie wirklich.

„Ich bin Fiona", sagte die Frau und stellte sich Dagda und Neala vor, die anscheinend die einzigen waren, die sie nicht kannten. „Sagen wir einfach, ich hatte bereits etwas mit der Suche zu tun, auf der ihr euch alle befindet."

„Du bist also eine Danula?", fragte Neala, ließ sich auf einen Stuhl gegenüber von Fiona fallen und nahm dankbar die Tasse Tee an, die Bianca ihr über den freundlichen blauen Holztisch schob.

„Nein, ich bin keine Fee. Aber das heißt nicht, dass es in meiner Blutlinie nicht auch einen Hauch von Magie gibt." Fiona lächelte sie an. „Unter anderem bin ich Heilerin, und Danu hat mich damit betraut, bei dieser Suche hier und da ein wenig mitzuhelfen. Wir kämpfen schließlich alle für dieselbe Sache."

„Eine Heilerin... mit Magie? Nach dem Motto: ‚Du legst jemandem die Hände auf und heilst diesen Menschen'?" Neala beugte sich vor, aufrichtig interessiert.

Sie hatte einmal ein Buch über eine solche Person gelesen und hatte eine Menge Fragen.

„Ja, so ungefähr. Ein bisschen komplizierter als das, aber nah dran", lächelte Fiona.

„Das heißt…"

„Ich störe nur ungern, aber können wir bitte damit anfangen, Sasha zu retten? Es kostet mich gerade alle Anstrengung, nicht sämtliche Tische in diesem Raum zu zertrümmern", erklärte Declan, worauf sofort die Gastwirtin im Frühstücksraum auftauchte.

„Es ist besser, wenn ihr jetzt geht. Ich werde keine Gewalt in meinem Haus dulden", sagte die Wirtin streng.

Sie standen alle auf und murmelten auf dem Weg zur Tür eine Entschuldigung. Dagda gab ihr ein großzügiges Trinkgeld für das Zimmer.

„Ich weiß nicht, warum du ihr so viel Trinkgeld gegeben hast. Wir sind ja nicht einmal über Nacht geblieben", bemerkte Neala.

„Sie wird eher darauf verzichten, über uns zu sprechen, nachdem ich ihr ein gutes Trinkgeld gegeben und gesagt habe, dass wir auf dem Rückweg wieder vorbeikommen würden, solange sie unseren Besuch geheim hält", sagte Dagda sanft, als sie sich auf den Weg zum Land Rover machten.

„Neala, fährst du mit uns?", fragte Fiona.

Dagda schüttelte den Kopf. „Sie bleibt bei mir."

„Ich komme mit euch", meldete sich Bianca sofort und beugte sich vor, um Seamus einen schmatzenden Kuss auf die Lippen zu geben. „Bis bald, mein Hübscher."

Seamus' Augen leuchteten vor Liebe und seine Wangen wurden rot, was Neala einen eindeutigen Hinweis dafür gab, wie Seamus und Bianca ihre Zeit in der Pension verbracht hatten.

„Bist du dir mit dieser Insel sicher?", fragte Declan.

„Es ist der südlichste Punkt – nun ja, der südlichste Punkt, der bewohnt ist, abgesehen von einer anderen kleinen Insel mit einem Leuchtturm. Wir haben Clare bereits in einem Leuchtturm gefunden; ich kann mir ehrlich gesagt nicht vorstellen, dass Domnu so dumm ist, Sasha auch in einem solchen zu verstecken. Aber wir haben ein Boot, und wenn wir sie auf der ersten Insel nicht finden, fahren wir als Nächstes dorthin."

„Und was meinst du, Sucherin – fühlt sich das für dich richtig an?", wollte Declan wissen, immer noch mit mörderischem Tonfall, und Neala versteifte sich.

„Ja, es ist stimmig", sagte Neala und hob ihr Kinn, um Declan in die Augen zu blicken.

„Dann werde ich mich bei dir bedanken, wenn das hier vorbei ist." Declan nickte einmal und kletterte in einen robust aussehenden Geländewagen. Neala war überrascht, dass Fiona am Steuer saß.

Die beiden Autos verließen das Gelände und fuhren die unbefestigte Straße hinunter durch ein kleines Dorf. Neala reckte den Hals, um zu sehen, ob es hier irgendwelche Bekleidungsgeschäfte für Damen gab, und fragte sich, wo Dagda wohl grüne Seidenschlüpfer aufgetrieben hatte. Sie sah, wie er grinste, als ob er wüsste, was sie dachte, was sie sofort zum Schmollen brachte.

„Wenn Declan und Fiona uns so leicht gefunden haben, wie kommt es dann, dass es den Domnua nicht gelungen ist? Ist es hier nicht unheimlich ruhig?", fragte Neala.

„Ich habe Declan eine Textnachricht geschickt",

meldete sich Seamus vom Rücksitz aus zu Wort und beendete damit Nealas Gedankenspiele, die schon über eine Art Feen-Internet oder ein Telekommunikationssystem in der Parallelwelt nachgedacht hatte. „Er hatte mich schon kontaktiert, als wir noch mit Clares Rettung beschäftigt waren."

„Du hast gesagt, Sasha sei ein bisschen schwierig?", fragte Neala, und Seamus atmete geräuschvoll aus.

„Sasha ist wunderbar. Aber anfangs, ja, da war sie schwierig. Sie ist eine starke, knallharte Frau, die ein Fachgeschäft besitzt."

„Oh, klingt sympathisch. Was ist das für ein Laden?", fragte Neala, die sich bereits zu dieser Frau hingezogen fühlte.

„Schwerter und Dolche. Von der Antike bis zur Gegenwart. Sie ist auch eine erfahrene Schwertkämpferin und eine Kampfsportlerin. Mit Sasha legt man sich lieber nicht an."

Neala stieß einen leisen Pfiff aus und fragte sich, was diese Frau wohl von ihrem eigenen Backwarengeschäft halten würde.

„Ihr Schatz war natürlich das Schwert des Lichts", sagte Dagda.

„Ja, und es war ein wunderschöner Schatz", sagte Seamus. „Ich mag sie und Declan auch zusammen. Er hat Geduld mit ihren rauen Seiten. Und sie hat gelernt, ihm gegenüber verletzlich zu sein. Alles in allem würde ich sagen, sie kommen gut miteinander aus."

Neala schwieg, als sie eine schmale Küstenstraße entlangfuhren, und lächelte, als sie um eine Kurve fuhren und sich das Meer unter ihnen ausbreitete.

„Ich werde es nie müde, auf das Wasser hinauszuschauen", sagte Neala.

„Dort ist die Insel – sie hat nur hundert Einwohner." Seamus deutete über Nealas Schulter hinweg auf eine nebelumhüllte Insel am Horizont.

„Und wie kommen wir dorthin? Kennst du jemanden?", fragte Neala und schaute Dagda an. Seine Lippen verzogen sich zu einem Lächeln, aber er schüttelte nur den Kopf.

„Wir werden mit den Einheimischen sprechen; ich bin sicher, dass wir eine Überfahrt arrangieren können. Außerdem gibt es wahrscheinlich eine Fähre", sagte Dagda.

Kurz darauf parkten sie unter einem kleinen Stellplatz und stiegen aus in den feuchten Nebel. Dankbar zog Neala den Pullover an, den Dagda ihr gekauft hatte, und kuschelte sich in seine Weichheit. Es war fast so, als würde sie von dem Mann selbst umarmt werden, dachte sie, zwang ihre Gedanken aber in eine andere Richtung.

Er war ihr Beschützer, nicht ihr Mann. Sie würde gut daran tun, sich zu erinnern, dass sie beide Einzelgänger waren und eine Beziehung in keinem ihrer Lebensentwürfe Platz hatte.

„Das wird wohl wieder eine Nachtsuche", sagte Bianca und ging über den Kiesplatz zu Neala, die auf den immer dichter werdenden Nebel am Himmel blickte. Kurz zuvor hatten sie noch die Umrisse der Insel erkennen können, aber jetzt war nichts als grauweißer, wirbelnder Nebel zu sehen. Neala wusste auch nicht, was hinter dem Nebel liegen würde, was ihre Sorge noch verstärkte.

„Seid ihr sicher, dass wir da durchfahren sollten? Es

sieht ziemlich gefährlich aus", sagte Neala und kaute auf ihrer Unterlippe, während sie den Horizont betrachtete.

„Die Jungs von hier sollten wissen, was sie tun. Ich glaube, wir kommen schon klar", meinte Fiona, als sie sich zu ihnen gesellte. „Obwohl es wirklich bedrohlich aussieht."

„Du kommst mit?", fragte Neala überrascht und sah die ältere Frau an.

Fiona hatte einen grauen Wollpullover über ihr Hemd gezogen und trug eine engmaschige Strickmütze auf dem Kopf, unter der ein Büschel weißer Haare hervorlugte. „Natürlich. Ich tue alles, was ich tun kann, um zu helfen. Wir sitzen alle im selben Boot", sagte sie schnell. „Und ich bin stärker, als ich aussehe, meine Liebe."

„Tut mir leid", sagte Neala reuevoll. „Ich wollte nicht andeuten, dass du es nicht bist. Wahrscheinlich mache ich mir nur Sorgen um die Sicherheit von allen. Es ist meine Suche und hier stürzen sich alle in Gefahr."

„Es mag deine Aufgabe sein, den Schatz zu finden, aber es betrifft uns alle. Wir alle lieben Sasha, und wenn du denkst, wir würden nicht helfen, sie zu retten, dann hast du nicht wirklich verstanden, was Familie bedeutet", sagte Bianca knapp. Dann schlug sie sich die Handfläche gegen die Stirn. „Argh... Klappe zu, Gehirn an. Entschuldigung. Ich weiß, dass du nicht wirklich eine Familie hast. Das war sehr unsensibel von dir."

„Du hast Recht, ich verstehe nicht wirklich etwas von Familie. Aber ich verstehe, was Loyalität und Freundschaft bedeutet," sagte Neala und drückte Biancas Arm. „Du bist eine gute Freundin." Als sie bemerkte, wie Fionas warme braune Augen sie genau musterten, blickte sie auf. „Ja?"

„Ich mag dein Temperament", sagte Fiona und wandte

sich dann ab, um den Männern entgegenzugehen, die ihnen nun auf dem kleinen Parkplatz entgegenkamen. Neala wurde bei diesem Kompliment seltsam warm ums Herz, obwohl sie keine Ahnung hatte, wer oder was diese Fiona eigentlich war. Aber Fiona hatte etwas an sich, das Neala ihre Anerkennung zu schätzen ließ.

„Wir haben einen Fischer, der uns in seinem Boot übersetzen wird. Er ist gerade auf dem Heimweg und liefert seinen Fang ab – er lebt auf der Insel. Er hat kein Problem damit, in den Nebel hinauszufahren, er sagt, dass er meistens so navigiert", sagte Declan und schloss den Reißverschluss seiner Jacke, um sich gegen die Feuchtigkeit zu schützen.

Es dauerte nicht lange, bis der Fischer seinen Fang abgeliefert hatte, und schon bald war er wieder auf seinem Boot, dankbar für das unerwartete Zusatzeinkommen durch den Wassertaxi-Service. Der joviale Michael unterhielt sie mit Geschichten aus dem Dorf und sprach mit schwerem gälischem Akzent, während er ihnen auf sein klappriges Boot half und sie so gut es ging alle unterbrachte. Zwischen ein paar Hummern und einer Kiste mit etwas, das nach Seetang roch, schaute Neala zu ihm auf.

„Bist du sicher, dass du gut durch diesen Nebel kommen wirst?", fragte Neala.

Michael strahlte sie an. „Ja, Mädchen, das ist nichts, was ich nicht schon eine Million Mal gemacht habe. Ich könnte es mit geschlossenen Augen tun", lachte er. „Aber das werde ich nicht, ich verspreche es." Damit löste er das Boot und fuhr langsam aufs Wasser hinaus, wobei er regelmäßig auf eine Kuhglocke schlug, die neben dem Steuerrad baumelte.

„Warum die Kuhglocke?", fragte sich Neala laut.

„Wir sind hier praktisch blind unterwegs. Er wird jetzt mit Hilfe von Geräuschen und Koordinaten navigieren", sagte Dagda und legte einen Finger an die Lippen, um ihr zu signalisieren, dass sie schweigen sollte. Tatsächlich hatte sie nicht bemerkt, dass der plaudernde Fischer sofort nach Beginn der Fahrt verstummt war, aber jetzt fiel ihr auf, dass er seit mehreren Minuten nichts mehr gesagt hatte.

Und so fuhren sie in Stille, bis auf das dumpfe, rhythmische Läuten der Glocke und das Wasser, das gegen den Bootsrumpf klatschte. Neala spürte, wie ihr die Angst über den Rücken kroch, während sie sich in ihren Pullover kuschelte und auf ihre Füße hinabschaute. Noch vor wenigen Tagen war ihre größte Sorge gewesen, ob sie es sich leisten konnte, eine zweite Bäckereifiliale zu eröffnen, und jetzt saß sie auf einem stinkenden Fischerboot und fuhr möglicherweise ihrem Tod entgegen.

Als sie aufblickte, sah sie, wie Dagda sie unverwandt anstarrte. Sein Gesicht war leicht vom Nebel umhüllt, der ihn fast wie einen ätherischen Krieger erscheinen ließ. Sein Blick hielt den ihren fest, und er lächelte – nur eine Spur, aber genug, um sie zu beruhigen. Es war, als könne er ihre Angst spüren und als schicke er ihr positive Schwingungen, um ihr ein gutes Gefühl zu geben. Es funktionierte, denn sie konnte ein wenig leichter atmen, und aus irgendeinem Grund fühlte sie sich in seiner Nähe sicherer angesichts dessen, was sie auf dieser nebligen, fast unbewohnten Insel erwartete.

„Ufer voraus, schnapp dir die Stange", rief Michael und riss Neala aus der Stille um sie herum. Sie beobachtete, wie Declan eine Stange vor sich hielt, während Michael und derjenige, der am Ufer war, eine Reihe von Geräuschen auf ihren Glocken austauschten. Dann griff eine Hand durch den Nebel, packte die Stange und zog das Boot an einen Steg. Es faszinierte Neala, auf welch einzigartige Weise sich diese Leute das Leben eingerichtet hatten. War das nicht eine Lektion in Sachen Erfindungsreichtum? Die Menschen wissen oft nicht, wie sie ein Problem lösen können, bis es sich ihnen stellt.

Das sollte ihr auch eine Lektion sein, was ihre Angst betraf, dachte Neala. Sie hatte immer einen Weg gefunden, jedes Problem zu lösen, das sich ihr in den Weg stellte – und warum sollte es bei diesem Abenteuer anders sein? Zugegeben, es ging um Leben und Tod und es war Magie im Spiel und alle möglichen Dinge, die sie wahrscheinlich nicht einmal ansatzweise verstand, aber wenn es hart auf hart kam, hatte sie ein Team von Leuten, die ihr halfen, und sie hatte die Einstellung, dass sie alles schaffen konnte.

In der Vergangenheit war dies eine erfolgreiche Kombination für sie gewesen. Sie konnte nur hoffen, dass sich die Geschichte für sie wiederholen würde.

# KAPITEL DREIUNDZWANZIG

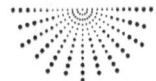

Sie gingen im Gänsemarsch in den Nebel, nachdem sie Michaels Angebot eines Schlafplatzes abgelehnt hatten. Er war klug genug – oder gut genug bezahlt worden –, um keine Fragen zu stellen, dachte Neala, und er eilte schnell davon, nachdem er ihnen genaue Anweisungen gegeben hatte, welche Wege sie um die Insel herum nehmen sollten.

Sie stapften langsam weiter und ihre Lampen waren im dichten Nebel so gut wie nutzlos. Neala fragte sich, wonach sie suchten oder woher sie überhaupt wissen sollten, wo Sasha festgehalten wurde. Wie sollten sie diese Frau finden, wenn sie kaum einen Meter weit sehen konnten? Sie wünschte sich, der Wind würde auffrischen und den Nebel einfach wegblasen.

Neala blieb so plötzlich stehen, dass Dagda auf sie auflief und seinen Arm um ihre Taille legte, um zu verhindern, dass sie nach vorne umkippte. Für eine Sekunde schmiegte sich ihr Körper an seinen, und ein angenehmer

Schauer durchfuhr sie, bevor sie einen Schritt nach vorne machte und sich räusperte.

„Ähm, also diese Sache mit dem Wind, die ich machen kann? Den Wind herbeirufen?", begann Neala, und Fiona murmelte etwas Unverständliches von hinten. „Könnte ich das jetzt machen? Zu jeder Zeit? Kann ich den Nebel lichten, oder kann ich ihn nur im Kampf oder in Zeiten extremer Not herbeirufen?"

„Probier's doch mal aus, Schatz", sagte Dagda, und auch die anderen ermutigten sie, es zu tun.

„Aber wie? Was muss ich tun?"

„Schließe deine Augen." Fionas Stimme erreichte sie durch den Nebel und Neala tat wie ihr geheißen. „Spüre jetzt tief in dich hinein. Suche nach deiner Kraft. Du wirst sie wie eine warme Lichtkugel in deinem Inneren spüren – oder vielleicht eine summende Kugel der Musik. Wir alle fühlen sie ein wenig anders. Wenn du sie gefunden hast, wirst du es wissen."

Neala hielt ihre Augen geschlossen und ging tief in sich, wobei sie sich mit Dagda im Rücken sicher fühlte. Sie ließ ihren Gedanken freien Lauf und atmete ein paar Mal tief ein und aus, bis sie sich auf einen funkelnden Energieball konzentrierte, der ihr Inneres erleuchtete.

„Es glitzert", keuchte Neala.

„Natürlich", sagte Dagda, und Neala hätte fast den Lichtball verloren, weil sie lachen wollte.

„Stell dir nun vor, dass du dieses Licht, diese Kraft, benutzt, um den Nebel zu vertreiben, damit wir auf unserer Reise klar sehen können", fuhr Fiona fort. „Oder, weil es wie Glitzer ist, kannst du dir auch vorstellen, es wie Regen auf den Nebel zu streuen, damit er sich auflöst. Es ist deine persönliche Entscheidung. Tu einfach, was sich richtig anfühlt, und sieh, was passiert."

Fionas Tonfall war zuversichtlich und ermutigend. Neala konnte sich vorstellen, dass sie eine gute Lehrerin wäre, da sie die Menschen ermutigen konnte, ohne sie einzuschüchtern.

Neala schloss wieder die Augen und stellte sich dann ihre Glitzerkugel als großen Puderzuckerstreuer vor. Sie schüttelte den Glitzer auf den Nebel und trieb ihn in ihrer Vorstellung sanft von der Insel. Als sie Bianca keuchen hörte, öffnete sie die Augen und sah, wie silbrige Flocken in einem Windstoß vom Himmel fielen, der den Nebel, der an den umliegenden Hügeln hing, vollständig auflöste.

„Es ist, als wären wir in einer Schneekugel", flüsterte Bianca und wischte sich den Glitzer aus dem Gesicht. Die Männer schienen nicht so amüsiert zu sein, dachte Neala, als sie ihren Hals verrenkte, um nach Dagda zu sehen.

Sein ehemals brauner Bart glitzerte silbern, und Neala schlug sich eine Hand auf den Mund, um ihr Lachen zu unterdrücken. Aber sie konnte nicht anders – die Mischung aus seinem gefährlichen Blick, dem Glitzerbart und Biancas Kichern hinter ihr war einfach zu viel. Neala schnaubte, warf ihren Kopf zurück und brüllte dann vor Lachen.

„Vielleicht stellst du dir beim nächsten Mal etwas anderes vor?", fragte Dagda und schüttelte seinen Bart, um ihn von einem Großteil des Glitzers zu befreien.

„Ich finde es reizend", sagte Neala und wollte ihre Hand heben, um ihm über die Wange zu streichen, zog sie aber zurück, bevor sie seine Haut berührte. Der Moment dauerte einen Tick zu lange, bevor sie sich abwandte und sich selbst im Geiste dafür kasteite, dass sie schon vergessen hatte, was sie sich heute Morgen noch eingebläut hatte. Sie waren beide Einzelgänger. Keine Familie, keine Bindungen. Sie gingen ihren eigenen Weg. Und das war es, worauf sie sich konzentrieren musste.

Vielleicht fand sie ihn auch nur deshalb so anziehend, weil sie vor fast einem Jahr aufgehört hatte, sich mit Männern zu treffen, um sich auf den Erfolg ihres Unternehmens zu konzentrieren – was bedeutete, dass es genauso lange her war, dass sie in ihrem Leben männliche Gesellschaft oder Intimität genossen hatte. Frauen haben Bedürfnisse, genau wie Männer, erinnerte sich Neala. Und ihre Bedürfnisse waren schon seit geraumer Zeit weitgehend unbefriedigt. Sich selbst versichernd, dass dies offenkundig der Grund für Dagdas Anziehungskraft war, setzte sie den Weg fort, den sie entlanggingen, und freute sich, dass sie jetzt vor sich etwas sehen konnte.

Die Sonne ging gerade am Horizont unter und warf ihr warmes Licht auf einen sanften grünen Hügel und die zerklüfteten Klippen, die in den Ozean ragten. Von ein paar Häusern, die über die Felsen auf einer Seite der Insel verstreut waren, kamen funkelnde Lichter, aber der Rest der Insel war weitgehend unbewohnt, abgesehen von etwas, das wie eine Steinformation oder Ruine aussah, die zwischen den Klippen am höchsten Punkt der Insel lag. Das würde Sinn machen, dachte Neala. Wenn man eine Festung baute, würde sie an dieser Stelle stehen.

„Dort oben", zeigte Declan und wandte sich an Neala. „Glaubst du nicht?"

„Doch, ich bin einverstanden."

„Es ist mindestens eine Stunde Fußmarsch. Haben wir

etwas zu essen dabei?", stöhnte Bianca. „Unser Frühstück wurde jäh unterbrochen."

„Ich habe Sandwiches im Rucksack. Warum machen wir nicht eine kurze Pause, tanken auf und beginnen den Aufstieg?", sagte Fiona und hielt inne, um Declan die Hand auf die Schulter zu legen, „Wir werden dir nichts nützen, wenn wir müde sind und keine Energie haben. Und du tust dir auch keinen Gefallen. Sei nicht töricht."

„Gut", sagte Declan. Sie fanden Schutz hinter einer hohen Felsformation, und Declan half dabei, Sandwiches an die Gruppe zu verteilen.

„Neala, lass uns mal ein Stück gehen", sagte Fiona, und Dagda erhob sich ebenfalls. „Nicht du, Dag. Nur Neala."

„Ich muss sie beschützen", protestierte Dagda.

„Ich habe auch Magie, wie du weißt. Wir werden nicht weit weg sein. Ich muss mit ihr unter vier Augen sprechen", sagte Fiona. Sie starrte ihn an, bis er schnell zustimmend nickte, obwohl es offensichtlich war, dass er nicht glücklich darüber war.

Sie gingen einen Moment lang schweigend weiter, bis Fiona sich schließlich umdrehte und Neala anlächelte.

„Ich kannte deine Mutter."

# KAPITEL VIERUNDZWANZIG

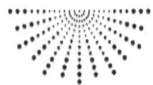

Die Zeit schien für einen Moment stillzustehen, bis Neala spürte, wie die Luft aus ihr wich und ein seltsames Kribbeln in ihrem Nacken einsetzte. Wurde sie ohnmächtig? O'Riordans wurden nicht ohnmächtig; sie waren aus einem härteren Holz geschnitzt, erinnerte sie sich. Sie hatte gerade den Wind herbeigerufen und ein verdammtes Glitzern vom Himmel fallen lassen. Etwas über eine Mutter zu erfahren, die sie nie gekannt und schon lange in den Tiefen ihres Geistes vergraben hatte, war nichts, was sie auf diese Weise erschüttern sollte.

Neala zuckte mit den Schultern und tat so, als wäre es ihr gleichgültig, während sie auf den Horizont blickte, wo gerade das letzte Licht des Tages der Nacht anheimfiel.

„Sie hat dich nicht verlassen, weißt du", fuhr Fiona fort und drehte sich um, um mit Neala Schulter an Schulter zu gehen und ihr Zeit zu geben, die Information zu verarbeiten. „Keine der Sucherinnen wurde von ihrer Mutter im Stich gelassen."

„Keine der Sucherinnen hat eine Mutter?", fragte Neala, von diesem Gedanken fasziniert.

„Sie haben Familien, die sie aufgenommen und sich um sie gekümmert haben und die sie lieben, aber nein, es sind nicht ihre eigentlichen Mütter. Wie du weißt, bist du Magie", sagte Fiona und wandte sich mit einem strahlenden Lächeln auf dem Gesicht an Neala.

Neala konnte sehen, dass sie einst sehr schön gewesen sein musste – und interessanterweise hatten die Jahre ihrer Schönheit wenig anhaben können. Im Gegenteil, wenn sie lächelte, verstärkten sie sie nur noch.

„Ich bin Magie?", sagte Neala, und in ihrer Stimme klangen Zweifel mit.

Fiona lachte, entzückt von ihr. „Du hast gerade den Wind herbeigerufen, meine Liebe. Was dachtest du denn, was das war?"

„Ich weiß es nicht. Vielleicht etwas, das mir die Feen für diese Aufgabe gegeben haben?"

„Du bist zum Teil eine Fee und zum Teil eine Göttin", sagte Fiona.

Neala hielt kurz inne und sah die ältere Frau an. „Ich bin zum Teil eine Göttin?"

„Natürlich. Deine Mutter ist eine Göttin. Das macht dich zu einer Halbgöttin."

„Ich... ich weiß gerade nicht, was ich dazu sagen soll."

„Deine Mutter war die Göttin der Heimat und der Familie – ihre Macht bestand darin, andere zu ernähren", sagte Fiona.

„Ist das nicht irgendwie ironisch?", fragte Neala und spürte, wie die alte Bitterkeit über die Art und Weise, wie ihr Vater sie behandelt hatte, anschwoll.

„Ja, nach dem, was Bianca im Auto gesagt hat, hast du keine nennenswerte Familie mehr. Dein Vater ist bereits gestorben?"

„An Trunksucht. Und an Bitterkeit, nehme ich an", sagte Neala und zuckte erneut mit den Schultern.

„Du bist wütend. Ich kann es spüren", sagte Fiona und presste eine Faust auf ihre Brust. „Auf alle beide."

„Wahrscheinlich hast du Recht. Ich bin wütend auf meine Mutter, weil sie mich im Stich gelassen hat, und ich bin wütend auf meinen Vater, weil er mich nie so akzeptiert hat, wie ich war. Er hat ständig versucht, mich zu zwingen, so zu sein, wie er mich haben wollte", sagte Neala. Sie merkte, dass es ihr guttat, darüber zu sprechen. Sie hatte sich so selten mit diesen Gefühlen auseinandergesetzt, die sie tief in ihrem Inneren verbarg.

„Dein Vater tat das Beste, was er innerhalb seines begrenzten Weltbildes tun konnte. Der Alkohol hat seine Sicht getrübt. Wir alle haben unsere eigenen Schlachten zu schlagen und unsere eigenen Lektionen zu lernen. Das ist ein Teil unserer Reise und unseres Weges in dieser Sphäre. Er hatte schwer zu kämpfen. Vielleicht wirst du mit der Zeit in der Lage sein, einen Schritt zurückzutreten und ihn mit Mitgefühl statt mit Zorn zu betrachten", sagte Fiona in sanftem Ton.

„Ich weiß nicht, ob ich das kann", flüsterte Neala und spürte, wie ihr die Tränen in die Augen stiegen. „Ich wollte einfach nur, dass er mich liebt, so wie ich bin – als eine Frau mit eigenen Ansichten, Überzeugungen und Träumen. Das macht mich doch nicht zu einem schlechten Menschen."

„Nein, das tut es nicht. Aber für manche, vor allem für diejenigen, die nur einen Weg oder eine Denkrichtung kennen, kann es bedrohlich wirken. Es ist nicht leicht, seine Überzeugungen zu ändern. Noch schwieriger ist es, wenn man sich täglich an die Flasche flüchtet. Letztendlich führte er eine einsame und traurige Existenz, die er sich selbst geschaffen hatte, und seine Seele wird nun ihre Lektionen in einer anderen Sphäre lernen müssen."

„Kannst du mir mehr über meine Mutter erzählen?", fragte Neala und folgte Fiona, als diese auf zwei große Felsbrocken deutete, auf die sie sich setzen konnten. Sie ließen sich mit dem Rücken zur Felswand nieder, von allen Seiten geschützt, so dass sie eine lauschige, private Ecke hatten, in der sie über magische Familienangehörige sprechen konnten.

„Oh, sie war eine Göttin der Fürsorge. Ihre Macht lag darin, zu geben und dafür zu sorgen, dass sich die Menschen wohlfühlten. Sie kümmerte sich um sie und war voller Mitgefühl. Sie verbrachte ihre Tage damit, den Menschen zu zeigen, wie sie sich um andere kümmern konnten und lehrte, während sie die Welt ernährte, Vergebung und Empathie."

„Sie ist also nicht mehr da, wenn du in der Vergangenheitsform von ihr sprichst", sagte Neala und war überrascht, dass sie immer noch Trauer über einen Verlust empfand, den sie schon vor langer Zeit akzeptiert hatte.

„Natürlich ist sie nicht tot – sie ist nur in der geistigen Welt aufgestiegen. Sie hat ihre Pflichten hier erfüllt und ist dorthin weitergezogen, wo sie als Nächstes gebraucht wird, das ist alles."

„Oh. Ich schätze, ich weiß nicht viel über all diese Dinge", sagte Neala, lehnte sich gegen die Felswand und schloss für einen Moment die Augen, um das Durcheinander der Emotionen zu verarbeiten, die ihr schwer im Magen lagen.

„Ich finde es interessant, dass du eine Bäckerei eröffnet hast. Du kümmerst dich um andere, weißt du", sagte Fiona.

Neala öffnete ihre Augen und sah sie an. „Wie bitte? Ich backe Scones und serviere Kaffee."

„Du gibst den Menschen ein gutes Gefühl. Du steckst viel Liebe in deine Arbeit und dein Essen, so dass sie glücklich sind, wenn sie deinen Laden verlassen. Du hast eine Umgebung geschaffen, in der sie sich wie zu Hause fühlen können, wie in einer Familie. Ich würde sagen, das bedeutet, dass du dich um sie kümmerst."

„Wahrscheinlich. Ich wollte schon immer einen Ort nur für mich schaffen – meinen eigenen kleinen sicheren Hafen", gab Neala zu, „den niemand außer mir anrühren oder verändern darf."

„Und das hättest du auch mit einem Haus oder einem Büro tun können, aber du hast dich für ein Geschäft entschieden, das anderen Freude und Glück bringt. Das ist bemerkenswert", kommentierte Fiona.

„Wenn ich zum Teil Göttin bin – was bedeutet das? Habe ich Pflichten zu erfüllen?"

„Das tust du bereits. Du wurdest geboren und bist jetzt hier. Dieser Weg ist dir vorherbestimmt. Es liegt allerdings an dir, ob du das Schwert in die Hand nimmst und kämpfst." Fiona verschränkte die Arme vor der Brust und musterte Neala.

„Ich habe die Herausforderung angenommen, oder? Ich bin hier." Neala befürchtete, dass ihr Tonfall ein wenig gereizt klang.

„Ja, das hast du. Aber ich glaube, du weißt bereits, was dein nächster Schritt sein müsste, und trotzdem lenkst du bei jeder Gelegenheit davon ab", sagte Fiona, die nicht klein beigab.

Nealas Schultern sackten zusammen. „Manchmal denke ich, es ist einfacher, an der Wut festzuhalten. Ich fühle mich gut damit. Es gibt mir in bestimmten Situationen Macht."

„Das ist das Tückische an der Wut. Man denkt, dass man selbst die Macht hat, wenn man auf jemanden wütend ist, aber in Wirklichkeit hat der andere die ganze Macht. Die einzige Macht, derer man habhaft werden kann, kommt mit der Vergebung. Wenn du dich nach Kontrolle sehnst, wirst du sie erhalten, sobald du loslässt."

„Inwiefern gibt mir das Loslassen Kontrolle? Ich habe doch Kontrolle über meine Geschichte und die Gefühle, die damit verbunden sind. Wenn ich das loslasse, hieße das ... Ich weiß es nicht." Neala schlug sich mit ihren Händen hilflos auf den Schoß. „Es bedeutet, dass ich eine neue Geschichte schreiben müsste. Ich müsste sie neu gestalten. Ich bin mit meiner Geschichte zufrieden. Oder ich war es bis vor ein paar Tagen. Jetzt weiß ich nicht mehr, wer oder was ich bin."

„Du bist immer noch du selbst. Aber das einzig Beständige im Leben ist die Veränderung. Deine alte Geschichte, die Wut, an der du jahrelang festgehalten hast – sie spielt in dieser Geschichte nicht gut mit. Sie arbeitet sogar gegen dich. Das musste auch Sasha lernen."

„Was soll ich jetzt tun? Wirst du mir helfen?", flüsterte Neala und schaute Fiona flehend an. „Ich möchte niemanden enttäuschen."

„Du wirst niemanden enttäuschen, solange du offen bleibst und dein Bestes gibst", sagte Fiona.

„Kopf hoch, Herz auf", murmelte Neala.

„Woher hast du das?"

„Das hat mir Dagda gesagt, bevor wir Clare gerettet haben."

„Er ist ein kluger Mann. Und ein gutaussehender noch dazu", kommentierte Fiona. „Du hättest es schlechter treffen können."

„Ich... er ist nichts für mich. So ist das nicht. Wir sind beide Einzelgänger und ich glaube nicht, dass eine Beziehung in unseren Lebensstil passt. Er liebt die weite Welt, und ich habe ein Geschäft zu führen. Das würde nie funktionieren", sagte Neala.

„Liebe findet immer einen Kompromiss", kommentierte Fiona, und Neala schüttelte den Kopf.

„Ich kann mir vorstellen, mit dem Mann ins Bett zu gehen. An Liebe habe ich nicht gedacht", spottete sie.

„Ja, auch das könnte eine Menge Spaß machen", meinte Fiona, und trotz allem, worüber sie gerade gesprochen hatten, musste Neala lachen, bis ihr die Tränen in die Augen schossen.

„Ich mag dich, Fiona."

„Ich mag dich auch, Neala. Du hast Charakter und ein gutes Herz. Dafür will ich dir ein Geschenk für deine Reise machen", sagte Fiona. „Gib mir deine Hände. Alle beide."

Neala drehte sich um und legte ihre Hände auf Fionas. Obwohl ihre Haut faltig und spröde war, lagen Fionas Hände fest und warm unter Nealas Handflächen.

„Schließe deine Augen und konzentriere dich auf die Kugel der Verbitterung in deinem Bauch. Führe mich zu ihr. Öffne dein Herz und lass mich dich heilen", wies Fiona an.

Neala schloss die Augen und konzentrierte sich auf ihren Bauch, wo sich Verbitterung und Wut über vergangene Verletzungen wie ein Knäuel wütender Schlangen zusammengezogen hatten.

„Bist du bereit, zu vergeben, Neala? Kannst du andere mit Mitgefühl und Verständnis sehen – und ihnen Liebe und Licht schicken – auch wenn sie dich verletzt haben?"

Neala ließ sich Zeit, bevor sie antwortete. Sie prüfte das Gefühl der Vergebung, arbeitete daran, eine neue Geschichte in ihrem Kopf aufzubauen – und als sie die Worte aussprach, meinte sie sie auch.

„Ja, ich vergebe."

Mit diesen Worten schienen die Schlangen des Grolls in ihrem Inneren zu bersten, aus ihr zu weichen und wie Glasscherben in den Nachthimmel zu zersplittern. Nealas Augen weiteten sich vor Erstaunen; so etwas hatte sie in ihrem Leben noch nie gesehen oder gefühlt.

„Was war das?", keuchte Neala.

„Nur ein bisschen Heilung und Magie, meine Liebe", kicherte Fiona und tätschelte ihren Arm. „Wie geht es dir?"

Neala nahm einen tiefen, reinigenden Atemzug und prüfte ihr Herz, ihren Verstand und ihre Seele.

„Weißt du was, Fiona? Ich fühle mich unglaublich gut. Vielleicht ist die Sache mit der Vergebung ja doch nicht so schlecht."

„Wenn nur mehr Leute so denken würden", sagte Fiona und stand auf, streckte die Arme über den Kopf und reichte Neala die Hand. „Komm, dein Mann wird unruhig. Wir waren zu lange weg, und auch Declan brennt darauf,

Sasha zu finden. Aber wir mussten das erledigen, bevor wir sie retten können. Ich war mir nicht sicher, ob du dazu bereit warst."

„Er ist nicht ‚mein Mann'. Ich wünschte, du würdest aufhören, das zu sagen", sagte Neala, nicht bereit, noch einmal über die Sache mit der Vergebung zu sprechen. Das Gefühl war immer noch etwas zart in ihrem Herzen.

„Und ich wünschte, du würdest deinen Kopf oben und dein Herz offen halten, wie dein Mann es dir gesagt hat. Ich frage mich, ob er sich denselben Rat gegeben hat", kommentierte Fiona.

Na toll. Jetzt würde sie Dagda ansehen und sich Fragen stellen.

# KAPITEL FÜNFUNDZWANZIG

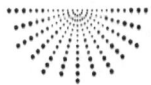

„W as für eine Magie hast du benutzt?", fragte Dagda, sobald sie wieder in Sprechweite waren.

Neala zog eine Augenbraue hoch und ließ sich von seiner Haltung nicht einschüchtern. „Es war Fionas Magie. Und es ist persönlich", sagte sie und schob sich an ihm vorbei zu Bianca, die ihr eine Feldflasche mit Wasser anbot.

„Persönlich? Es gibt nichts Persönliches. Wir sitzen hier alle im selben Boot", sagte Dagda und stapfte ihr hinterher.

„Nun, ich sage, es ist etwas Persönliches." Neala blieb standhaft und rollte mit den Augen, bevor sie die Feldflasche von der grinsenden Bianca entgegennahm und einen Schluck Wasser trank.

„Lass sie, Dagda. Wenn es Fionas Magie war, dann vertraue ich ihr", seufzte Declan und fuhr sich mit der Hand durch die Haare. Er hatte die Worte fast geknurrt, während er auf und ab ging.

Dagda sah aus, als wollte er widersprechen, besann sich dann aber eines Besseren und beugte sich vor, um den

Rucksack zu packen und dann zu schultern, bevor er den Pfad zu den Ruinen hinaufging.

„Was ist mit ihm los? Er scheint ein bisschen eingeschnappt zu sein, nicht wahr?", fragte sich Neala laut, während sie dem riesigen Mann, der den Hügel hinaufstürmte, hinterherstarrte.

„Er macht sich Sorgen um dich", sagte Bianca und klopfte ihr auf die Schulter. „Die Magie sah von hier aus ziemlich intensiv aus, und es war anfangs schwer zu sagen, von wem sie ausging. Dagda war schon halb den Hügel hochgerannt, mit dem Schwert in der Hand, als er erkannte, dass es Fionas Magie war. Ich glaube, er mag dich..." Bianca sang die letzten Worte, wie ein Schulmädchen, das ein Lied über zwei Menschen singt, die sich hinter einem Baum küssten.

„Er hat Angst, dass ihm die Göttin einen Tritt in den Hintern verpasst, wenn er versagt", ergänzte Neala, als sie sich hinter den anderen einreihten und ihren Weg ins Dunkle fortsetzten.

„Das glaube ich nicht. Er kann seine Augen kaum von dir lassen", kommentierte Bianca heiter, trotz der feuchten Nacht und der potentiellen Gefahr, die am Horizont lauerte.

„Hör zu, ich weiß, was du glaubst. Alle anderen Sucherinnen und ihre Beschützer kamen am Ende zusammen. Es würde dieses Abenteuer mit einer süßen, kleinen romantischen Geschichte abschließen, nicht wahr?", sagte Neala über ihre Schulter zu Bianca. „Aber ich sage dir, unsere Lebensstile sind nicht kompatibel. Dag ist ein Herumtreiber. Er mag die offene Straße, er mag es nicht, gebunden zu sein, und er will ganz sicher keine Beziehung."

„Und du glaubst, dass sich das nicht ändern kann? Dass Männer nicht irgendwann beschließen können, dass sie etwas anderes wollen, wenn sie die richtige Frau treffen? Nach dem, was ich erlebt habe, würden Männer bis ans Ende der Welt gehen, damit die Liebe funktioniert", sagte Bianca.

„Ich glaube nicht, dass das hier der Fall sein wird", lachte Neala. „Du redest so, als wäre es bereits eine große Liebesgeschichte. Stattdessen habe ich, eine Bäckerin aus der Kleinstadt, erst vor ein paar Tagen diesen Mann kennengelernt – einen Feenmann, um genau zu sein. Liebe stößt einem nicht einfach so zu. Sie braucht Zeit und muss wachsen. Man verabredet sich und findet heraus, was die Lieblingsmusik des anderen ist oder was man mag und was nicht. Ich denke, du bist eine Romantikerin, Bianca, und ich bewundere das. Aber ich bin Realistin und ich kann dir sagen, dass wir es hier nicht mit der Liebe zu tun haben, von der du sprichst."

„Glaubst du, dass es für die Liebe eine bestimmte Formel gibt?", fragte Bianca.

„Nun, vielleicht keine Formel, aber es gibt keine Liebe auf den ersten Blick oder so etwas. Im Kino ist das lustig, aber nicht im wirklichen Leben." Neala zuckte mit den Schultern.

„Warst du schon einmal verliebt?", wollte Bianca wissen, die ihre Fragen fortsetzte, als sie den Gipfel des Hügels erreichten.

„Nein, das kann ich nicht behaupten", gab Neala zu, und bei dem Gedanken daran wurde sie ein wenig traurig und fühlte sich irgendwie wie eine Versagerin, weil sie es nie gewesen war. „Ich habe wohl nie einen Mann gefunden, der dessen würdig gewesen wäre."

„Oder vielleicht bist du der falschen Formel gefolgt", sang Bianca.

Neala rümpfte angewidert die Nase. „Ich kann dich den Hügel hinunterschmeißen, wenn du willst", kommentierte sie.

Bianca lächelte. „Versuch's doch. Ich bin klein, aber hart."

„Das klingt verlockend, aber ich habe dich kämpfen sehen. Du bist wirklich hart im Nehmen", murmelte Neala, ein wenig genervt vom Gesprächsthema, aber auch amüsiert über Bianca.

„Wenn ihr Damen einen Ringkampf veranstalten wollt, dann schlage ich Bikinis und eine Schlammgrube vor. Dafür würde ich Eintritt bezahlen", sagte Seamus über seine Schulter, und sie lachten über ihn.

„Träum weiter, Kumpel", rief Bianca zurück.

„Ruhe", befahl Dagda von vorne und setzte den Albernheiten damit ein Ende.

Neala rollte mit den Augen, folgte aber seinem Befehl, als sie sich der halb verfallenen alten Burg näherten. Es sah so aus, als wäre es einmal eine kleine Festung gewesen, mit einem verwitterten Turm in einer Ecke und einigen Räumen unterschiedlicher Größe, bei denen Teile des Gemäuers fehlten. Nur ein Teil der Festung war noch intakt – und im Licht ihrer Lampen sah es so aus, als gebe es keinen Weg hinein oder hinaus.

„Das gefällt mir nicht", erklärte Dagda und versammelte die Gruppe in einem engen Kreis um sich. „Es fühlt sich wie eine Falle an."

„In einem Krieg ist alles eine Falle und niemand spielt fair", sagte Declan, während seine Augen das Gebäude absuchten. „Aber ich kann sie innerhalb dieser Festung spüren. Wir müssen nur einen Weg finden, ohne dass die Mauern über ihr zusammenbrechen."

„Aufteilen und erstürmen", schlug Fiona vor.

„Ich weiß nicht, ob mir das gefällt", sagte Dagda.

Neala bemerkte, dass seine Stimme seltsam klang, so als ob sie sich weiter und weiter von ihr wegbewegte. Sie hatte sich ein paar Schritte von der Gruppe entfernt, um mit ihrer Lampe um die Ecke der Festung zu leuchten und nach einem Weg in die Ruine zu suchen. Das Licht war auf eine kleine Seitentür gefallen, die sie übersehen haben mussten.

Sie drehte sich um, um die Gruppe darauf aufmerksam zu machen, und war überrascht, wie weit sie sich von ihnen entfernt hatte.

„Das ist merkwürdig", sagte Neala und erhob ihre Stimme, um der Gruppe etwas zuzurufen. „Hey, Leute, hier ist eine Tür."

Alle drehten sich erschrocken um, und Neala kreischte auf, als sie in die Festung gesogen wurde und die Tür verschwand. Sie starrte nun auf eine raue Steinwand, nur Zentimeter von ihrem Gesicht entfernt. Sie drehte sich und leuchtete einen leeren steinernen Gang hinunter, in dem es weder einen Eingang noch einen Ausgang gab. Alles, was sie tun konnte, war vorwärtszugehen.

Neala verfluchte sich für ihre Dummheit und griff nach den einzigen Waffen, die sie bei sich trug – dem Stein der Wahrheit und ihrem Dolch.

Nun war sie auf sich allein gestellt.

# KAPITEL SECHSUNDZWANZIG

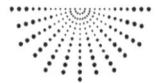

Dagdas Herz setzte einen Schlag aus, als Neala in die Festung gesogen wurde. Ein Hauch von Domnua-Magie schwirrte noch in der Luft, während sich die Mauer hinter ihr schloss. Die Zeit schien stillzustehen, als er ihren Namen brüllte, aber keine Antwort von innerhalb der Festung kam.

„Ich wusste es", rief Dagda und schlug gegen die Wand, hinter der Neala verschwunden war. „Ich wusste, dass es eine Falle war."

„Wir werden die beiden da rausholen", sagte Declan, der an seiner Seite stand und ebenso hart gegen die Steinwand schlug.

„Du hast leicht reden. Das geht nicht auf deine Kappe", grunzte Dagda, während er die Wand auf Schwachstellen prüfte, mit den Händen über die Steine fuhr und nach Rissen suchte.

„Das geht uns alle etwas an. Und ich möchte dich daran erinnern, dass nicht nur deine Frau da drin ist, sondern auch meine. Also hör auf rumzumeckern und lass uns herausfinden, wie wir sie retten können", sagte Declan.

Dagda stürmte auf ihn zu. Er war so aufgebracht über sich selbst, dass er ein Ventil für seine Wut brauchte. „Meckern? Ich meckere nicht rum. Lass mich in Ruhe oder ich werde dafür sorgen, dass du Ruhe gibst", fauchte er, packte Declan an der Kehle und drückte ihn gegen die Wand.

Der erste Schlag von Declan prallte noch an seiner Brust ab, aber der zweite – ein direkter Treffer in den Magen – ließ ihn zusammenzucken.

Dagda hob seinen Arm, um zurückzuschlagen, hielt aber inne, als er von hinten festgehalten wurde.

„Hört auf damit, Jungs. Auf der Stelle. Wir haben eine Menge Ärger am Hals", befahl Fiona.

Dagda rieb sich den Kopf und drehte sich um, um Fiona zu sehen, die ihren Gehstock wie einen Knüppel schwang. „Dickköpfiges altes Weib", murmelte er.

„Testosterongesteuerter Schwachkopf", schoss Fiona zurück, und Dagda zuckte mit den Schultern. Sie hatte nicht ganz Unrecht. „Ihr könnt es euch aussuchen. Entweder bringt ihr euch gegenseitig um oder die Domnua tun es. Aber ich glaube, sie würden sich freuen, wenn ihr es für sie erledigt, denn dann können sie einfach da drüben sitzen bleiben und zusehen, wie ihr euch gegenseitig fertig macht."

„Wo?", knurrte Dagda und drehte sich um, um eine Armee von Domnua zu erblicken, die in Stille und mit erhobenen Schwertern auf der Hügelkuppe hinter ihnen standen, mit Bianca und Seamus zwischen ihnen.

„Verdammt", fluchte Declan.

„Verdammt, in der Tat", sagte Fiona, „Zeit für ein bisschen Magie, Jungs."

„Was ist mit Neala?", sagte Dagda, der nicht anders konnte, als über seine Schulter auf die Wand hinter ihm zu starren.

„Sie ist im Moment auf sich allein gestellt. Du kannst nicht alle ihre Kämpfe für sie austragen. Jemanden zu beschützen bedeutet manchmal auch, ihn auf sich allein gestellt zu lassen. Du darfst sie nicht überbehüten", mahnte Fiona.

„Ich behüte sie nicht über", sagte Dagda, der von allen die Nase voll hatte und bereit war, alle Domnua umzubringen, die Festungsmauern niederzureißen und Neala in Sicherheit zu bringen.

„Sie ist auf sich allein gestellt. Ich habe ihr so viele Hilfsmittel mitgegeben, wie ich konnte. Jetzt hilf mir mit etwas Magie – ich brauche Feen-Hilfe hierfür", sagte Fiona. Sie begann, einige jahrhundertealte Zaubersprüche aufzusagen, die auch Dagda in seiner Jugend am Feuer gelernt hatte. Er stimmte mit ein, Declan tat dasselbe, und dann begannen sie, ihre Magie auszusenden, in der Hoffnung, dass sie ausreichen würde, um die Domnua-Armee zu besiegen, die sich ihnen entgegengestellt hatte.

Oder, falls ihnen das nicht gelingen sollte, dann mussten sie die Domnua wenigstens so lange aufhalten, bis Neala das besiegt hatte, was sie tief im Inneren der Festungsmauern erwartete.

# KAPITEL SIEBENUNDZWANZIG

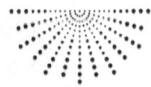

Neala schlich langsam vorwärts, den Dolch in der einen Hand, den Stein in der anderen. Dankbar für die Stirnlampe und das Licht, das sie spendete, während sie die Hände frei hatte, überlegte sie, ob sie nach Sasha rufen sollte oder nicht. Sie beschloss, nicht mehr Aufmerksamkeit als nötig auf sich zu lenken, obwohl die Bösewichte sicherlich genau wussten, wo sie sich befand – schließlich hatten sie sie in ihre Falle gelockt. So ging sie weiter, mit leisen Schritten auf dem feuchten Steinboden.

Als ihr Vater vor sie hintrat, keuchte Neala auf.

Er sah noch genauso aus wie in den Jahren vor seinem Tod – sein dunkles Haar war ergraut, und unter der runzeligen Stirn befand sich eine vom vielen Trinken gerötete Knollennase. Seine Augen verengten sich, während er sie von Kopf bis Fuß musterte, dann spuckte er vor ihr auf den Boden.

Neala fuhr zusammen und versuchte mit aller Kraft, das Geschenk der Leichtigkeit und Freiheit, das Fiona ihr gemacht hatte, zu bewahren. Aber es war praktisch unmöglich, ihren Vater anzusehen, ohne dass der alte Groll wieder aufkam.

„Sieh dich an, wie du mit einem Dolch in der Hand herumläufst. Das ist eine Waffe für Männer. Du hast sowieso nie verstanden, wo dein Platz ist." Ihr Vater starrte sie an.

„Mein Platz ist genau da, wo ich es für richtig halte", sagte Neala, während sie ihr Kinn und den Dolch hob. Sie wusste, dass dies ein Trick der Domnua sein musste, aber es fühlte sich alles so echt an, als wäre sie ihm erst gestern begegnet.

„Du hattest schon immer eine große Klappe und viel Schwachsinn verzapft. Dass Frauen ihre eigenen Geschäfte führen und verhüten können sollten, wenn ihnen danach ist. Welche anständige Frau redet denn so? Du hättest dich um unser Zuhause kümmern sollen. Dann hättest du dir einen Mann suchen sollen, um dich um ihn und sein Zuhause zu kümmern. Und deine Meinungen hättest du für dich behalten sollen."

„'Sollen' ist schon ein verflixtes Wort, nicht wahr?", fragte Neala leichthin und rückte etwas näher an ihren Vater heran. „Es gibt so viele Dinge, die man tun *sollte*, die man aber anscheinend nie fertigbringt. Du hättest zum Beispiel ein besserer Vater für mich sein sollen."

„Du hattest doch zu essen, oder?", protestierte ihr Vater.

„Ja, Essen, das ich mit dem Geld von dem Job kaufen musste, den ich nach der Schule hatte. Essen, das ich für dich gekocht und zubereitet habe. Das du kaum angerührt hast, weil deine Nase so tief im Bierglas steckte", erwiderte Neala und schaute hinter ihn, um zu sehen, ob sie an ihm vorbeikommen konnte, aber seine breiten Schultern nahmen den größten Teil des Ganges ein.

„Wenigstens hast du gelernt, wie man kocht. Du würdest sowieso keine Bäckerei besitzen, wenn du nicht gut kochen könntest. Du solltest dich bei mir bedanken."

„Da ist es wieder, dieses S-Wort", sagte Neala und trat vor, diesmal etwas mutiger. Dann hielt sie inne, als ihr ein Gedanke kam.

„Du wirst nicht an mir vorbeikommen", sagte ihr Vater, der näher kam und sich behauptete, mit wütenden Augen im Gesicht.

„Du hast Recht, Dad", sagte Neala und blickte ihrem Vater ins Gesicht. „Danke, dass du mir beigebracht hast, eine selbständige und starke Frau zu sein, die trotz allem kochen, ein Geschäft führen und gesunde Beziehungen zu Freunden pflegen kann. Ich vergebe dir dafür, dass du nicht derjenige warst, den ich gebraucht habe. Auf diese Weise musste ich allein klarkommen."

Mit diesen Worten hielt Neala den Stein hoch, und er begann in ihrer Hand sanft zu pulsieren. Das Bild ihres Vaters flackerte ein wenig und wurde an den Rändern beinahe wässrig. Sein Gesicht verzerrte sich vor Wut.

„Du wirst es nie zu etwas bringen! Du wirst schon sehen! Du hättest tun sollen, was ich gesagt habe." Seine Rufe wurden leiser, während sie den Stein hochhielt, seine Worte ignorierte und ihn genau betrachtete.

„Domnua, zeigt euch", befahl Neala. Dann verblasste das Bild ihres Vaters und es zeigte sich ein grinsender silberner Feenmann, der vor Freude vor ihr tanzte. „Genau wie ich dachte."

Das Lächeln erstarb auf seinem Gesicht, als sie ihren

Dolch nach ihm warf und ihn direkt ins Herz traf, woraufhin er sich schnell in eine silberne Pfütze auf dem Boden auflöste. Neala beugte sich über die Pfütze, zog mit einer Grimasse ihr Messer heraus und wischte es an ihrer Jeans ab. Es war nichts, was sie besonders genossen hätte, aber sie war nicht naiv – sie hatte gesehen, wie rücksichtslos die Domnua sein konnten.

„Nun, das war wirklich interessant. Ich nehme an, das war die Vergebungslektion, die Fiona mir erteilt hat. Keine besonders spaßige Lektion, so viel steht fest", sagte Neala leise vor sich hin. Sie steckte den Stein ein und ging vorsichtig den Gang entlang, den Dolch im Anschlag, bereit für die nächste Falle, die sie wahrscheinlich erwartete.

Es dauerte nicht lange, aber sie war sich nicht sicher, welche Szene sie diesmal betrat.

Neala hielt sich zurück und beobachtete, wie ein Paar auf sie zukam, ein Mann und eine Frau, beide in wallenden purpurnen Gewändern und mit dem verräterischen violetten Schimmer, der sie als Danula auswies. Erleichtert, dass sie endlich Unterstützung bekam, lächelte sie das Paar an.

„Ich bin ich froh, euch zu sehen, denn ich stecke ziemlich in der Klemme", sagte Neala und lächelte den Mann und die Frau dankbar an.

„Und wir sind ganz sicher nicht froh, Abschaum wie dich zu sehen", schnauzte die Frau zurück. Neala wich zurück und hielt den Dolch wieder höher.

„Ich kann wirklich nicht verstehen, warum Dagda sich mit diesen Menschen abgeben muss. Es sind solche Proleten", sagte der Mann kopfschüttelnd zur Frau neben ihm.

Das waren also Dagdas Eltern, stellte Neala fest und

betrachtete sie genauer. Soweit sie wusste, lebten sie noch, also musste sie vorsichtig sein, für den Fall, dass es sich um seine echten Eltern handelte und nicht nur um eine von Domnua hervorgerufene Illusion. Sie griff mit einer Hand in ihre Tasche und betastete den Stein.

„Offenbar hat er Freude an unserer Bekanntschaft", scherzte Neala.

Das Paar schauderte vor Abscheu. „Er wird unsere Blutlinie mit Leuten wie euch verwässern", schniefte die Frau.

„Weil es so schlimm ist, eine Halbgöttin zu sein?", fragte Neala und hob eine Augenbraue, während sie das Paar studierte. Sie konnte sehen, woher Dagda sein markantes Aussehen hatte. Seine Eltern waren beide groß, sein Vater von ähnlicher Statur wie er selbst, und die eindrucksvolle Augenfarbe hatte er von seiner Mutter.

„Das spielt keine Rolle. Du wurdest mit Menschenblut befleckt. Ich kann mir wirklich nicht vorstellen, was sich Danu dabei gedacht hat, die Rolle der Sucher an Menschen zu vergeben. Sie könnte gleich die Welt zum Untergang verdammen, angesichts ihrer Unfähigkeit", beschwerte sich Dagdas Vater.

Neala wollte ihr Gesicht in den Händen vergraben. Kein Wunder, dass Dagda abgehauen war und durch die Welt zog. Mit Eltern, die so engstirnig und abwertend waren, musste es für ihn praktisch unmöglich gewesen sein, seinen intellektuellen Horizont zu erweitern. Sie bewunderte ihn jetzt noch mehr dafür, dass er seinen eigenen Weg gegangen war und sich zu dem Mann entwickelt hatte, der er war.

„Oh, da bin ich mir nicht sicher. Wir Menschen können einen überraschend robusten Charakter haben. Ihr werdet sehen, wie wir feiern werden, wenn das alles vorbei ist", sagte Neala fröhlich, während sie den Stein hochhielt. „Aber ich werde euch schonmal vergeben, nur für den Fall, dass dies auch ein Teil meiner Lektion ist."

„Uns vergeben? Wir haben nichts Falsches getan", sagte Dagdas Mutter und hielt eine Hand an ihr Gewand, beleidigt über den Gedanken, dass ein Mensch ihnen unterstellen könnte, sie hätten etwas falsch gemacht.

„Ich vergebe euch trotzdem, denn das ist es, was es zu tun gilt, wenn engstirnige Menschen ihre begrenzten, starrsinnigen Meinungen überall verbreiten. Schieben wir es auf den Mangel an Bildung und Weltwissen. Trotzdem wünsche ich euch alles Gute. Vielleicht trinken wir ja ein Glas Wein, wenn wir uns das nächste Mal begegnen", sagte Neala.

Sie betrachtete den Stein, der nun in ihrer Hand glühte. Dagdas Eltern starrten darauf, ihre Blicke wurden hungrig vor Begierde, und der violette Schimmer wich ein wenig, um das Silber darunter zu entblößen. „Aber jetzt muss ich mich erst einmal verabschieden."

Mit zwei schnellen Bewegungen tänzelte Neala vorwärts und erledigte die Domnua, die sich als Dagdas Eltern ausgaben. Zwei weitere silberne Pfützen bildeten sich auf dem Boden, und Neala wischte den Dolch wieder an ihrer Hose ab. Sie zog eine Grimasse bei dem Gedanken an das viele Blutvergießen, aber es kam ihr ohnehin nicht real vor. Leuchtendes Silberblut ließ sie weniger stark an den Tod denken wie menschliches Blut. Es war, als befände sie sich in einem Traum oder in einem Videospiel.

Sie ging weiter und bog um eine Ecke. Dann kreischte

sie auf und duckte sich weg, kurz bevor ein Schwert über ihr auftauchte.

„Heilige Scheiße, es tut mir leid. Ich dachte, du wärst ein Domnua."

„Du musst Sasha sein." Neala blickte keuchend aus ihrer Hocke auf dem Boden auf.

„Ja, das bin ich. Und ich bin mehr als erfreut, deine Bekanntschaft zu machen."

# KAPITEL ACHTUNDZWANZIG

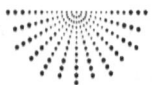

S asha sah aus wie eine Kriegerin. Neala konnte verstehen, warum Bianca sie anfangs als etwas schwierig empfunden hatte. Sie trug eine schwarze Hose und ein schwarzes Tanktop, hatte schwarze Haare, die ihr glatt über den Rücken fielen, und Augen, die ihr Gesicht zum Leuchten brachten.

„Sucherin?", fragte Sasha, immer noch das Schwert schwingend.

„Ja", sagte Neala und zeigte ihr den Stein.

Sasha nickte und ließ das Schwert an ihrer Seite ruhen. „Dann muss ich mich dafür entschuldigen. Es war schwer zu erkennen, wer um die Ecke war, als die Tür in der Wand auftauchte."

„Das kann ich verstehen. Ich hatte selbst auch ein paar seltsame Begegnungen", sagte Neala. „Ich bin übrigens Neala, und ich nehme an, du bist Sasha."

„Ja, die bin ich. Begegnungen? Müssen wir weitere befürchten?", fragte Sasha und spähte über Nealas Schulter. Die Kriegerin war stets in Alarmbereitschaft.

„Nicht, dass ich etwas gesehen hätte, aber ich kann nichts versprechen. Ich habe wirklich keine Ahnung, wie ich hier reingekommen bin oder wo wir uns in der Festung befinden", gab Neala zu.

„Du weißt mehr als ich. Ich wurde von einer äußerst wütenden Göttin mitten in diesen Raum geworfen. Wenigstens weißt du, wo wir sind. Und wenn wir schon dabei sind – wo sind wir? Hast du von Declan gehört? Ist er in Sicherheit?"

„Ja, er hat uns zusammen mit Fiona aufgesucht. Wir sind auf Cape Clear Island, in der Ruine einer alten Festung", sagte Neala. „Und Declan ist krank vor Sorge um dich."

„Ahhh, Declan." Sasha rieb sich mit der Hand übers Herz. „Er ist ein guter Mann."

„Das scheint er zu sein. Und gutaussehend dazu."

„Es schadet jedenfalls nicht." Sasha schenkte Neala ein kurzes Lächeln und beugte sich dann vor, um den dunklen Gang hinunterzuschauen. „Ich bin dafür, dass wir weitergehen. Du gehst voran, da du das Licht hast, und ich folge dir."

„Was ist, wenn etwas hinter dir auftaucht?", fragte Neala.

„Mach dir keine Sorgen, ich werde damit klarkommen", sagte Sasha mit absoluter Zuversicht.

Neala glaubte ihr. Sasha hatte eine pragmatische, selbstsichere Art, die keinen Unsinn duldete, und die Neala ausgesprochen gut gefiel. Was die Rückendeckung anging, während man einen finsteren Gang entlanggehen musste, der möglicherweise voller mordender Feenkrieger war, hätte sie es schlechter treffen können.

„Wie bist du überhaupt hier reingekommen?", fragte Sasha, als Neala begann, sich vorsichtig den Gang hinunterzubewegen, wieder mit dem Dolch in der Hand.

„Als wir alle draußen waren, ist von einem auf den anderen Moment eine Tür aufgetaucht. Kaum hatte ich mich ihr genähert, wurde ich hineingesaugt. Ich weiß nicht einmal, wie das genau passiert ist", gab Neala zu. „Ich fürchte, ich bin nicht die beste Sucherin für diese Aufgabe."

„Du bist genau die richtige Sucherin für diese Aufgabe. Jeder von uns wurde von der Göttin aus ihren eigenen Gründen ausgewählt. Du wärst nicht hier, wenn du nicht das Zeug dazu hättest, also hör auf, dich zu bemitleiden", sagte Sasha.

Neala überraschte sich selbst mit einem Lachen. „Danke, das habe ich gebraucht. Wenn man bedenkt, dass ich auf dem Weg hierher mehrere Domnua getötet und das Portal geöffnet habe, durch das ich dich rausholen konnte, sollte ich mir auf die Schulter klopfen, anstatt mich selbst schlecht zu machen", sagte sie, als sie eine Biegung im Korridor erreichten und vorsichtig um die Ecke spähten.

„So gefällst du mir besser. Keine Gnade. Die machen dich in einer Sekunde fertig. Miese Typen", sagte Sasha.

„Das hilft. Ich denke immer noch, sie seien Menschen, aber vielleicht muss ich sie wie Kakerlaken betrachten."

„Ich sehe sie als Cyborgs. Sie haben kein Gewissen und folgen ihrer Herrin blind. Es ist nicht so, dass sie zu einer Familie oder ihren Freunden nach Hause zurückkehren würden. Sie kommen aus der Unterwelt", sagte Sasha.

„Noch besser. Okay, ich schaffe das." Neala atmete aus.

„Gut, denn du bekommst gerade die Gelegenheit, es

noch ein paar Mal zu tun", sagte Sasha, als sie vor einer Gruppe Domnua Halt machten, die in einem Raum lauerten. Mit wildem Gebrüll stürzte sich Sasha in den Kampf und mähte die Domnua mit dem Schwert nieder, während Neala mit ihrem kleinen Dolch so viel Schaden wie möglich anrichtete. Wenige Augenblicke später war der Kampf vorbei, und Neala und Sasha standen schwer atmend in der Mitte des Raumes.

„Auf Dauer kann ich gerne auf so etwas gerne verzichten", meinte Neala und versuchte, ihr rasendes Herz zu beruhigen.

„Kann ich verstehen. Aber nicht mehr lange und wir haben das alles hinter uns", sagte Sasha und legte ihren Kopf schief. „Pst ... hörst du das?"

Sie hörten Biancas Schrei und rannten zusammen zum Ende des Raumes, wo sich nun ein Fenster in der Wand befand. Weiter unten konnten sie den Schauplatz eines Kampfes erkennen, der nur durch den Mond und die Stirnlampen, die ihre Freunde trugen, beleuchtet wurde.

„Auf in den Kampf!", kommentierte Sasha und schwang ein Bein über das Fenster, um eine Etage tiefer gekonnt zu landen. Neala kam nicht so anmutig auf dem Boden auf, konnte sich aber abrollen und rechtzeitig fangen, um einen weiteren Domnua abzuwehren.

„Ich habe das jetzt schon satt", murmelte sie.

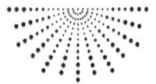

# KAPITEL NEUNUNDZWANZIG

„Schön, euch zu sehen, Mädels", rief Bianca, nachdem sie den letzte Domnua umgelegt hatten. Sasha blieb eine Antwort erspart, da sie sich bereits in einem leidenschaftlichen Kuss mit Declan befand, der sich weigerte, sie abzusetzen.

„Entschuldigung für den kleinen Abstecher", sagte Neala und versuchte, zu Atem zu kommen. Es war eine harte Schlacht gewesen und die erste, an der sie wirklich beteiligt gewesen war und sich wiederholt im Nahkampf hatte beweisen müssen. Es war etwas, auf das sie in nächster Zeit gerne verzichten würde. Sie zuckte zusammen, als Dagda zu ihr geeilt kam.

Dagda sagte nichts. Stattdessen strich er mit seinen Händen über sie, berührte alle ihre Rundungen, bis sie seine Hände wegschlug. „Hör auf damit."

„Du bist in Sicherheit", sagte Dagda, der sie ignorierte und all ihre Gliedmaßen untersuchte. Er hob einen Arm und suchte nach Verletzungen.

„Es geht mir gut", zischte Neala und versuchte, sich aus

seinen Händen zu lösen. Leider hatten seine Berührungen eine andere Wirkung als sie wollte, und angesichts der Art, wie Declan und Sasha weitermachten, und der Nachwirkungen des Adrenalins vom Kampf, gingen ihre Gedanken in eine entschieden erotischere Richtung.

„Ich hätte dich nicht aus den Augen lassen dürfen", sagte Dagda, der ihren Körper immer noch musterte und Angst zu haben schien, dass sie verletzt war.

„Das hast du nicht. Ich war ganz in deiner Nähe. In einem Moment war ich da, und im nächsten war ich verschwunden, weil ich von einer Art Magie hineingesogen wurde. Es ist nicht deine Schuld", sagte Neala und war überrascht, den Schmerz auf Dagdas Gesicht zu sehen. „Ich schwöre dir, es geht mir gut." Sie streckte ihre Hand aus und legte sie an seine Wange.

Er ließ ihre Berührung einen Moment lang zu, bevor er zurücktrat. „Es ist meine Aufgabe, dich zu beschützen. Ich habe versagt", sagte er mit immer noch trotzigem Gesichtsausdruck.

„Du hast nicht versagt. Ich musste weitere Schritte auf meiner inneren Reise machen, allein. Ich denke, das ist ein Teil davon – ein Teil der Suche, weißt du? Ich muss bestimmte Aufgaben selbst erledigen. Und du hast genau das getan, was du tun musstest, nämlich die Armee draußen abzuwehren und alle anderen zu beschützen. Warst du nicht derjenige, der mich daran erinnert hat, dass wir das hier gemeinsam machen müssen?", fragte Neala, verschränkte die Arme vor der Brust und starrte den großen Kerl an, bis er mit den Schultern zuckte.

„Für mich ist es anders", sagte Dagda.

„Das ist es nicht, aber ich habe gerade keine Lust,

darüber zu streiten. Ich schlage vor, wir verlassen diese Insel und begeben uns an einen sichereren Ort. Dann können wir diskutieren, so viel du willst", sagte Neala, die eine Welle der Erschöpfung in sich aufsteigen spürte. Mit nur ein paar Stunden Schlaf und mehreren Kämpfen innerhalb weniger Tage war sie bereit, sich hinzulegen.

Dagda schien ihre Gedanken zu lesen, nahm sie auf die Arme und begann, mit langen Schritten über den Hügel zu gehen, während alle hinter ihm in einer Reihe folgten.

„Das ist völlig unnötig", sagte Neala und blickte in sein trotziges Gesicht.

„Du bist zum Umfallen müde."

„Meinst du nicht, du solltest lieber Fiona tragen? Sie ist viel älter als ich", bemerkte Neala und versuchte, ihren Hals zu recken, um hinter ihn zu blicken.

„Sie ist ein zäher alter Vogel. Sie schafft das."

„Dagda!", schrie Neala beinahe, bis er stehen blieb und zu ihr herabblickte. Der Moment wurde immer länger, und Neala spürte, wie sich ihr Magen zusammenzog, während sie in sein schönes Gesicht sah. „Lass mich runter. Bitte", sagte sie sanft und war ein wenig außer Atem.

Dagda setzte sie so behutsam auf den Boden, als wäre sie ein kleines Kaninchen, und Neala lächelte ihm dankbar zu. Sie drehte sich um und wartete darauf, dass Fiona und die anderen sie einholten.

„Tut mir leid. Er hat sich Sorgen gemacht, weil ich erschöpft bin", sagte Neala schnell und ignorierte die wissenden Blicke auf Fionas und Biancas Gesichtern.

„Ich habe genau den richtigen Ort, an dem wir uns heute Abend ausruhen können", sagte Fiona und zwinkerte Neala zu.

„Ich... ich glaube nicht, dass wir mitkommen können, obwohl wir es gerne würden", sagte Sasha mit verzweifelter Miene. „Aber man hat mir gesagt, dass ich die nächste Etappe der Suche nicht mitmachen darf."

„Das ist richtig", stimmte Fiona zu.

„Aber... woher wollen sie das eigentlich wissen? Wer entscheidet das überhaupt? Ich sehe keinen Grund, warum ich nicht weiter mithelfen kann", protestierte Sasha, das Schwert locker an ihrer Seite.

„Clare konnte auch nicht mitkommen", sagte Bianca und klopfte Sasha mitfühlend auf die Schulter. „Ich weiß, wie schwer es für dich ist, nicht bei dieser Schlacht dabei zu sein."

„Das ist nicht fair", beschwerte sich Sasha, und Declan legte einen Arm um sie und zog sie wieder an seinen Körper. Sie passten gut zusammen, entschied Neala, als sie sie so sah. Sie konnte ihre Verbundenheit förmlich sehen, so wie sie sich gegenseitig hielten. Er flüsterte etwas in Sashas Ohr, und ihr Gesichtsausdruck verwandelte sich von Bitterkeit in sofortiges Verlangen, so heiß und schnell, dass Neala die Wucht des Geschehens spüren konnte.

„Du musst auch andere ihre Kämpfe austragen lassen. Jeder muss seine eigenen Lektionen lernen", betonte Fiona.

„Wo wir gerade dabei sind – was ist da drinnen passiert?", fragte Bianca und rieb sich die Arme, um sich vor der Feuchtigkeit zu schützen.

„Ich erzähle es dir später", winkte Neala ab, da sie gerade nicht in das Thema einsteigen oder Dagdas Eltern erwähnen wollte, während sie alle draußen in der Kälte standen.

„Das musst du unbedingt."

„In der Zwischenzeit muss ich diese Schönheit wohl wieder hergeben", seufzte Sasha und hielt Neala das Schwert hin, die sie nur überrascht anstarrte.

„Das kann ich nicht annehmen."

„Du musst es annehmen. Das ist Teil der Regeln. Ich habe auch noch das hier für dich." Sasha überreichte einen weiteren Samtbeutel und Neala nahm ihn, steckte ihn in ihre Tasche, ohne ihn anzuschauen, lehnte das Schwert aber weiterhin ab.

„Ich kann es nicht annehmen. Ich werde noch jemanden damit umbringen", sagte Neala und schüttelte den Kopf.

„Das ist ja genau der Sinn", sagte Sasha und rollte mit den Augen.

„Wahrscheinlich mich selbst", gab Neala zu Bedenken, bis Dagda nach dem Schwert griff und es unter seinen Arm klemmte.

„Es kommt mit. Und jetzt los. Michael ist unten und wartet mit dem Boot, wenn er nicht einfach unser Geld genommen und die Fliege gemacht hat."

Mit diesen Worten gingen sie schweigend zum Wasser hinab, eine Spur von Lichtern in den dunklen Hügeln. Die Stille um sie herum war erfüllt von einer gefährlichen Vorahnung.

# KAPITEL DREISSIG

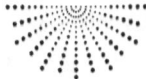

„Ich verstehe das nicht. Wer stellt all diese Regeln auf? Warum kann Sasha nicht mitkommen? Hast du gesehen, wie sie mit dem Schwert umgegangen ist? Ich werde nie in der Lage sein, es so zu benutzen wie sie", sagte Neala, während sie auf dem Vordersitz des Wagens ihr Haar entflocht und mit den Händen durch die verworrenen Strähnen fuhr. Hinter ihr saßen Fiona, Seamus und Bianca auf dem Rücksitz des Land Rovers, während Dagda fuhr. Er war seit ihrem Wiedersehen sehr schweigsam gewesen, und Neala hatte kein Interesse daran, ihn in ein Gespräch zu verwickeln, bis sich seine Stimmung gebessert hatte. Er starrte unverwandt auf die Straße vor ihnen und ignorierte das Geplauder, während seine Augen die Umgebung kontinuierlich auf Gefahren absuchten.

Widerwillig hatten sie sich von Sasha und Declan verabschiedet, die Michael bereitwillig in die Stadt mitgenommen und ihnen ein Auto organisiert hatte, damit das Paar nach Dublin zurückfahren konnte. Es war Michaels großer Abend als Reiseleiter. Neala dachte, dass der Mann über den unerwarteten Geldsegen froh sein musste. Die Fischerei konnte ein hartes und unstetes Geschäft sein.

„Das ist der alte Lauf der Dinge", sagte Fiona. „Flüche, die seit Jahrhunderten wirken, haben Regeln, die befolgt werden müssen. Magie bindet diese Regeln. Wenn man neue Magie auf alte Magie anwendet, wird es noch komplizierter. Am Ende müssen wir Befehle befolgen. Sicher, wir könnten sie leichtfertig missachten – aber wer weiß, was passiert, wenn die Zeit abläuft und nicht alle Schätze gefunden wurden? Und wenn es daran liegt, dass wir uns nicht an die Bedingungen des Fluchs gehalten haben, möchte ich nicht diejenige sein, die das der Göttin zu erklären hat."

„Es scheint einfach unklug zu sein. Man sollte meinen, dass wir jeden Mann – oder jede Frau – sozusagen an Deck haben wollen", brummte Neala.

„Ich bin ganz deiner Meinung. Aber weil die Feen so sind, wie sie sind, sind die Dinge immer komplizierter. Nichts ist so, wie es scheint."

„Stimmt das?", fragte Neala Dagda, der sie ignorierte, aber Seamus meldete sich vom Rücksitz aus zu Wort und sprach im Namen seiner Brüder.

„Ja, es stimmt. Wir Feen lieben Rätsel ebenso sehr wie das Spiel und die Magie. Kombiniert man alle drei, ergibt sich oft ein stattliches Rätsel, das es zu lösen gilt. Es macht uns große Freude. Außerdem lieben wir es, andere zu überlisten. In diesem Fall möchten wir die Domnua überlisten und überwältigen. Nur spielen wir diesmal um viel mehr als um einen kleinen Preis oder ein paar Münzen – es geht um unsere Welt."

„Da hat jemand wohl zu hoch gepokert", kommentierte Neala.

„Vielleicht, aber wir wissen nicht, was für ein anderes Spiel gespielt worden wäre, wenn es nicht dieses gewesen wäre", sagte Seamus, der mit der Listigkeit seines Volkes vertraut war.

„So oder so, es ist das Blatt, das wir bekommen haben. Und ich würde sagen, wir halten uns verdammt gut", sagte Bianca. „Und ich für meinen Teil freue mich darauf, noch mehr Domnua zur Strecke zu bringen und unsere Welt vor Dunkelheit und Finsternis zu retten."

„Das ist die richtige Einstellung, meine Liebe", sagte Fiona und wies Dagda an, an der nächsten Weggabelung links abzubiegen.

„Wohin fahren wir?", fragte Neala. Sie war so sehr mit der Verabschiedung und Dagdas Eile beschäftigt gewesen, dass sie ganz vergessen hatte, dass Fiona einen Platz für sie hatte, an dem sie sich für die Nacht ausruhen konnten.

„Zu meinem Lieblingsort auf der Welt – ein kleines Dorf namens Grace's Cove."

„Juhu!" Bianca klatschte in die Hände und beugte sich vor, um Nealas Arm zu berühren. „Grace's Cove wird dir gefallen. Es ist ein buntes kleines Dorf, das am Fuße des Hügels direkt am Wasser liegt. Warte, bis wir in Caits Pub gehen – sie ist der Hammer."

„Wir gehen nicht ins Pub. Wir sind auf einer Suchmission. Da haben wir keine Zeit zu trinken und unvorsichtig zu sein", brummelte Dagda.

„Das finde ich nicht", sagte Bianca und forderte Dagda auf eine Weise heraus, die Neala überraschte.

„Es ist mir egal, was du findest", sagte Dagda. „Meine

Aufgabe ist es, Neala zu beschützen und dafür zu sorgen, dass die Schätze gefunden werden. Punkt."

„Ja, aber wir müssen uns auch ausruhen und etwas essen, und vor allem müssen wir leben. Denn wenn wir morgen sterben, dann möchte ich heute Abend mit den Menschen, die ich liebe, bei fröhlicher Musik und einem gepflegten Bierchen einen schönen Abend verbringen. Für genau das, mein Freund, lohnt es sich zu kämpfen."

„Sie hat Recht, Dagda. Keiner von uns ist eine Maschine und wir müssen unsere Kräfte schonen. Wir haben noch nicht einmal Lochlain getroffen – wer weiß, wann er zu uns stoßen wird? Im Moment können wir nichts unternehmen, bevor wir nicht seine Sicht der Dinge und seine Unterstützung haben. Heute Nacht werden wir uns ausruhen", wies ihn Fiona zurecht.

Neala beobachtete, wie Dagda verärgert die Schultern hochzog, wie ein kleines Kind, das von seiner Mutter zurechtgewiesen wird.

„Na schön", sagte Dagda knapp.

Neala konnte ihr Grinsen kaum verbergen. Sie konnte ein Bier, etwas zu essen und gute Erholung wirklich gebrauchen, bevor sie sich dem stellte, was morgen auf sie zukommen würde

„Wir werden schon bald dort eintreffen. Und Cape Clear ist auch nicht so weit. Der südlichste Punkt und der westlichste Punkt Irlands sind nicht allzu weit voneinander entfernt. Cait hält die Küche für uns offen, die normalerweise um zehn schließt. Wir bekommen etwas zu essen, ein Bier und ein paar bequeme Betten für die Nacht", sagte Fiona und blickte auf das Telefon in ihrer Hand.

„Fiona, schreibst du etwa eine Textnachricht?", fragte Bianca.

„Ja, das tue ich. Ich mag es nicht besonders, aber man hat mir gezeigt, wie man es mit Magie schützt, damit wir nicht von den Domnua verfolgt werden können", sagte Fiona.

„Ich glaube, sie werden uns jetzt sowieso aufspüren", sagte Seamus.

„Ich habe dich noch nie eine Textnachricht schreiben sehen. Ich hätte nicht gedacht, dass du so etwas machst", sagte Bianca.

Fiona lachte. „Ich schreibe auch E-Mails. Und ich überlege mir gerade, ein Facebook-Konto zu eröffnen", scherzte sie.

Bianca schnappte nach Luft. „Es wäre mir eine Ehre, deine erste Facebook-Freundin zu sein", sagte sie.

„Wir werden sehen. Du bist nicht die erste, die fragt", prustete Fiona, und alle im Wagen lachten. Sogar Dagda ließ sich zu einem kleinen Lächeln hinreißen.

Das war es, wofür sie kämpften, dachte Neala, dieses Gefühl von Normalität und Spaß im Alltag, das oft als selbstverständlich angesehen wurde.

Denn im Handumdrehen konnte sich alles ändern.

## KAPITEL EINUNDDREISSIG

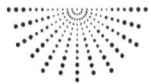

Als sie in Grace's Cove ankamen, war es zu dunkel, um das Dorf wirklich sehen zu können, aber das Funkeln der Lichter aus den Häusern, die die gewundenen Straßen in den Hügeln säumten, wirkte in der dunklen Nacht charmant und einladend. Fiona wies Dagda an, an der Strandpromenade entlang und eine schmale Straße hinaufzufahren. Sie schlängelte sich kurvenreich in Richtung Stadtzentrum, wo sich zwischen mehreren Ladenfronten ein Pub befand.

Über der Tür hing ein Schild mit der Aufschrift „Gallagher's Pub", und durch die bunten Glasfenster mit den freundlichen Blumenkästen darunter fiel Licht. Von drinnen hörte man Gelächter und die Geigenklänge eines Musikers, der sich gerade aufwärmte.

„Es klingt, als ob es eine Musik-Session gibt", sagte Bianca und hüpfte fast auf ihrem Sitz.

„Ja, klingt ganz danach", stimmte Fiona zu und wies Dagda den Weg zu einem Parkplatz um die Ecke. „Cait hat Betten für uns alle in den Wohnungen, die sie in der Ferienzeit vermietet, und die sie in der Nebensaison für Leute bereithält, die ihren Rausch ausschlafen müssen."

„Perfekt. Ich könnte einen vollen Bauch und etwas Zeit zum Runterkommen gut gebrauchen", gab Neala zu. Sie stieg vorsichtig aus dem Auto und streckte sich. Ihre Muskeln schmerzten vom Kampf. Es war nicht so, dass sie nicht fit war – sie war es gewohnt, den ganzen Tag auf den Beinen zu sein –, aber der Nahkampf hatte ihre Muskeln auf eine Weise beansprucht, die sie nicht gewohnt war.

„Die Ruhezeit ist der perfekte Moment für Domnua, um anzugreifen", sagte Dagda, dessen Augen noch immer die Dunkelheit absuchten, während er hinter ihr stand. Seit dem Kampf hatte er sich nur wenige Zentimeter von Neala entfernt, und es war ihr unangenehm, ihn so nah bei sich zu haben. Aus vielerlei Gründen.

„Lässt du es denn niemals ruhig angehen?", sagte Neala und sah zu ihm auf.

„Doch, das tue ich. Im Schlafzimmer. Dort nehme ich mir gerne viel Zeit. Ganz langsam und entspannt, jeden Moment genießend", sagte Dagda. Sein Grinsen war diebisch und er hatte seine Augen auf halb acht, während er auf sie herabblickte. Wenn er versuchte, sie nervös zu machen, dann gelang ihm das wirklich gut.

Neala schluckte eine Antwort hinunter und eilte um die Ecke und zum vorderen Teil des Pubs, wo die anderen warteten, aber nicht ohne sein leises Kichern hinter ihr zu bemerken. Verflucht sei der Mann, dachte sie. Jedes Mal, wenn sie es geschafft hatte, sich einzureden, dass sie sich nicht zu ihm hingezogen fühlte, sagte oder tat er etwas, das ihre Gedanken in die genau entgegengesetzte Richtung lenkte. Und sie wünschte sich wirklich, alle würden aufhö-

ren, Bemerkungen darüber zu machen, dass Sucherinnen
und Beschützer immer zusammenkamen. Es wäre viel einfacher, wenn sie auf dieser Mission einfach alle ihre Arbeit
machen würden, die Welt retten und all das, ohne dass eine
Romanze die Dinge verkomplizierte.

Und war das nicht sowieso alles, was Romantik
bewirkte? Das Leben verkomplizieren? Deshalb hatte Neala
aufgehört, sich zu verabreden, und konzentrierte sich lieber
darauf, ihr Geschäft auszubauen und ihre Energie in
Freundschaften zu stecken. Diese Bereiche ihres Lebens
folgten einer einfachen Logik; der Aufwand, den sie in sie
hineinsteckte, brachte den gleichen Nutzen, wenn nicht
sogar mehr, und es gab kein Durcheinander oder Theater.
Auf diese Weise war das Leben einfach, und sie hatte keine
schlaflosen Nächte, in denen sie einem Mann hinterher-
schwärmte und sich fragte, wann er das nächste Mal
anrufen würde.

In der Tür zum Pub stand eine winzige Frau mit einem
breiten Lächeln auf dem hübschen Gesicht.

„Das wurde aber auch Zeit. Ich wollte euch schon
selbst holen kommen, wenn ihr nicht gerade ein paar
Domnua den Hintern versohlt hättet. Ich habe einen
Eintopf und ein paar Hackfleischpasteten warmgehalten.
Ich dachte mir, ihr würdet hungrig sein."

„Cait, du bist wahrhaftig ein Engel, den uns der
Himmel geschickt hat", sagte Seamus und strahlte Cait an,
bevor er ihr einen Kuss auf die Wange drückte.

„Da hat er Recht. Ich würde dich heiraten, wenn du
nicht vergeben wärst", stimmte Bianca zu und umarmte
Cait, bevor sie im Pub verschwand. Neala wartete, während

Fiona Cait eine extralange Umarmung gab und sich dann umdrehte, um sie vorzustellen.

„Cait, das ist Neala. Ihr gehört eine tolle Bäckerei in Kilkenny, und sie ist die Sucherin, die hoffentlich diesen bescheuerten Fluch beenden wird, damit das Leben wieder normal weitergehen kann. Außerdem ist sie eine Halbgöttin. Versuche, nicht zu viel in ihr Gehirn zu schauen. Sie könnte etwas dagegen haben", sagte Fiona leichthin und schob sich an Cait vorbei ins Pub.

„Versuche, nicht zu viel in mein Gehirn zu schauen?", fragte Neala und neigte ihren Kopf skeptisch. Sie schnappte nach Luft, als sie spürte, wie ihr Geist auf eine seltsame Art berührt wurde. Es fühlte sich an, wie das Flattern von Schmetterlingsflügeln, bevor es wieder verschwand. „Du kannst Gedanken lesen? Hast du gerade meine Gedanken gelesen?"

„Ich bin nur kurz eingetaucht, um sicherzugehen, dass du die bist, für die ich dich halte. Ich werde es nicht wieder tun, es sei denn, du fragst danach. Versprochen", sagte Cait, ohne sich dafür zu entschuldigen, dass sie in Nealas Gedanken eingedrungen war.

„Das ist unhöflich", schimpfte Neala.

„Vielleicht, aber ich beschütze nur die Meinen. Mein Baby, meine Familie und alle meine Freunde sind in dieser Kneipe. Jeder, der zur Tür hereinkommt, wird gründlich untersucht. Erst die Sicherheit, dann das Vertrauen."

Neala dachte über ihre Worte nach und fragte sich, ob sie selbst eine solche Macht nutzen würde, um die Gehirne der Leute zu scannen, die ihre Bäckerei betraten. Sie beschloss, dass es schwierig wäre, nicht alle Möglichkeiten zu nutzen, die einem zur Verfügung standen, besonders in Zeiten wie diesen, und akzeptierte Caits Erklärung.

„Ich denke, das geht in Ordnung. In meiner Bäckerei würde ich wahrscheinlich dasselbe tun."

„Siehst du? Ich wusste, dass ich dich mögen würde. Und dieser bullige Typ hinter dir? Ich nehme an, er ist dein Beschützer?" Cait grinste Dagda an, der hinter Neala im Schatten auftauchte.

„Cait, das ist Dagda", sagte Neala und drehte sich um, um sie vorzustellen.

„Danke für die Gastfreundschaft", sagte Dagda, schüttelte ihre Hand und widmete sich dann wieder seiner Wachtätigkeit, wobei sein Blick ständig die Straßen absuchte.

„Ein Mann vieler Worte?", fragte Cait.

„Haufenweise. Zum Beispiel: ‚Hör auf zu reden. Beweg dich nicht. Bleib in der Nähe'", brummte Neala.

Cait warf den Kopf zurück und lachte. „Eines Tages werden die Männer unsere Macht verstehen. Kommt, kommt, lasst uns das Brot brechen und fröhlich sein und all diese Sachen. Morgen früh könnt ihr eure Zeit wieder den Kämpfen widmen", sagte sie, führte sie in ihr Pub und verriegelte hinter ihnen die Tür.

Jubelschreie hallten von den Wänden, als sie eintrat, und Neala blieb erstaunt stehen, überrascht davon, dass die Gruppe von Leuten, die sie dort vorfand, ihr zuzurufen schien.

„Es ist eine Willkommensparty. Und eine Viel-Glück-Party. Und im Grunde nur eine Party, um die gute Laune, Gesundheit und die Tatsache zu feiern, dass wir den Domnua ordentlich den Hintern versohlen werden", sagte Cait und musterte die grinsenden Gesichter der etwa ein

Dutzend Leute, die sich im Pub um einen Kuchen versammelt hatten. „Alle Frauen hier haben auf die eine oder andere Weise etwas mit Magie zu tun, also kannst du dich gerne mit ihnen über alles unterhalten, was du willst, zum Beispiel über Macht, Feen und magische Suchmissionen. Das ist alles nichts Neues für diesen Haufen. Das gilt insbesondere für sie hier." Cait deutete auf ein Baby, das herübergewatschelt kam und dessen pausbäckiges Gesicht vor Freude strahlte. „Baby Grace hier ist nichts als Magie und Ärger in Reinkultur. Ich habe jetzt schon Mitleid mit Keelin, wenn die Kleine mal ins Teenageralter kommt, wirklich."

Die kleine Grace demonstrierte ihr Temperament, indem sie ein Bierglas vom Tisch nahm und es auf den Boden werfen wollte. Neala schnappte nach Luft und wollte sie aufhalten, aber ihre Augen weiteten sich, als das Glas in der Luft schweben blieb, zur Freude einer klatschenden Grace.

„Lässt das Baby das Glas schweben?", flüsterte Neala.

„Oder Morgan. Sie hat auch ihren Spaß an Telekinese-Tricks." Cait deutete auf ein junges, umwerfend schönes Mädchen, das sich in die Armbeuge eines lächelnden jungen Mannes schmiegte, der Grace und das Glas beobachtete – ein gutaussehender Mann noch dazu.

„Ähm, soll ich das Glas festhalten? Ist das in Ordnung?", fragte Neala, unsicher, wie sie vorgehen sollte.

„Nicht nötig. Ansonsten wäre es auch nicht das erste Glas, das in dieser Kneipe zu Bruch geht." Cait zuckte mit den Schultern und deutete dann auf den Rest der Gruppe.

„Ich gehe Essen holen. Patrick, du kommst mit mir und hilfst, die Mannschaft zu bedienen. Sie sind hungrig.

Morgan, du zapfst das Bier", wies Cait in einem sachlichen Ton an. Der junge Mann, der seine Arme um Morgan gelegt hatte, löste sich, damit er Cait in die Küche folgen konnte, während Morgan sich unter einer Durchreiche hindurchduckte, um hinter die lange Holztheke zu gelangen, die ein Ende des Pubs beherrschte.

„Hi, ich bin Keelin." Eine hübsche erdbeerblonde Frau mit whiskeybraunen Augen, die denen von Fiona ähnelten, nahm Grace auf den Arm und fing gleichzeitig das schwebende Bierglas auf. „Dieser kleine Knallfrosch ist meiner, und ich bin Fionas Enkelin", sagte sie mit einem Lächeln.

„Oh, schön, dich kennenzulernen", sagte Neala.

„Lasst mich euch die Crew vorstellen. Wir sind alle hier, um zu helfen, obwohl Fiona uns angewiesen hat, dass wir nicht wirklich helfen dürfen. Wir dürfen euch nicht auf der Suche begleiten oder so etwas Ähnliches tun, egal wie sehr wir uns mit ihr gestritten haben. Deshalb haben wir beschlossen, stattdessen eine kleine Party für euch zu veranstalten. Das ist das Beste, was wir in der Kürze der Zeit tun können, aber zumindest werden wir euch mit etwas Liebe und einem warmen Gefühl im Bauch verabschieden."

„Das ist unglaublich nett von euch", sagte Neala und lächelte die kleine Grace an, die ihr aus Keelins Armen zuzwinkerte.

„So sind wir nun mal. Nicht jeder weiß über Magie Bescheid oder glaubt an sie, also ist es am besten, diejenigen zu unterstützen, die sie haben. Wir alle brauchen manchmal eine Familie." Keelin führte sie zu einer weiteren schönen Frau – Neala fragte sich kurz, ob alle Frauen in Grace's Cove umwerfend waren –, die neben einem zugeknöpften Mann mit Brille und einem kleinen Lächeln saß. Neala hätte die beiden auf den ersten Blick nicht miteinander in Verbindung gebracht, denn die Frau schien einen unkonventionellen, künstlerischen Stil zu pflegen. Sie trug einen wallenden, in leuchtenden Rot- und Violetttönen gewebten Pullover und türkisfarbene Ohrringe, die ihr bis zu den Schultern baumelten, während der Mann aussah, als käme er gerade von einem Arbeitstag im Büro. Aber so wie sie sich aneinander lehnten, während er ihr etwas ins Ohr flüsterte, war es klar, dass auch sie ein Paar waren.

„Aislinn, Baird, das ist Neala. Sie ist die Sucherin auf dieser Mission. Ich habe gehört, dass sie in Kilkenny eine der besten Bäckereien weit und breit besitzt."

„Das weiß ich nicht so genau, aber ich stecke auf jeden Fall mein Herz und meine Seele in meine Kreationen", sagte Neala und bot ihre Hand und ein Lächeln an.

„Ahhh, eine Künstlerin auf einem anderen Gebiet. Das ist mir durchaus sympathisch", sagte Aislinn und lächelte sie mit stürmischen Augen an. „Ich bin selbst eine Künstlerin, auch wenn ich meine Arbeit sicher nicht als die beste weit und breit bezeichnen würde."

„Du hast große Erfolge gefeiert, mein Liebling. Ich würde deine Arbeit nicht klein machen", sagte Baird und drückte Aislinn einen Kuss auf die Wange.

„Ja, das stimmt. Sie hatte bereits mehrere Ausstellungen in Dublin, die sehr gut angekommen sind. Als nächstes wurde sie nach London eingeladen. Kannst du dir das vorstellen? Ich meine, ich kann es auf jeden Fall. Ihre Bilder sind umwerfend. Wir sind hier alle sehr stolz auf sie", freute sich Keelin.

Neala fragte sich, welche magischen Kräfte sie hatten. Wenn eine Gedanken lesen und eine andere Gegenstände schweben lassen konnte, ohne sie zu berühren, was konnten diese beiden dann? Wäre es unhöflich, danach zu fragen?

„Das Bier ist fertig", rief Morgan und schob schäumende Guinness-Gläser über die Theke, als Patrick und Cait mit den Tabletts durch die Küchentür kamen. „Und das Abendessen auch."

„Lasst unsere Gäste in Ruhe essen. Es wird gleich Zeit für Gespräche sein. Seht ihr nicht, wie erschöpft sie sind? Sie brauchen etwas zu essen und zu trinken, um wieder zu Kräften zu kommen. Setzt euch, setzt euch", sagte Cait und brachte die Tabletts dorthin, wo sie mehrere kleinere Tische zu einem langen Tisch zusammengeschoben hatten. In wenigen Augenblicken saßen sie alle mit dampfenden Schüsseln mit irischem Eintopf, warmen Hackfleischpasteten und Kartoffelpüree vor sich. Mit einem perfekt gezapften Bier, umgeben vom gemütlichen Schein der Lampen, die in den Ecken des Pubs angebracht waren, war Neala so zufrieden, wie sie nur sein konnte.

Das Einzige, was fehlte, war ein Mann, der sich neben sie kuschelte und ihr witzige Sachen ins Ohr flüsterte, stellte Neala fest. Am ganzen Tisch saßen bis auf sie, Fiona und Dagda nur Paare. Sie fragte sich, ob Fiona in ihrem Leben eine Liebe verloren hatte.

Neala beschloss, ihre Fragen vorerst für sich zu behalten, aß den Eintopf und ließ die Gespräche um sich herum geschehen.

Zufrieden mit dem Leben – in diesem einen Moment – genoss sie das mit Liebe zubereitete Essen.

# KAPITEL ZWEIUNDDREISSIG

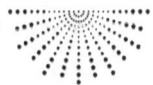

„Fiona, wo ist John?", fragte Keelin, als sie das Abendessen beendeten, nachdem sie während des Essens über dies und das gesprochen hatten. Neala hatte viel über den Ort erfahren – von Flynns Fischereibetrieb bis hin zu Bairds Psychiatriepraxis. Sie waren eine eingeschworene und fröhliche Gruppe, und ihre Worte überschlugen sich, unterbrachen sich gegenseitig oder beendeten die Sätze des anderen. Es war offensichtlich, dass sie eine Familie waren – ob blutsverwandt oder nicht spielte keine Rolle – und sie hatten große Freude daran, Zeit miteinander zu verbringen.

„Er ist zu Hause bei Ronan. Ich kann den Hund nie zu lange allein lassen, weißt du", sagte Fiona lächelnd.

„Der verwöhnteste Hund aller Zeiten", kommentierte Keelin, aber mit einem Lächeln.

Das Abendessen war köstlich gewesen und Neala stöhnte, als sie einen Kuchen hervorholten, der mit der Aufschrift „Versohlt den Domnua den Hintern!" verziert war, was alle zum Lachen und Jubeln brachte. Obwohl sie satt war, musste Neala ein Stück probieren.

„Ich weiß, dass es nicht an das rankommt, was du backst, aber ich tue, was ich kann", sagte Patrick, und Neala neigte überrascht den Kopf zu ihm.

„Den hast du gebacken?"

„Ja, das habe ich. Ich versuche mich gerne in der Küche." Patricks Wangen erröten.

„Er ist mehr als nur ein Dilettant. Er ist ein hervorragender Koch", sagte Morgan, sichtlich stolz auf ihren Mann.

„Dieser Kuchen ist köstlich. Er ist süß, aber nicht übermäßig süß, und der Feuchtigkeitsgehalt ist genau richtig. Ein wahrer Volltreffer", sagte Neala und löffelte einen weiteren Bissen.

„Siehst du? Ich habe dir doch gesagt, dass es gut ist." Morgan stieß Patrick mit dem Ellbogen, woraufhin dieser wieder rot wurde.

„Darf ich mal was fragen?", fragte Neala, schob den Teller zurück und musterte die Gesichter am Tisch. „Ich hoffe, das ist nicht unhöflich, aber mir wurde gesagt, dass ihr alle auf irgendeine Weise magisch seid oder bestimmte Kräfte habt. Wie habt ihr zueinander gefunden? Oder seid ihr alle eine Familie? Ist jeder in dieser Stadt magisch? Ich habe so viele Fragen", gestand sie.

„Das dachte ich auch, als ich hierherkam", sagte Bianca. „Dies ist einer meiner Lieblingsorte in ganz Irland geworden. Ich wollte unbedingt so viele Fragen stellen und jeden einzelnen von ihnen interviewen. Stattdessen wurde ich in eine Schlacht hineingezogen." Sie seufzte und verschränkte die Arme vor der Brust.

„Das sind Geschichten für ein anderes Mal", sagte Fiona, die am Kopfende des Tisches saß, mit lebhaftem Tonfall. „Und die Nacht wird lang. Ich lade dich ein, wiederzukommen und zu verweilen, wenn das alles vorbei ist. Du bist hier willkommen und eingeladen, unseren Geschichten zu lauschen. Aber heute Abend", sagte Fiona und blickte auf eine Kerzenflamme, die vor dem Fenster flackerte, „sind sie ganz nah und beobachten uns. Lasst uns ein Fest feiern."

Dagda war bei ihren Worten aufgestanden und hatte sich zur Tür begeben.

„Sie werden angreifen? Jetzt?" Neala stand ebenfalls auf.

„Nein. Sie warten. Und wie ich immer sage – wenn sie schon zuschauen, dann sollten wir ihnen etwas geben, worüber sie reden können", sagte Fiona und klatschte in die Hände. „Shane, die Fiedel, bitte."

Nealas Herz klopfte in ihrer Brust. Sie war wieder in Alarmbereitschaft für einen Angriff, und sie bewunderte Fionas Einstellung. Sie wusste, dass die bösen Jungs da draußen waren, und sie verlangte nach Musik.

„Noch eine Runde Bier für euch alle", rief Cait, „aber nicht mehr. Entspannt ist gut – abgestumpfte Sinne sind es nicht."

Morgan sprang auf, um die Gläser abzuräumen, während Shane, von dem Neala erfahren hatte, dass er zu Cait gehörte, sich eine Geige auf die Schulter setzte und mit dem Fuß zu wippen begann.

„Sollten wir nicht etwas tun?", flüsterte Neala Bianca zu.

„Oh, du hast Recht. Lass uns helfen, den Tisch abzuräumen", sagte Bianca und sprang auf, um das Geschirr zu stapeln.

„Ich meinte das mit den Domnua", stellte Neala klar.

„Domnua sind nicht unser Problem, bis sie sich zu unserem Problem machen. Im Moment sollten wir tanzen."

Neala suchte den Raum ab. Flynn, Keelins attraktiver dunkelhaariger Ehemann, ließ Baby Grace auf seinem Schoß wippen und sah dabei völlig entspannt aus. Seamus tauschte mit Patrick Witze aus, während Aislinn und Fiona etwas über den Anbau von Kräutern besprachen. Keiner von ihnen wirkte angespannt, außer ihr. Als sie sich umdrehte, sah sie Dagda an.

„Willst du, dass wir gehen?", fragte Neala ihn. Er lehnte lässig an der Tür, die Arme über der breiten Brust verschränkt, und wirkte wie ein Mann, der sich in einem Pub wohl fühlt. Neala hatte schnell herausgefunden, dass seine „entspannte" Pose nur ein Trick war, und sie wollte, dass er ihr die Wahrheit sagte.

„Hier ist es so sicher wie an jedem anderen Ort. Entspann dich. Ich bin da", sagte Dagda und nickte in Richtung eines weiteren Guinness, das vor ihr stand. Neala erinnerte sich an den Anfang dieser Woche, als sie im Pub ein Pint in einem Zug ausgetrunken hatte. Das schien eine Ewigkeit entfernt zu sein von dem, wo sie jetzt war – oder sogar davon, *wer* sie jetzt war. Sie fragte sich, ob sie jemals wieder dieselbe unbekümmerte Frau sein könnte, die sich im Pub dazu herausfordern ließ, ein Bier hinunterzukippen. Ein Teil von ihr wünschte sich genau das – zurück zu ihrem früheren Leben, das in einfachen und geregelten Bahnen verlief, in dem sie ihr Geschäft betrieb und sich mit Freunden im Pub traf. Ohne Durcheinander und Aufregung – ein einfaches, glückliches Leben, das sie sich selbst hart erarbeitet hatte.

Ihr Blick schweifte zu der lachenden Gruppe am Tisch – Keelin, die seufzend ein schwebendes Brötchen vor der quiekenden kleinen Grace aus der Luft schnappte – und ihr wurde klar, dass sie nicht wollte, dass es wieder so wurde, wie es war. Stattdessen sehnte sich ein Teil von ihr verzweifelt nach dieser Art von Gemeinschaft – nach der Art von Familie, die sie in den Beziehungen zwischen den Frauen und Männern am Tisch beobachten konnte. Auch wenn alle sehr unterschiedlich waren – und sie war sich sicher, dass jeder seine eigene Magie hatte – wurden sie alle auf eine Art und Weise akzeptiert und geliebt, die kein Urteil kannte und sie einfach willkommen hieß. Sie wollte das in ihrem eigenen Leben, erkannte Neala mit einer Heftigkeit, die ihr fast in der Seele weh tat, und sie wollte es nicht allein erleben. Sie schaute zu Dagda hinüber und fragte sich, was er über all das dachte und ob es ihm ähnlich ging – oder ob es ihn juckte, alles hinter sich zu lassen und auf die offene Straße zurückzukehren, ohne Erwartungen und ohne Verantwortung, die auf seinen starken Schultern lasten würde.

Auf diese Weise war das Leben sicherlich einfacher.

Bei den ersten schwungvollen Takten der Geige begann die Gruppe zu klatschen, und eine altbekannte Melodie wehte über den Tisch. Morgan stimmte das Lied mit überraschend schöner Stimme an. Die anderen folgten ihr.

*Her eyes they shone like diamonds,*
*You'd think she was the queen of the land,*
*And her hair hung over her shoulders,*
*Tied up with a black velvet band.*

Baby Grace glitt vom Schoß ihrer Mutter und watschelte durch den Raum, wobei ihr kleiner Hintern im Takt der Musik wippte, bis sie mit erhobenen Armen vor Dagda stand. Neala hielt den Atem an und fragte sich, was der Bär von einem Mann mit diesem kleinen Knallfrosch von einem Baby machen würde.

Dagda warf Grace einen finsteren Blick zu, die Arme vor der Brust verschränkt, und schüttelte den Kopf.

Nein.

Baby Grace gefiel das Wort „Nein" allerdings nicht, wie es schien. Sie blickte zu ihm auf, stampfte hartnäckig mit einem Fuß auf und hob erneut die Arme. Ihre Zöpfe wippten, während sie mit Dagda ein Gespräch zu führen schien, das wie Schimpfen aussah, obwohl Neala wegen des Gesangs nichts verstehen konnte.

Dagda schüttelte noch einmal den Kopf, und dieses Mal schob Baby Grace ihre Unterlippe zu einem Schmollmund vor, und ihre großen Augen füllten sich mit Tränen.

Neala war sich nicht sicher, ob sie schon einmal eine solche Panik auf Dagdas Gesicht gesehen hatte, während die Tränen über Graces Gesicht zu laufen begannen. Sie hatte gesehen, wie er Domnua getötet und dabei weitaus unbesorgter ausgesehen hatte als jetzt, angesichts des kleinen Unwetters, das zu seinen Füßen zu explodieren drohte. Schnell hob er sie hoch und ließ sie auf seiner Hüfte schaukeln, um sie von dem abzulenken, was wie der Beginn eines Wutanfalls aussah.

„Das kleine Biest. Diese Show zieht sie bei allen Männern ab", flüsterte Keelin in Nealas Ohr.

Neala verschluckte sich an ihrem Lachen, konnte ihren Blick aber nicht von dem stämmigen Krieger abwenden, der diese Winzigkeit von einem Baby festhielt und sein Bestes tat, um sie vom Weinen abzuhalten.

Wenn sie ihr Herz nicht schon vorher an ihn verloren hatte, so war Neala jetzt gefährlich nahe dran. Es war so süß, diesen starken Mann zu sehen, wie er ein Baby auf dem Arm hielt und sein Bestes tat, um es zu beruhigen, dass sie sich am liebsten an ihn gekuschelt hätte. Vielleicht war es gar nicht so schlecht, Dagda als Beschützer zu haben. Oder vielleicht war dies eine Lektion, die sie lehrte, dass sie einen Mann in ihrem Leben haben konnte, der sie ergänzte und ermutigte – ohne zu versuchen, ihr zu nehmen, wer oder was sie war. Nach den Männern in dieser Kneipe zu urteilen, die so glücklich mit ihren Frauen und Freundinnen waren, war es vielleicht doch möglich, den perfekten Partner zu finden. Nealas Herz öffnete sich für die Möglichkeit von mehr – von Liebe – als sie ihren Mund öffnete und sang.

Und als auch Dagda zu singen begann – mit einer überraschend kräftigen Tenorstimme – und die kleine Grace in seinen Armen vor Freude klatschte, öffnete sich Nealas Herz und füllte sich mit einer Wärme, die sie noch nicht ganz verstand.

Herz auf, erinnerte sich Neala. Kopf hoch – aber Herz auf.

Worte der Weisheit.

# KAPITEL DREIUNDDREISSIG

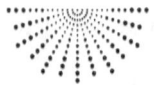

Dagda wurde schließlich durch die lächelnde Keelin von der plappernden kleinen Grace – oder der tickenden Zeitbombe, wie er sie nannte – erlöst. Shane spielte weiter und ging mühelos zu einem weiteren Klassiker über, „Fields of Athenry", als Dagda sah, wie Seamus und Flynn zur Hintertür gingen. Seamus winkte ihm zu, und nachdem er sich noch einmal vergewissert hatte, dass die Tür hinter ihm verschlossen war, folgte Dagda den beiden Männern in einen kleinen, geschlossenen Innenhof.

„Raucherpause", sagte Flynn und reichte Dagda eine Zigarre. Die Männer saßen schweigend beisammen, Dagda auf dem Picknicktisch, so dass seine Sicht durch das hintere Fenster ungehindert war. Sollte ein Domnua durch die Vorderseite einbrechen, würde er in weniger als einer Sekunde zur Stelle sein, um zu helfen. Zum ersten Mal an diesem Tag entspannte sich Dagda ein wenig, während er den süßen Geschmack der Zigarre in seiner Hand genoss.

„Danke", sagte er zu Flynn.

„Kein Problem. Du siehst aus, als könntest du die nach Gracie gebrauchen. Sie ist die Hölle für Männer."

„Ich kann mir vorstellen, dass sie dich auf Trab hält", sagte Dagda, der trotz allem verzückt war. „Aber sie hat so eine besondere Art. Man kann einfach nicht nein sagen."

„Nein, das kann man wirklich nicht. Es ist praktisch unmöglich, sie zu disziplinieren. Sie lacht dich einfach aus und macht weiter, was sie will. Aber erstaunlicherweise habe ich festgestellt, dass sie nicht dumm ist. Sie will, was sie will, aber sie bringt weder uns noch sich selbst in Gefahr. Also habe ich gelernt, ein wenig entspannter zu sein. Keelin ist immer noch ständig in ihrer Nähe."

„Frauen neigen dazu", sagte Seamus.

„Ja, das tun sie. Aber Bianca scheint ziemlich solide zu sein", kommentierte Flynn.

„Sie ist mein Sonnenschein, ohne Zweifel. Aber ich bin ihr jahrelang nachgelaufen. Ich habe mich mehr als einmal fast lächerlich gemacht und mehrere Möglichkeiten verpasst, mit ihr auszugehen. Als ich endlich meine Chance sah, wollte ich es nicht vermasseln. Ich habe einfach Glück, dass sie genauso empfunden hat", sagte Seamus, der ungezwungen über seine Liebe zu Bianca sprach.

„Ich fühle dasselbe mit Keelin. Ich wollte mich nicht in sie verlieben. Ich war nicht bereit für die Liebe. Aber jetzt bin ich es."

Dagda schüttelte den Kopf. Wollten die Männer jetzt etwa ihre Pyjamas auspacken und eine Kissenparty veranstalten, um über ihre Gefühle zu sprechen?

„Neala ist eine Schönheit", sagte Flynn mit einem Lächeln im Gesicht.

„Ja, das ist sie", stimmte Dagda zu.

„Gehört sie zu dir?"

„Zu mir? Nein, sie gehört zu mir, insofern ich sie beschütze. Aber nur, weil es die Göttin verlangt", sagte Dagda steif und weigerte sich, irgendetwas zu besprechen, das auch nur im Entferntesten mit Gefühlen für sie zu tun hatte.

„Du bist also ihr Sicherheitsdienst, weiter nichts?", fragte Flynn und streckte seine langen Beine vor ihm aus.

„So ist es", sagte Dagda und ignorierte die Frage, die sich dahinter verbarg, während sein Blick auf die Szene im Inneren des Pubs gerichtet war.

Baird, der Psychiater, hatte sich zu Neala herübergelehnt, um sich mit ihr zu unterhalten, und sie warf den Kopf zurück und lachte. Ihr Gesicht tanzte, wurde lebendig und strahlte wie die Sonne, und ihr rotes Haar federte schwungvoll über ihre Schultern. Es überraschte ihn, wie sehr er sich danach sehnte, selbst derjenige zu sein, der sie auf diese Weise zum Lachen brachte. Sie war schon eine Schönheit, wenn sie nur ihrer Arbeit nachging, aber wenn Neala sich entspannte und aus vollem Herzen lachte, war sie atemberaubend.

„Siehst du, wie er sie ansieht?", sagte Seamus zu Flynn.

„Der Mann ist ein hoffnungsloser Fall, und er weiß es nicht einmal", antwortete Flynn.

„Aber stur", sagte Seamus und klopfte seine Zigarre auf den Aschenbecher.

„Sturheit ist etwas für Narren. Ich sage, man sollte aktiv werden. Niemand weiß, welcher Weg uns bestimmt ist", sagte Flynn.

„Meinst du, er wird es begreifen?", fragte Seamus.

„Und zugeben, dass er sie liebt?" Flynn musterte Dagda. „Das bezweifle ich."

Dagda wandte sich mit einer ruckartigen Kopfbewegung wieder dem Gespräch zu und realisierte, dass sich die Männer die ganze Zeit unterhalten und ihn dabei ertappt hatten, wie er Neala wie ein liebeskranker Narr durch das Fenster hindurch angestarrt hatte. Als er sich umdrehte, sah er, dass sowohl Flynn als auch Seamus ihn anstrahlten.

„Haltet die Klappe", knurrte Dagda.

„Das wird nicht passieren, mein Freund", sagte Seamus und lachte, während Dagda ihm einen bösen Blick zuwarf.

„Es ist klar, dass du das Mädchen liebst", sagte Flynn und zeigte mit seiner Zigarre auf das Fenster. „Warum machst du nicht den ersten Schritt?"

„Ich... das ist lächerlich. Sie... sie ist einfach eine hübsche Frau. Das ist alles", fauchte Dagda, wütend auf alle.

„Eine bemerkenswerte Frau dazu. Sie hat ihre Sache außergewöhnlich gut gemeistert, dafür, dass sie letzte Woche mitten in die Schlacht mit einem Haufen magischer Wesen, von deren Existenz sie nichts wusste, geworfen wurde", sagte Seamus mit der Zigarre im Mund.

„Eine angenehme Eigenschaft bei einer Frau", stimmte Flynn zu. „Anpassungsfähig und flexibel, aber mit Rückgrat. Alles gute Dinge."

„Das heißt nicht, dass ich sie liebe", sagte Dagda und schüttelte den Kopf. „Ich kann sie nicht lieben."

„Warum nicht?", fragte Flynn.

„Ich kenne sie kaum. Nun, sie kennt mich kaum. Ich kenne sie, aber auf eine seltsame Art und Weise aus der Ferne, da ich sie eine Zeit lang beobachten musste. Sie

kennt mich nicht. Und versteht mich nicht. Es würde
einfach nicht funktionieren, das ist alles. Es ist besser, die
Dinge nicht durcheinander zu bringen", sagte Dagda,
genervt vom Gespräch.

„Hast du Angst, dass sie dich nicht liebt?", fragte Flynn
mit nachdenklich zusammengekniffenen Augen.

„Das war's. Ich bin fertig mit dieser Unterhaltung. Ihr
gackert hier draußen wie die Hühner. Ich dachte, wir
würden eine rauchen und ein Gespräch unter Männern
führen. Ich gehe zurück zu den Frauen. Die scheinen
wenigstens ein bisschen Verstand zu haben", erklärte
Dagda. Er stürmte hinein und ließ die grinsenden Männer
auf dem Hof zurück.

„Ich würde sagen, unsere Arbeit hier ist getan", sagte
Flynn und hob sein Bierglas zu Seamus.

„Wir hätten es nicht besser machen können, wenn wir
es geplant hätten. Die Familie des Mannes hat ihn praktisch
verstoßen, soweit ich weiß. Ich kann verstehen, dass es ihn
ein wenig nervös macht, ein Risiko in der Liebe einzugehen", sagte Seamus und nahm einen erfrischenden Schluck
von seinem Guinness.

„Er wird darüber hinwegkommen", sagte Flynn und
deutete durch das Fenster auf Neala. „Auch wenn er sie
nicht lieben will – er wird es müssen."

# KAPITEL VIERUNDDREISSIG

Wieder einmal waren sie im selben Zimmer untergebracht, und Neala konnte praktisch hören, wie die Kuppler auf dem Weg zu ihren Zimmern sangen, in der Hoffnung, dass sich zwischen den beiden etwas ergeben würde. Trotz ihrer Bedenken summte Neala vor sich hin, während sie sich auf die Nachtruhe vorbereitete und die Bettdecke eines der beiden Doppelbetten in dem kleinen Apartment, das sich in einem Gebäude hinter Gallagher's Pub befand, aufschlug. Dagda ignorierte sie geflissentlich, während er, ausgestreckt auf seinem eigenen Bett, in einem Buch blätterte.

Sie hatten die Nacht vor nicht allzu langer Zeit beendet, da es weit nach der Schlafenszeit der kleinen Grace war – nicht, dass sie jemandem erlauben würde, sie ins Bett zu bringen, wenn sie nicht schlafen wollte, sagte man Neala. Neala kam es so vor, als sei Grace eine kleine Monarchin, die über sie alle herrschte, und sie fragte sich, ob das an ihren weitreichenden Kräften oder ihrem weitreichenden

Charme lag. Vielleicht an beidem. Wenn sie daran zurückdachte, wie sie Dagda um den Finger gewickelt hatte, musste Neala lachen.

„Was ist so lustig?", sagte Dagda vom Bett aus.

„Ich habe gerade darüber über die Nummer nachgedacht, die die kleine Grace mit dir abgezogen hat. Sie weiß wirklich, wie sie bekommt, was sie will."

„Kleiner Teufel", knurrte Dagda und blätterte in seinem Notizbuch.

„Sie ist ein Schatz und das weißt du", sagte Neala, amüsiert über ihn.

„Sie hat nichts als Faxen im Sinn", sagte Dagda.

„Oh, das ist wohl wahr. Mit der werden sie noch ihren Spaß haben." Neala lachte wieder und hüpfte dann ins Badezimmer. Sie beschloss, dass sie genug Zeit hatte, sich frischzumachen, zog sich aus und duschte schnell, wobei sie ihr Haar hochband. Nachdem sie sich rasch die Zähne geputzt hatte, zog sie sich ihr weißes T-Shirt über den Kopf und den grünen Seidenschlüpfer wieder an. Einen Moment lang überlegte sie, ob sie sich komplett ankleiden sollte, nur um den Raum zu ihrem Bett zu durchqueren und sich dann wieder auszuziehen, aber Neala entschied sich dagegen. Sie waren beide erwachsen und befanden sich auf einer tödlichen Mission. Er hatte ihr die verdammten Unterhosen schließlich gekauft, Herrgott noch mal. Es war keine große Sache. Sie bedeckten genauso viel wie ein Badeanzug. Mit dieser Entscheidung verließ sie das Bad und ging durch den Raum, ohne Dagda anzublicken, und legte ihre gefalteten Kleider auf den Stuhl neben ihrem Bett.

„Was wird hier gespielt?", fragte Dagda.

Neala drehte sich um, überrascht, dass er direkt hinter ihr stand. Sie hatte ihn nicht einmal vom Bett aufstehen hören. Ihr Herz schlug schneller in ihrer Brust und ihre Augen wanderten über seine nackte Brust zu seinem finsteren Gesicht.

„Wie bitte? Ich bin mir nicht sicher, ob ich weiß, worauf du hinauswillst", sagte Neala.

„Du schlenderst halbnackt an mir vorbei und wackelst mit dem Hintern, damit ich alles sehen kann. Was für ein Spielchen spielst du da?", verlangte Dagda.

„Ich spiele keine Spielchen. Ich sah nur keinen Sinn darin, mich komplett anzuziehen, nur um den Raum zu durchqueren und mich dann wieder auszuziehen, bevor ich ins Bett gehe. Das ist alles", sagte Neala und leckte sich nervös über die Lippen.

Seine Augen richteten sich auf die Stelle, an der ihre Zunge gerade gewesen war, und Neala spürte, wie sie von Hitze durchströmt wurde. Sie fragte sich, was passieren würde, wenn sie ihm jetzt einen Kuss stahl.

„Es gehört sich nicht. Ein weniger ehrenhafter Mann als ich könnte auf falsche Gedanken kommen", sagte Dagda finster.

„Und was für Gedanken sollten das sein?", fragte Neala.

„Dass ... dass du ..." Dagda fuhr sich mit der Hand durch die Haare.

„Willst du damit sagen, dass das, was ich trage, bedeutet, dass ich Sex will?", fragte Neala und hob wütend ihr Kinn.

„Nein. Und ja. Aber auch nein. Und, nein. Nicht auf diese Weise. Nur... in dieser Situation. Betten, Spannung, wachsende Anziehung..." Dagda stotterte fast in seiner

Not, und Neala fand sich wieder einmal völlig bezaubert von diesem Mann, der alles tun würde, um ein kleines Mädchen vom Weinen abzuhalten, und der sich Sorgen machte über Männer, die Neala ausnutzen könnten.

„Willst du damit sagen, dass du dich zu mir hingezogen fühlst, Dagda?", fragte Neala, die ihren Kopf fragend zu ihm neigte und das aufgriff, was er zuletzt gesagt hatte.

„Was? Äh...Nein, das habe ich nicht gesagt." Dagda brach sein Gestotter ab und blickte sie an.

„Ach? Du findest mich also nicht hübsch?", fragte Neala. Sie griff nach oben, um das Band aus ihrem Haar zu ziehen, so dass es ihr über die Schulter fiel, und schob ihre Lippen zu einem Schmollmund vor.

„Nein, das ist es sicher nicht. Natürlich bist du hübsch. Das merkt sogar ein Blinder", sagte Dagda und fuhr sich noch einmal mit der Hand durch die Haare. „Ich will nur ..."

„Du willst nur was? Willst du mich nicht?", sprach Neala die Frage aus, die zwischen ihnen schwebte. Sie war sich nicht ganz sicher, warum sie den Bären reizte – sie war sich nicht einmal sicher, ob sie auf die Antwort, die sie bekommen könnte, vorbereitet war, oder ob sie damit umgehen könnte. Vielleicht lag es an dem Guinness, das sie getrunken hatte und von dem sie so angeheitert war, dass sie sich keine Gedanken darum machte, dass sie ihrem Herzen Schaden zufügen könnte. Vielleicht lag es aber auch daran, dass sie die Nähe und Intimität all der Paare um sie herum beobachtet hatte und sich in diesem Moment danach sehnte, dasselbe auch mit jemandem zu teilen.

„Mehr als du ahnst." Dagdas heiseren Worten folgten

umgehend seine Lippen, und Neala keuchte auf, als seine Hände in ihr Haar griffen und das Kinn anhoben, um seinen Lippen zu begegnen.

Es war, als würde man von Flammen verschlungen werden, dachte Neala, als ihr wieder ein vernünftiger Gedanke durch den Kopf ging. Der Mann vibrierte vor Energie, seine Berührung auf ihrer Haut erzeugte eine Hitze, wie sie sie noch nie erlebt hatte, und sie stöhnte in seinen Mund, als er ihre Lippen öffnete, um sanft an ihrer Zunge zu saugen.

Auf ihr Stöhnen hin wich Dagda zurück und sah etwas benommen aus, als seine Augen die ihren trafen.

„Ich habe dich beobachtet und mich nach dir gesehnt... seit Ewigkeiten schon. Wirst du mich dich berühren lassen? Ich habe darauf gebrannt", sagte Dagda, seine Hände wieder an der Seite. Er war zurückgetreten und überließ ihr die Entscheidung. Neala bemerkte, dass er nicht sagte, dass er sie liebte, aber warum zum Teufel sollte er das auch? Sie hatte sicher schon mit Männern geschlafen, mit denen sie weniger Zeit verbracht und die sie weniger anziehend gefunden hatte als diesen Mann. Es wäre seltsam, mit dem großen L-Wort um sich zu werfen, nachdem man sich erst seit ein paar Tagen kannte.

Ohne etwas zu sagen, griff Neala nach seinen Händen – überrascht davon, wie sie die ihren fast verschlangen – und führte sie unter ihr T-Shirt und zu ihrer Taille. Sie stellte sich auf die Zehenspitzen, ließ ihre Lippen über die seinen streifen, und lehnte sich in den Kuss. Das war die Bestätigung, die Dagda gebraucht hatte. Er brummte in ihren Mund, während er mit seinen Händen ihre Kurven entlangfuhr, bis er ihre Brüste sanft umfasste und sie rückwärts zum Bett führte. Mit einer Bewegung hob er sie hoch, als würde sie nichts wiegen – ein Kunststück, das noch keinem Mann gelungen war – und legte sie sanft auf das Bett.

Neala stützte sich auf die Ellbogen und lächelte Dagda an. Sie fühlte sich plötzlich ein wenig verlegen, als er über ihr stand und sie betrachtete.

„Ich finde, du bist die schönste Frau, die ich je gesehen habe. Ich stelle mir vor, dass es so ist, wie sich die Sterne fühlen, wenn der Mond aufgeht. Denn auch wenn sie Tausende von anderen Lichtern am Himmel funkeln sehen – wenn der Mond aufgeht, treten die anderen Sterne in den Hintergrund", sagte Dagda mit heiserer Stimme, während er sich auf dem Bett über sie beugte und seine Arme auf beiden Seiten ihres Kopfes zu liegen kamen.

Seine Worte raubten ihr den Atem, und sie streckte die Hand aus, um ihm über die Wange zu streicheln. Er drehte sein Gesicht und drückte ihr einen Kuss auf die Handfläche. Ein Kribbeln durchfuhr sie. Es war wahrscheinlich eines der süßesten Dinge, die je ein Mann zu ihr gesagt hatte.

„Dagda... du bist..." begann Neala, aber Dagda schnitt ihr mit seinen Lippen das Wort ab, weigerte sich, sie sprechen zu lassen – oder wollte vielleicht nicht hören, was sie zu sagen hatte. Er küsste sie, bis jeder Gedanke aus ihrem Gehirn wich, bis sie sich nur noch dem Moment hingeben konnte, seine Energie spürte, die sie umgab und mit einer Hitze erfüllte wie nie zuvor.

Neala schnappte nach Luft, als er den Kuss unterbrach. Er zog ihr das T-Shirt über den Kopf, soweit, dass es sich um ihre Handgelenke wickelte und ihre Arme über dem Kopf ineinanderschlang. Sie stöhnte auf, als er ihren Hals küsste und sein Bart über ihre empfindliche Haut strich, bis er die weiche Unterseite ihrer Brust fand. Als er über die Rundung leckte, wölbte sie ihren Rücken und wartete verzweifelt darauf, dass er die Stelle fand, an der sie seinen Mund am meisten haben wollte. Als seine heiße Zunge sanft über ihre Brustwarze glitt, stöhnte Neala auf und zuckte, während die Hitze direkt durch sie hindurch und in ihr Innerstes schoss.

Auf ihr Stöhnen hin schoss Dagdas Kopf hoch und seine Augen brannten sich in die ihren. Es waren die Augen eines Mannes, der sich in seinem Verlangen verlor. In diesem Moment wusste Neala, dass sie sich ihm ganz hingeben würde, wenn er sie ließe – sogar mit ihrem Herzen.

Wie ein Besessener küsste sich Dagda ihren Körper hinab und seine Zunge fand mühelos ihre geheimste Stelle, die bereits feucht war und nach seiner Berührung verlangte. Zufrieden mit ihr, grinste er anzüglich, während er seinen Kopf zwischen ihre Schenkel steckte. Als Neala überwältigt aufstöhnte und dann fast schrie, widmete er sich seiner Aufgabe, als hätte er alle Zeit der Welt. Schonungslos brachte Dagda sie zum Höhepunkt, immer und immer wieder, bis sie durchnässt in den Laken lag, ein zitterndes Knäuel von Nervenenden, ihr Körper beinahe geschmolzen vor Lust.

Sie dachte, Dagda würde sie endlich ganz einfordern und sie dort ausfüllen, wo sie sich so sehr nach ihm sehnte. Stattdessen hob er sie vom Bett und trug sie zu ihm, steckte sie unter die Decke und zog sie in seine Armbeuge. Bevor sie von einem Gefühl schierer Glückseligkeit in Kombination mit völliger Erschöpfung eingeholt wurde, fragte sie sich, warum er sich nicht selbst das Vergnügen gegönnt hatte?

Würde er ihr nicht erlauben, ihn zu lieben?

# KAPITEL FÜNFUNDDREISSIG

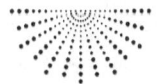

Dagda starrte an die Decke und wartete darauf, dass sich Nealas Atmung veränderte. Es dauerte nicht lange, bis sie in den tiefen Schlaf einer völlig erschöpften Person verfiel. Er hätte sich am liebsten einen Tritt dafür verpasst, dass er sie noch länger wachgehalten hatte, als er es hätte tun sollen, denn sie brauchte ihre Ruhe.

Als sie in ihrem weißen T-Shirt aus dem Bad gekommen war, mit nichts darunter als der grünen Seide, die er für sie gekauft hatte und die ihren wunderbaren runden Hintern bedeckte, schien sein gesamter Körper schlagartig hellwach geworden zu sein. Es war, als hätten sämtliche Nervenenden auf einmal Feuer gefangen, und er hatte nicht anders gekonnt, als ihr quer durch den Raum zu folgen.

Und wie er sich da zum Narren gemacht hatte, stotternd und stammelnd wie ein Schuljunge, dachte Dagda, nicht wie der Mann, der er war – ein harter und weltgewandter Mann, der mit allem fertig wurde, was ihm in den Weg kam. Dagda hätte sich am liebsten eine Ohrfeige verpasst, aber seine Arme waren um die verlockenden Rundungen von Nealas Körper geschlungen. Und was für ein Körper es war, dachte er, während seiner noch immer vor Verlangen nach Erlösung brannte.

Er wusste, dass sie mehr erwartet hatte – sie hatte sogar mehr angeboten – aber er wollte nur geben. Er wollte ihr zeigen, dass sie sinnliches Vergnügen verdiente, dass sie es verdiente, verwöhnt zu werden. Seine Bedürfnisse konnten warten, hatte Dagda beschlossen.

Lügner, Lügner, schimpfte nun eine Stimme in seinem Kopf.

Aber wenn er auf diese Stimme hörte, würde er eine fest verschlossene Truhe öffnen müssen, in der all die Verletzungen aus seiner Kindheit schlummerten – vor allem die Erinnerung daran, dass er von seiner Familie verstoßen wurde. Das hätte bedeutet, dass er zugeben musste, dass er verletzlicher war, als er wahrhaben wollte, und dass er tatsächlich Angst davor hatte, jemanden zu lieben – denn was wäre, wenn die Liebe nicht gegenseitig war?

Nein, das war etwas, das er nicht zu genau untersuchen wollte. Er hatte sein Leben nach der Regel „Liebe sie und verlasse sie" gelebt, und das hatte bisher gut funktioniert. Dagda hatte die Frauen immer mit Respekt behandelt und ihnen nie etwas vorgemacht. Alle, die sich jemals mit ihm eingelassen hatten, wussten sofort, dass er weiterziehen würde und nicht jemand war, der Wurzeln schlug. Die wenigen, die versucht hatten, ihn zur Sesshaftigkeit zu bewegen, hatten schnell gelernt, dass er für diese Art von Beziehung nicht offen war.

Das war es, was ihm bei dieser Frau so viel Angst machte – diejenige, die sich gerade tiefer in seine Arme kuschelte und dabei zufriedene maunzende Laute von sich gab. Zum ersten Mal konnte er sich eine Zukunft mit jemandem vorstellen. Es passte alles zusammen– und dabei konnte er noch nicht einmal absehen, was diese Zukunft bringen würde. Für ihn war es egal, ob sie in der Bäckerei blieben oder durch die Welt zogen.

Die Zukunft war einfach Neala.

Das machte ihm unfassbare Angst. Wenn er ihr alles von sich gab, würde sie ihn dann zurückweisen wie es andere Menschen in seinem Leben getan hatten? Stattdessen hatte er das einzig andere getan, was er konnte, nämlich ihr unermessliche Freude zu bereiten und sie dann in seine Arme zu schließen, während sie schlief.

Das war alles, was er ihr geben konnte.

# KAPITEL SECHSUNDDREISSIG

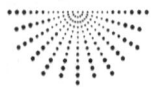

Neala schlug die Augen auf. Sie kam aus einem Traum, der ausgesprochen unanständig gewesen war, und starrte nun auf die dunklen Holzbalken einer Decke, die nicht die ihre war. Es dauerte einen Moment, bis die Erinnerung der letzten Tage über sie hereinbrach und sie sich an den Bären von einem Mann erinnerte, der neben ihr schlummerte.

In der Nacht hatten sie sich voneinander entfernt und bequem nebeneinander geschlafen. Neala studierte Dagda einen Moment lang. Im Schlaf wirkte er verletzlich, und sie fragte sich wieder, warum er ihr in der Nacht zuvor nicht erlaubt hatte, ihn zu befriedigen. Sie wünschte sich, sie wäre entspannt genug gewesen, um sich an ihn zu kuscheln und ihn zu berühren, aber stattdessen schlüpfte sie leise aus dem Bett und ging zu ihrer Tasche, die neben dem Bett stand. Irgendetwas hatte sie beunruhigt, schon letzte Nacht, und jetzt wurde ihr klar, was sie vergessen hatte.

Neala zog den grauen Samtbeutel heraus, den Sasha ihr gegeben hatte, und löste vorsichtig das Band, mit dem der Beutel verknotet war. Sie ließ sich im Schneidersitz auf ihr Bett fallen und holte tief Luft, bevor sie einen neuen Stein und eine Papierrolle herauszog. Der rosafarbene Stein, der von schwarzen und silbernen Streifen durchzogen war und im gleichen Muster wie der letzte Stein geschliffen war, sah so aus, als wäre er der nächste Teil für ihren Anhänger. Neala holte die Kette aus ihrer Tasche und setzte den Stein vorsichtig auf die südliche Ecke des quaternären Knotens. Sie bewunderte, wie er neben dem anderen Stein aussah und fragte sich, was passieren würde, wenn sie alle vier hatte. Vielleicht würde etwas Magisches erscheinen. Fiona würde es wahrscheinlich wissen, oder könnte ihr zumindest sagen, was es mit dem Stein auf sich hatte.

Der Zettel war etwas beunruhigender.

*Lieben oder nicht lieben*

*Leben oder nicht leben*

*Feuer verzehrt das All*

*Schande kommt vor dem Fall*

„Du siehst wunderschön aus." Dagdas heisere Stimme ließ ihren Blick von dem Hinweis in ihrer Hand zu dem Mann schweifen, der sich auf einen Ellbogen stützte und sie beobachtete. Mit Verspätung bemerkte Neala, dass sie nackt war und nur ihr langes Haar sie bedeckte.

„Oh, ähm, guten Morgen." Neala versuchte, so zu tun, als wäre es nichts Außergewöhnliches für sie, nackt und in der Gegenwart von Männern auf Betten herumzuliegen.

„Hast du gut geschlafen?", fragte Dagda.

„Das habe ich, danke. Tut mir leid, ich war sofort weg, nachdem..." Neala brach ab. Sie errötete bei dem Gedanken an seinen Mund auf ihr, heiß in der Nacht, und fühlte, wie ihr Inneres bei dem Gedanken an die Orgasmen, die er ihr gegeben hatte, dahinschmolz.

„Nachdem ich dich befriedigt habe? Nachdem du so oft gekommen bist, dass du deinen eigenen Namen nicht mehr wusstest? Nachdem du mir gesagt hast, ich sei der Beste, den du je hattest?", sagte Dagda, und Neala hätte ihn fast angeknurrt, wenn sie nicht das neckische Leuchten in seinen Augen gesehen hätte.

„Ähm, ja, danach", sagte sie und wandte für einen Moment den Blick ab. Sie wollte ihn unbedingt fragen, warum er nicht mehr gewollt hatte, aber in diesem Moment klopfte es eindringlich an der Tür.

„Wir treffen uns in der Kneipe. Wir haben Besuch – und der ist wütender als eine nasse Katze im Sack", rief Bianca durch die Tür.

„Ich komme", rief Neala.

„So wie du es letzte Nacht wiederholt getan hast", sagte Dagda, sie immer noch neckend. Neala beschloss, ihm eine Kostprobe seiner eigenen Medizin zu geben, stand auf, streckte sich, warf ihre Locken über die Schulter und schlenderte ins Bad. Sie schloss die Tür mit einem Lächeln und hörte seinen Seufzer.

Das wird ihm eine Lehre sein, dachte sie. Vielleicht würde er sie beim nächsten Mal mehr mitmachen lassen.

Neala fühlte sich ausgesprochen gut gelaunt und machte sich bereit für was auch immer sie unten im Pub erwartete.

# KAPITEL SIEBENUNDDREISSIG

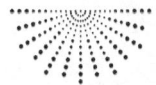

„Ihr seht auf jeden Fall... ausgeruht aus", bemerkte
Bianca, als Neala und Dagda das Pub betraten, die
Taschen über die Schultern geschlungen und die Haare
noch nass von der Dusche. Ein Kamm wäre schön gewesen,
dachte Neala. Sie hatte ihr Haar einfach wild auf ihre Schultern fallen lassen, während es trocknete.

„Das bin ich, danke. Ich bin gestern Abend wie ein
Stein ins Bett gefallen, als ich es sah", sagte sie und unter-
drückte ein Lachen bei dem enttäuschten Blick, der über
Biancas Gesicht ging. Offensichtlich hatte sie sich etwas
mehr erhofft, aber die letzte Nacht war zu intim gewesen,
als dass Neala darüber hätte berichten wollen. Außerdem
wollte sie sich etwas Zeit nehmen, um herauszufinden, wie
Dagda tickte und ob sie sich vorstellen konnte, mehr Zeit
mit ihm zu verbringen.

Ein Mann schritt durch den Raum, erstaunlich gutaussehend und fürchterlich wütend. Er sah aus wie ein Superheld aus einer Comicserie, mit majestätischer Aura, die vor
Zorn und einer Magie vibrierte, die er nicht einmal zu

verbergen versuchte. Kleine Energieblitze durchzuckten wie Peitschenhiebe seine Arme, während er über den Boden schritt und ausgiebig und für alle hörbar fluchte.

„Ich bin wirklich froh, dass unsere Kleinen heute Morgen nicht bei uns sind", sagte Cait und ermahnte den Mann für seine Ausdrucksweise. „Und du beruhigst dich jetzt erstmal, bevor ich dich achtkantig rausschmeiße."

Neala hob eine Augenbraue, als sie sah, wie sich die zierliche Cait den wütenden Mann vorknöpfte. Sie konnte sehen, warum sie eine gute Wirtin war. Es war offensichtlich, dass sie sich schon gegen so manchen streitlustigen Gast hatte behaupten müssen.

„Stell mich nicht auf die Probe", drohte der Mann.

„Glaube ja nicht, dass ich das nicht tun werde", schoss Cait zurück.

Der Mann starrte sie an, kniff sich schließlich in den Nasenrücken und seufzte.

„Hör zu, ich weiß, dass du dir Sorgen um sie machst. Aber du kannst nicht hier reinkommen, mit magischen Blitzen um dich werfen und meine Kneipe ruinieren, weil du Angst um sie hast. Das macht mich einfach wütend, und glaub mir, das ist nichts, womit du dich auseinandersetzen möchtest, zusätzlich zu allem anderen, was du zu erledigen hast."

„Es tut mir leid. Du hast Recht", seufzte der Mann.

„Lochlain", sagte Bianca und lenkte die Aufmerksamkeit des Mannes auf sich.

Er schritt durch den Raum, die Wut um ihn herum war noch immer zu spüren, und Cait seufzte. „Ich bringe euch ein komplettes irisches Frühstück. Setzt euch. Danach könnt ihr aufbrechen."

Bald saßen sie alle, während ein mürrischer Lochlain auf einem Barhocker saß und sie alle anstarrte, während sie sich das Essen in den Mund schaufelten. Heute Morgen waren sie nur zu viert; Cait erzählte, dass Fiona am Abend zuvor spät zu ihrem Haus gegangen war und die Gruppe auf ihrem Weg nach Westen treffen würde. Der Rest der Grace's Cove-Familie hatte sich letzte Nacht verabschiedet, mit dem Versprechen, eine weitere große Party bei ihrer Rückkehr zu veranstalten, und mit den besten Segenswünschen für ihre Reise.

„Sicher, sicher. Frühstückt nur in aller Ruhe, während meine Gwen gefoltert wird", beschwerte sich Lochlain, und Bianca drehte sich zu ihm um, während sie Butter auf ihren warmen Zimt-Scone schmierte.

„Komm mal runter, Kumpel", schimpfte Bianca. „Wir haben gerade mehrere Schlachten hinter uns, und als nächstes ist deine Frau dran. Aber wenn du glaubst, dass wir ohne ein paar Stunden Ruhe und ohne etwas zu essen mit dem Mut und der Moral kämpfen können, die von uns verlangt wird, liegst du falsch. Entweder wir helfen Gwen, indem wir unser Bestes geben oder wir versagen, weil wir einen üblen Kampfgeist mitbringen."

Lochs Schultern sackten zusammen, er stand auf und fuhr sich mit der Hand durch die Haare.

„Kannst du uns sagen, was passiert ist?", fragte Dagda.

Neala nickte. Kluger Schachzug; den Mann zum Reden bringen.

„Eine mehr als ärgerliche Sache, denn wie ihr wisst, bin ich ein hoher Zauberer meines Volkes", sagte Lochlain.

„Welches Volk? Ich weiß es nicht", warf Neala ein und blickte dann auf ihren Tee herab, als er sie anfunkelte.

„Das Feenvolk. Danula. Und unser Volk lebt in einem Dorf, das den Menschen unbekannt ist. Ich habe für Gwen ein Zuhause außerhalb des Dorfes geschaffen, damit wir etwas Privatsphäre haben, sie aber auch die Magie und den Spaß genießen kann, den die Feenwelt bietet. Außerdem kann sie so die Sirenen besuchen."

„Das muss ich vergessen haben! Es gibt Sirenen?", quietschte Neala erfreut, und Bianca nickte enthusiastisch, den Mund voller Gebäck.

„Ich wollte es dir schon erzählen. Aber wir sind noch nicht so weit gekommen. Es ist unglaublich", murmelte Bianca und duckte ihren Kopf bei Lochlains Blick. Sie schluckte und murmelte: „Einfach fantastisch!"

„Ja, die Liebe meines Lebens ist eine Halb-Sirene. Und ihre Familie besteht aus Meerjungfrauen und Sirenen. Ich beschloss, dass wir am Wasser leben sollten, damit sie uns besuchen können. Offensichtlich waren meine Schutzwälle nicht stark genug, um sie zu beschützen", sagte Lochlain, wütend über sein Versagen.

„Keiner hatte Schutzwälle, die stark genug waren. Es war die Göttin Domnu, die die Frauen entführte. Es spielt keine Rolle, wie stark deine Magie ist. Sie hat es sogar geschafft, der Göttin Danu selbst die Schätze zu stehlen. Es lag nicht an deinem mangelnden Können, sondern daran, dass ihre Magie stärker war als deine", erklärte Seamus und spießte noch etwas Rührei mit seiner Gabel auf.

„Das spielt keine Rolle. Meine Aufgabe ist es, meine Frau zu beschützen, und ich habe versagt", sagte Lochlain mit versteinertem Gesicht.

„Was ist nur mit diesen sturen Männern los?", fragte sich Neala.

„Irisches Temperament." Bianca zuckte mit den Schultern.

„Sie ging zum Strand, um Amynta, ihre Mutter, zu besuchen. Jetzt, wo sie wieder zueinander gefunden haben, versuchen sie sich zu besuchen, wann immer sie können. Gwen ist fasziniert von der Geschichte der Meerjungfrauen und ihrer Heimat auf der Insel, so dass sie Amyntas Erzählungen stundenlang zuhören könnte."

„Das könnte ich auch", stimmte Bianca zu. „Ihre Geschichte ist besser als jedes Märchen – sage ich, die in einer Beziehung mit einem Feenmann ist."

„Oh, ich will unbedingt mehr wissen. Du musst mir alles erzählen", verlangte Neala.

„Natürlich. Wusstest du zum Beispiel, dass dort die Frauen die Gesellschaft führen? Und dass es Wassermänner gibt und dass die Sirenen die Männer nach der Paarung gar nicht töten? Es ist nicht wahr. Ich glaube, es waren nur Seeleute auf Abwegen, die sie nach dem Beischlaf töteten. Wahrscheinlich, um sie davon abzuhalten, die Insel des Schicksals zu entdecken, die – bei der Göttin – einfach unglaublich ist. Es gibt fünf verschiedene Jahreszeiten und Tag und Nacht, alles zur gleichen Zeit. Ich hätte Jahre damit verbringen können, sie zu erkunden", schwärmte Bianca.

Neala war begeistert. Sie öffnete den Mund, um etwas zu sagen, schloss ihn aber wieder, als Loch mit der Faust auf die Theke schlug.

„Genug! Wir müssen gehen. Sofort!"

„Aber wohin gehen wir? Haben wir einen Anhaltspunkt? Weißt du, wo sie ist?", fragte Seamus und aß in aller Ruhe weiter sein Frühstück.

„Naja, ich konnte einen Zauber sprechen, um sie aufzu-
spüren. Aber ich komme nicht an sie heran. Offenbar
brauche ich dich." Lochlains Augen verengten sich,
während er Neala studierte.

„Das scheint das Thema zu sein, ja", sagte Neala.

„Dann lasst uns aufbrechen. Die Zeit drängt", befahl
Lochlain.

„Loch, wir haben schon darüber gesprochen", seufzte
Bianca und schob ihren Stuhl vom Tisch zurück. „Ich weiß,
du bist es gewohnt, Leute herumzukommandieren, aber du
brauchst uns und kannst uns nicht Befehle erteilen, als
wären wir deine Untertanen oder so etwas. Bitte uns
freundlich darum."

Lochlains Gesichtsausdruck wurde noch unfreundli-
cher, wenn das überhaupt möglich war, dann seufzte er.

„Würdet ihr euch bitte mit eurem Frühstück beeilen,
damit wir uns auf den Weg machen können, um die Liebe
meines Lebens zu retten, die vielleicht gerade verletzt ist
und Schmerzen hat?"

„Gwen ist ziemlich hart im Nehmen", sagte Bianca.
„Ich vermute, es geht ihr gut. Aber ich bin bereit zum
Aufbruch. Wie sieht es euch anderen aus?"

Die Anwesenden nickten zustimmend.

„Los geht's."

# KAPITEL ACHTUNDDREISSIG

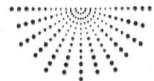

Gwen schritt in dem kleinen Raum umher, in dem man sie so unsanft abgesetzt hatte, ohne ein Wort der Erklärung, warum sie dort war. Sie hatte einen kurzen Blick auf eine Göttin erhascht, von der sie glaubte, dass sie wie Danu aussah, aber das war alles. Abgesehen von dem Speer von Lugh, der in der Mitte des Raumes glühte, gab es keinerlei Hinweise oder irgendeine Art von Kommunikation.

Sie hatte sofort nach dem Speer gegriffen, weil sie sich freute, ihn wieder in den Händen halten zu können, und hatte sich die Zeit damit vertrieben, Verteidigungsmanöver zu üben. Ihre Armbänder, die immer noch an ihre Handgelenke geschmiedet waren, funktionierten, wenn sie sich auf ihre Magie konzentrierte. Allerdings schien ihre Magie hier nutzlos zu sein, denn egal, wie oft sie versuchte, sie auf eine der Steinmauern, die sie umgaben, anzuwenden, schien sie zu verpuffen. Gwen fuhr mit der Hand über das Gemäuer, spürte wie es vor Magie pulsierte, und fragte sich, was für ein Kraftfeld sie umgab. Würde Loch sie überhaupt finden können? Es gab keine Möglichkeit, ihm eine Nachricht zu schicken.

Es war alles so schnell gegangen – sie hatte wirklich keine Gelegenheit gehabt, ihm mitzuteilen, dass sie entführt worden war. Sie hoffte nur, dass es immer noch das Band zwischen dem Beschützer und seiner Sucherin gab, das ihn spüren ließ, wenn sie in Gefahr war. Selbst ihre Mutter hatte nicht helfen können, sondern nur hilflos vom Wasser aus zugesehen, wie Gwen in ein anderes Reich entführt worden war. Es hatte keine Vorwarnung gegeben, kein Gefühl von drohender Gefahr; nur ein Aufblitzen von Magie und Dunkelheit, und Gwen war vom Strand gerissen worden, wo sie fröhlich mit ihrer Mutter geplaudert und ihr die guten Neuigkeiten mitgeteilt hatte, die sie ihr so gerne erzählen wollte.

Nicht, dass sie es ihrer Mutter hätte erzählen müssen. Meerjungfrauen haben besondere Sinne und Amynta hatte es schon gewusst, bevor Gwen etwas gesagt hatte, aber sie war klug genug gewesen, ihre Tochter den Zeitpunkt der Eröffnung selbst bestimmen zu lassen.

Gwen strich sich mit der Handfläche über den Bauch, der das Baby, das darin heranwuchs, noch nicht verriet, und gab ihrem Kind ein Versprechen.

„Ich weiß nicht genau, was hier gerade passiert. Wenn du meine Angst spürst, dann sollst du bitte wissen, dass sie nur vorübergehend ist. Es gibt viele Menschen, die uns lieben und die für uns kämpfen werden. Dies ist nur ein kurzer Augenblick. Bald werden wir wieder in den Armen derer liegen, die wir lieben, und du wirst nichts als Freude und Gesang von mir bekommen. Das verspreche ich dir, mein Kleines – wir werden schon bald wieder in Sicherheit sein."

Sie hatte erst vor wenigen Wochen erfahren, dass sie schwanger war, und hatte es Loch eines Abends schüchtern erzählt, als er sie zu einem Überraschungspicknick unter dem Sternenhimmel mitgenommen hatte. Die Freude auf seinem Gesicht hatte alle Bedenken, es ihm zu sagen, verschwinden lassen. Sie hatten noch nicht einmal geheiratet oder darüber gesprochen, ob sie Kinder haben wollten, und so hatte die Schwangerschaft für Gwen eine ganze Reihe von Unwägbarkeiten und Nervosität mit sich gebracht. Als Loch sie unter dem Sternenhimmel zärtlich geküsst, seine Hand auf ihren Bauch gelegt und versprochen hatte, sie beide für alle Zeiten zu lieben und zu beschützen, waren ihre Ängste gewichen und durch nichts als Liebe und Vorfreude ersetzt worden.

Doch nun schritt sie mit dem Speer in der Hand umher und wartete. Sie war sich nicht sicher, wie lange sie schon in diesem Raum war, aber sie wusste, dass sie ausgesprochen hungrig war. Sie konnte nur eine gewisse Zeit ohne Wasser oder Nahrung auskommen, bis sie schwächer wurde, und ihr Baby brauchte Nährstoffe.

„Wir bleiben kämpferisch, Kleines. Dies ist nur ein Test unserer Stärke. Vergiss nicht, wir haben Magie. Wir werden die Herausforderungen des Lebens auf eine Weise meistern, wie es andere nicht können." Gwen hatte ununterbrochen mit ihrem Baby geplaudert, um die kleine Seele in ihrem Bauch und gleichzeitig ihre eigenen Nerven zu beruhigen. Jemand anderen zu beschützen, lenkte sie von ihr selbst und ihrer eigenen Gefahr ab.

Von einem Moment auf den anderen stand eine Frau

vor ihr, die vor Wut schäumte. Gwen hob automatisch den Speer und schützte damit ihren Körper.

Es war Danus Schwester, Domnu, dachte Gwen und sah sofort die Ähnlichkeit. Aber wo Danu das Licht und die Anmut war, war Domnu die Dunkelheit und das Böse. Nicht weniger schön, bemerkte Gwen, aber schön wie ein Gletscher. Wunderschön anzusehen, aber unvorstellbar kalt und ziemlich tödlich, wenn man versuchte, damit zu leben. Ihr dunkles Haar peitschte zerzaust und wütend um ihren Kopf, und ihre Augen funkelten in einem Gesicht, das von harten Kanten gezeichnet war. Oh ja, sie war schön – aber auf die gefährlichste Weise, die Gwen je gesehen hatte.

„Diese Idioten sind dabei, zu gewinnen", schimpfte Domnu und riss sich fast die Haare aus, während sie mit einem Fuß auf den Boden stampfte.

„Ähm, welche Idioten?", fragte Gwen und entschied sich vorsichtig, sie weiterreden zu lassen.

„Deine dummen Sucherfreunde. Sie müssen aufge-halten werden. Sie finden meine Verstecke zu leicht", sagte Domnu zornig, während sie begann, durch den kleinen Raum zu gehen.

„Oh, es tut mir so leid, das zu hören", sagte Gwen mit süßlichem Tonfall.

Domnu warf ihr einen bösen Blick zu. „Dafür würde ich dich umbringen, aber ich habe gerade Wichtigeres zu tun", sagte sie.

„Ich glaube nicht, dass du mich töten kannst", sagte Gwen und schlug sich dann fast die Hand vor den Mund. Was zum Teufel dachte sie sich dabei, die Göttin der Fins-ternis so zu verärgern? Natürlich konnte sie Gwen töten. Sie konnte ganze Welten auslöschen, wenn sie wollte.

Manchmal gab es Dinge, die besser ungesagt blieben, und Gwen merkte das normalerweise erst, wenn sie sie bereits gesagt hatte. Dies war einer dieser Momente.

„Ich kann alles tun, was ich will", zischte Domnu, die jetzt nur noch wenige Zentimeter von Gwen entfernt stand und deren Augen vor einer Raserei glühten, die Gwen bisher übersehen hatte. Eine furchteinflößende, böse Göttin ist eine Sache, dachte Gwen, die nun in höchster Alarmbereitschaft war, aber Wahnsinn ist nochmal etwas ganz anderes. Sei bloß vorsichtig, ermahnte sie sich im Geiste.

„Ich bin sicher, dass du das kannst. Ich weiß nicht, warum ich das gesagt habe", sagte Gwen aufrichtig. „Manchmal sage ich Dinge, die ich nicht sagen sollte."

„Du wirst dich und dein Baby auf diese Weise töten, weißt du", sagte Domnu mit einer Beiläufigkeit, die Gwens Herz einen Schlag aussetzen ließ. Domnu wandte sich ab, ging wieder durch den Raum und murmelte vor sich hin.

„Ich werde daran arbeiten", sagte Gwen.

Domnu warf ihr einen angewiderten Blick zu. „Woran arbeiten?"

„Besser zu filtern, was ich sage", sagte Gwen, diesmal sanft, denn die Göttin schien immer unruhiger und unberechenbarer zu werden. Sie brabbelte etwas und zerrte an ihrem wirren Haar.

„Es wird keinen großen Unterschied machen. Du bist sowieso nicht mehr lange auf dieser Welt." Domnu zuckte mit den Schultern, als könne sie Gwen so beiläufig töten wie eine lästige Stechmücke.

„Ich hoffe inständig, dass das nicht der Fall ist", sagte Gwen.

„Ich bringe dich weg", sagte Domnu, nachdem sie in ihrem Kopf eine Art Entscheidung getroffen hatte.

„Was? Wohin?"

„Sie finden die Schätze zu leicht. Ich bringe dich woanders hin. Ehrlich gesagt würde ich dich töten, wenn es der Fluch nicht verbieten würde. Es wäre wohl zu einfach für uns Götter, dich einfach umzubringen. Die Feen lieben ihre kleinen Regeln. Ich muss es schwieriger machen, bis die Zeit des Fluches abläuft. Wir haben nur noch ein paar Tage, dann wird der Fluch sein Ende nehmen und wenn die Schätze bis dahin nicht gefunden werden, gehört die Welt wieder mir", sagte Domnu und ihr Gesicht leuchtete vor manischer Freude.

„Wo wirst du mich hinbringen?", fragte Gwen und hoffte auf Details. Sie wusste nicht, ob sie durch Magie oder Telepathie etwas mitteilen konnte, aber verdammt, sie würde es versuchen.

„Ich glaube, wir müssen die Dinge ein wenig komplizierter machen", sagte Domnu und tippte mit dem Finger, während sie Gwen studierte.

Es geschah wie zuvor am Strand, als sie mit Amynta gesprochen hatte. In einem Moment war sie noch da, und im nächsten hatte sich ihre Welt völlig verändert. Es war, als hätte man einen Schalter umgelegt und das Licht in einem Raum ausgeschaltet, um es dann in einem anderen Raum wieder einzuschalten.

Diesmal stand Gwen allein in einer Art feuchten Grotte. Wasser strömte herein und benässte ihre Füße. Sie wich zurück und zog sich in die hinterste Ecke zurück, bis sie mit dem Rücken an eine Wand stieß und sich in eine kleine Nische zwängen konnte, so dass sie von allen Seiten geschützt war. Sie zog die Knie an, während sich ihre Augen an die Dunkelheit gewöhnten. Das einzige Licht kam durch ein paar Ritzen einer kleinen Öffnung, derselben, durch die das Wasser kam. Sie beobachtete, wie das Wasser auf die Kieselsteine unter ihr plätscherte. Es dauerte nur wenige Augenblicke, bis ihr Herz von Angst erfüllt wurde.

Die Flut kam.

# KAPITEL NEUNUNDDREISSIG

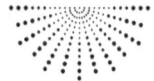

Das Dorf war genauso bezaubernd, wie Bianca es beschrieben hatte, und Neala hatte Lust, aus dem Auto zu steigen und durch die Straßen zu schlendern, um durch die verschiedenen Läden zu bummeln oder ein paar Dinge auf dem Markt zu kaufen. Es war die Art von Ort, an dem man herrlich spazieren gehen oder sich an einem nebligen Nachmittag mit einem Buch im Café verkriechen konnte.

Sie war von einem nervösen Lochlain auf den Rücksitz verbannt worden, und ehrlich gesagt, machte es ihr nichts aus, hier hinten zu sitzen. Neala konnte Dagda heimlich beobachten, während sie Bianca mit Fragen über den Ort löcherte, obwohl sie eigentlich nach Meerjungfrauen fragen wollte. Da diese nun zu Lochlains erweiterten Familie gehörten, hatte Neala beschlossen, das Thema vorerst nicht zu vertiefen. Außerdem hatte Bianca ihr einen Abend im Pub versprochen, um ihr von all den erstaunlichen Dingen zu berichten, die sie auf der Insel des Schicksals gesehen hatten.

„Wir müssen irgendwann Flynns Restaurant probieren. Es dauert ewig, dort einen Tisch zu bekommen, aber die Meeresfrüchte sind zum Sterben gut", sagte Bianca und zeigte auf ein einladendes blaues Gebäude am Wasser, dessen Eingang mit Fischernetzen und Blumentöpfen geschmückt war.

„Ich würde gerne hierher zurückkommen. Ich habe das Gefühl, dass dieses Dorf eine gute Energie hat. Ich kann verstehen, warum es die Menschen hierher verschlägt", sagte Neala.

„Du könntest hier eine Bäckerei eröffnen", schlug Bianca vor.

„Ich würde lieber eine in der Nähe meines jetzigen Ladens eröffnen. Das ist viel einfacher zu organisieren", sagte Neala mit einem Lächeln.

„Ich weiß nicht, wie du es schaffst, nicht alles zu essen, was du ständig vor dir siehst", sagte Bianca. „Ich kann mir nicht vorstellen, den ganzen Tag von Keksen und Kuchen umgeben zu sein. Ich würde zehnmal dicker sein als jetzt."

„Und immer noch genauso schön", sagte Seamus und drückte Bianca einen Kuss auf die Wange.

„Hör dir das an. Er ist nicht auf den Mund gefallen, das muss man ihm lassen", sagte Bianca, errötete aber vor Freude über sein Kompliment.

„Ich erlaube mir nichts zu essen, bis ich mit dem Backen für den Tag fertig bin – dann darf ich mir ein Stück gönnen. Das ist eine eiserne Regel, die ich mir auferlegen musste, sonst wäre ich viel dicker als ich es ohnehin schon bin", gab Neala zu.

„Du bist nicht dick, du hast Kurven", protestierte Bianca.

„Ich bin definitiv keine schlanke Frau", betonte Neala.

„Du hast sie an den richtigen Stellen", sagte Dagda am Lenkrad, den Blick auf die kurvige Straße gerichtet, und das Auto verstummte, bis Bianca leise aufsummte.

„Erzähl mir mehr, Dagda. Wir würden gerne mehr über ihre Kurven erfahren. Und alles, was du über sie weißt", sagte Bianca mit einem frechen Grinsen im Gesicht.

Neala schlug ihr aufs Knie. „Würdest du damit aufhören?", zischte sie und ihr wurde heiß, während sie daran dachte, wo Dagdas Mund in der Nacht zuvor gewesen war. Seine Hände hatten zweifellos jeden Zentimeter ihres Körpers berührt, so dass er genau wusste, was ihre Kurven zu bieten hatten.

Auf Lochs angewidertes Zischen hin hielten alle die Klappe. Neala lehnte sich mit dem Kopf gegen das Fenster und beobachtete das Wasser, das sich vor ihr ausbreitete, während sie die Küstenstraße entlangfuhren, die an den Klippen vorbeiführte. Im Hintergrund erhoben sich einige sanfte grüne Hügel, während weiter unten, wo die Wellen gegen die felsige Küste schlugen, ein paar Möwen unterwegs waren. Manchmal vergaß sie die Schönheit, die Irland zu bieten hatte, so sehr steckte sie in ihrer täglichen Routine, die die Führung ihres Geschäftes mit sich brachte. Sie sollte sich an ein paar Wochenenden frei nehmen und Orte wie diesen besuchen. Das würde ihrer Seele guttun.

„Hier abbiegen", meldete sich Bianca zu Wort und zeigte auf eine lange Steinmauer, die zu einem Feldweg führte, der von der Hauptstraße abzweigte.

„Ich verstehe nicht, warum wir überhaupt anhalten, um diese Frau zu treffen. Ich verstehe ja, dass sie eine große Heilerin ist, aber das nützt mir im Moment wenig. Ich muss zu Gwen. Sofort", sagte Lochlain, während seine Finger im Stakkato auf das Armaturenbrett trommelten.

„Weil sie uns gesagt hat, dass wir vor der Weiterreise bei ihr vorbeikommen sollten, also nehme ich an, dass sie uns etwas mit auf die Reise geben will", sagte Bianca und schaute Loch an.

„Ich habe alles, was ich brauche", sagte Loch und hielt seine beiden Hände hoch.

„Du vielleicht. Aber unsere Sucherin vielleicht nicht. Je mehr du dich dagegen wehrst, desto länger wird es dauern. Sei einfach still und lass uns das erledigen, damit wir wieder auf die Straße kommen", sagte Bianca.

Neala war erstaunt, wie lässig sie Lochlain in seine Schranken wies. Der Mann war definitiv respekteinflößend und niemand, mit dem Neala ihr Glück auf die Probe stellen wollte.

„Na schön, aber wir müssen uns beeilen, oder ich schwöre bei der Göttin, dass ich dieses Land und all seine Bewohner höchstpersönlich mit einem Fluch belegen werde", drohte Loch.

„Ja, ja, wir beeilen uns", sagte Seamus und schüttelte den Kopf über Loch.

Der Geländewagen rumpelte den Feldweg entlang und bog um eine Ecke. Neala lächelte sofort beim Anblick des Steinhauses, das dort versteckt auf dem Hügel stand und dem die Welt zu Füßen lag. Es war der Inbegriff Irlands und äußerst charmant. Sie sehnte sich danach, am Fenster mit Blick auf die offene See Brotteig zu kneten, ein Feuer im Ofen hinter sich, während ihr Mann ihr beim Backen Geschichten erzählte. Neala ertappte sich dabei, wie sie Dagda ansah und sich fragte, ob er jemals so etwas wollen könnte. So sehr sie auch ihre Unabhängigkeit schätzte, wäre es doch schön, mit jemandem wie ihm eine Flasche Wein zu trinken und sich beim Abendessen zu unterhalten. Obwohl sie mit ihrem Leben zufrieden war, war Neala nicht immun gegen Einsamkeit.

Fiona kam aus dem Haus, gefolgt von einem älteren Mann, der wohl ihr Liebster, John, war. Er legte einen Arm um ihre Schultern und zog sie an sich, woraufhin Neala lächelte.

„Sind sie nicht süß?", seufzte Bianca.

„So werden wir auch eines Tages sein, Liebes", sagte Seamus und tätschelte ihr Bein.

„Ich weiß", sagte Bianca.

Dagda hielt den Wagen an und alle stiegen aus. Neala tat ihr Bestes, um sich zu beeilen, denn sie wusste, dass Lochlain sie alle umbringen würde, wenn sie sich nicht bald auf den Weg machten, um Gwen zu retten.

„Guten Morgen. Ihr seht ausgeruht aus", sagte Fiona, lächelte und stellte John allen vor.

„Wir müssen uns auf den Weg machen", sagte Lochlain.

Fiona musterte ihn, offensichtlich nicht eingeschüchtert von seinem Gehabe. „Du musst Lochlain sein. Ich verstehe, dass du Angst um deine Frau hast. Ich habe etwas, das du ihr geben kannst", sagte sie und hielt ihm einen kleinen Beutel hin.

Lochlain nahm es widerwillig an sich und steckte es in seine Tasche, ohne es anzusehen. „Danke", sagte er knapp.

„Gib es ihr, wenn du sie gefunden hast. Sie wird es brauchen", sagte Fiona, und Lochlains Gesicht wurde blass.

„Ist sie verletzt? Ist sie krank? Woher weißt du das?", fragte er.

Fiona hob ihre Hände. „Ich weiß nur, was mir im Traum erschienen ist. Sie ist in Sicherheit, aber die Zeit drängt. Und ich weiß, dass sie das Mittel, das ich dir gegeben habe, brauchen wird. Für das Baby", sagte Fiona.

Bianca schnappte nach Luft und klatschte die Hände zusammen. „Ist Gwen schwanger? Du hast uns gar nichts gesagt." Sie schlug Lochlain auf den Arm. „Herzlichen Glückwunsch!"

„Ja, ich nehme an, sie wollte es den Leuten selbst erzählen. Und jetzt kannst du vielleicht verstehen, warum ich so verrückt danach bin, sie zu finden", sagte Lochlain, und auf seinem Gesicht lag zum ersten Mal, seit Neala ihn gesehen hatte, Verzweiflung.

„Ihr geht jetzt zu Flynn rüber. Ich habe arrangiert, dass er euch mit einem seiner Boote zur Insel bringt. Das ist der schnellste Weg dorthin", sagte Fiona und wies ihnen den Weg über den Hügel. Sie umarmten sie schnell und verabschiedeten sich von ihr, bevor sie wieder in den Geländewagen stiegen.

„Ich habe nicht einmal daran gedacht, ein Boot zu nehmen", gab Lochlain zu, als Dagda den Geländewagen auf Touren brachte und sie über die Hügel zu Flynns Ställen und seinem Haus, das am gegenüberliegenden Ende der Klippe stand, fuhren.

„Ich habe dir doch gesagt, dass Fiona einen Grund dafür hatte, dass wir kommen sollten." Bianca konnte nicht anders, aber dann streckte sie ihre Hand aus und drückte Lochs Schulter. „Mach dir keine Sorgen, Loch. Wir werden sie finden. Es wird ihr gut gehen. Wenn Fiona sagt, dass es so ist, dann ist es so. Nimm einfach mit, was in dem Beutel ist."

Loch klopfte leicht auf den Beutel und nickte.

„Der westlichste Punkt ist An Fear Marbh, beziehungs-weise ‚der tote Mann', weil die Insel aussieht wie ein liegender toter Mann. Sie ist unbewohnt und ideal für einen Angriff der Domnua", sagte Dagda, während er den Wagen vor einem hübschen Bauernhaus zum Stehen brachte. „Wir müssen immer in Alarmbereitschaft sein. Keine unnötigen Gespräche, keine Scherze, keine Ablen-kungen. Wir nähern uns dem Ende dieser Suche und die Domnua werden zum Äußersten entschlossen sein."

Er hatte Recht, realisierte Neala, als sie aus dem Auto stiegen und ihre Rucksäcke packten. Sie steckte das Schwert neben sich. Sie hatten sich eine Auszeit genommen, aber hoffentlich war nicht alles umsonst gewesen. Die Domnua hätten die Welt verwüsten können, während sie tranken und tanzten.

Dagda schritt über den Hof, schüttelte Flynn die Hand, und sie unterhielten sich kurz, während Flynn einen Weg erklärte, von dem Neala annahm, dass er hinunter zum Dock führte. Die Tür schlug auf, und die kleine Grace stol-perte heraus, mit einer lächelnden Keelin auf den Fersen.

Neala sah den besorgten Blick auf Lochlains Gesicht, als er das Baby sah, und das Herz in ihrer Brust schlug für ihn. Sie wollte ihm sagen, dass alles in Ordnung sein würde, aber da so vieles von ihr abhing, fühlte sie sich nicht wohl dabei.

Warum hing so viel davon ab, ob Neala diesen dummen Schatz fand oder nicht? Das Leben von Menschen, ihrer Familien und das Schicksal der Welt standen auf dem Spiel. Und es sollte alles von ihr abhängen? Was war der Sinn des Ganzen? Sie war nur eine einfache Bäckerin aus Kilkenny.

Keine Halbgöttin oder was immer sie ihr glauben machen wollten. Es war falsch, dass sie ihr Vertrauen in sie setzten, und es schmerzte Neala bei dem Gedanken, dass sie diese guten Menschen wahrscheinlich enttäuschen würde.

„Hoch", sagte die kleine Grace zu ihren Füßen und klopfte mit ihren Handflächen auf Nealas Knie.

„Ich kann nicht, Gracie, ich muss gehen", sagte Neala, tätschelte dem Mädchen den Kopf und ging um sie herum.

„HOCH!", rief Grace. Es war ein Befehl, und Neala stellte schockiert fest, dass sie keinen weiteren Schritt nach vorne machen konnte. Sie stand wie angewurzelt da wegen eines engelsgleichen Babys mit stahlhartem Blick.

„Ja, sofort", murmelte Neala. Sie bückte sich, um Grace auf den Arm zu nehmen, die sofort vor Freude krähte und den Zauber, mit dem sie Neala belegt hatte, löste, so dass Neala zu der Gruppe hinübergehen konnte.

„Glaube. Liebe. Glaube", sagte Grace, bevor Neala die anderen erreichte.

Neala hielt inne und sah auf den pausbäckigen Plagegeist in ihren Armen hinab. „Hast du gesagt, man muss an die Liebe glauben?", fragte Neala und legte fragend den Kopf schief.

Grace nickte feierlich und strich mit beiden Händen über Nealas Wangen.

„Ich meine, ich weiß es. Ich weiß, dass es Liebe gibt", protestierte Neala.

Grace streichelte Nealas Brust, wo ihr Herz war.

„Glaube. Liebe. Mann." Grace drehte sich um und deutete auf Dagda, und Neala schüttelte den Kopf.

„Ich liebe ihn nicht, Grace. Er ist ein sehr netter Mann, aber es ist keine Liebe."

„Mann. Liebe. Brauchen.", sagte Grace.

„Er braucht was?", wunderte sich Neala und schüttelte dann den Kopf. Sie hatte sicher keine Lust, sich auf eine philosophische Diskussion mit einem Kleinkind über ihre Bedürfnisse und über Liebe einzulassen.

„Muss glauben", beharrte Grace und hielt ihren Blick auf Neala gerichtet, bis diese nickte.

„Okay. Ich bin mir nicht ganz sicher, wie ich dabei helfen kann, aber ich werde es ihm sagen", sagte Neala, nicht sicher, ob es das war, was das Kleinkind wollte. Als Grace strahlte und sich von ihren Armen heruntergleiten ließ, nahm Neala an, dass sie das richtig interpretiert hatte.

Die Gruppe hatte sich auf den Weg nach unten gemacht, angeführt von Flynn, während Keelin mit Grace auf dem Arm am Haus zurückblieb und ihnen zum Abschied zuwinkte. Dagda blieb zurück, bis Neala ihn einholte, so dass die beiden einen Moment lang allein gingen.

„Die kleine Grace hat mir gesagt, dass du an die Liebe glauben musst", brach Neala das Schweigen, als sie sich dem Rand der Klippe näherten.

„Ich glaube an die Liebe. Nur nicht für mich."

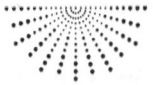

# KAPITEL VIERZIG

Bevor sie die Gruppe erreichten, stellte sich Neala vor ihn, die Hände in die Hüften gestemmt.

„Wie kannst du das sagen, nach dem, was letzte Nacht war?", verlangte Neala. Sie wollte eine Art Bestätigung, dass sich die Dinge zwischen ihnen verändert hatten, aber seit sie heute Morgen den Raum verlassen hatten, hatte Dagda sie einfach wie eine weitere Person aus der Gruppe behandelt.

„Ich sage es dir nur ungern, Schatz, aber das war keine Liebe. Das waren zwei Personen, die nach einem besonders harten Tag Dampf abgelassen haben", sagte Dagda, während sein Blick an ihr vorbei zu den anderen wanderte, die oben an der Klippe auf sie warteten. Er wollte um sie herumgehen, aber Neala hielt ihn auf.

„Nein, ich glaube nicht, dass es so war", hielt Neala dagegen.

„Du kannst denken, was du willst, aber das ändert nichts an der Wahrheit." Dagda zuckte mit den Schultern.

„Willst du damit sagen, dass du dich überhaupt nicht zu

mir hingezogen fühlst?", fragte Neala. Sie legte den Kopf schief und sah ihn mit verletztem Blick an.

„Natürlich fühle ich mich zu dir hingezogen. Ich bin ein heißblütiger Mann, nicht wahr? Du bist eine schöne Frau. Ich wäre verrückt, wenn ich mich nicht zu dir hingezogen fühlen würde", antwortete Dagda.

„Aber was du gesagt hast ... über den Mond ...", sagte Neala.

Dagda sah zur Seite. „Nur ein paar nette Wörter. Das habe ich vor Ewigkeiten in einem Buch aufgeschnappt. Es gibt Frauen ein gutes Gefühl", sagte er, und Neala spürte, wie der Schmerz tief in sie eindrang.

„Ich bin also nichts weiter als eine Trophäe, oder?"

„Ach, Neala, du warst keine Trophäe. Du warst einfach da. Wir sind zwei gesunde Erwachsene, die sich zueinander hingezogen fühlen. Es gibt keinen Grund, da mehr hineinzuinterpretieren. Geschweige denn von Liebe zu sprechen", sagte Dagda, und Neala sah, wie sich etwas in seinen Augen veränderte.

„Das ist es also, nicht wahr?", flüsterte Neala, die mehr als wütend auf ihn war. Sie trat vor, bis sie nur noch wenige Zentimeter von ihm entfernt war, und forderte ihn heraus. „Das ist der Grund, warum du mir nicht erlaubt hast, dich auch zu befriedigen, nicht wahr?"

„Was ist das Problem? Was ist falsch daran, Lust zu geben? Ich habe nicht mitbekommen, dass du dich beklagt hättest", sagte Dagda, dessen Gesichtsausdruck nun wütend war und der seine tieferliegenden Emotionen verbarrikadiert hatte.

„Wenn du gibst, kann dich niemand berühren. Niemand kommt an dein wahres Ich heran. Niemand kann dich verletzen. Und vor allem kann niemand sagen, sie würde dich nicht lieben. Du Vollidiot", zischte Neala, „du hast brutale Angst davor, jemanden zu lieben, nicht wahr?"

„Siehst du, das ist der Grund, warum ich mich nicht mit Frauen einlasse", sagte Dagda. „Sie machen sich immer falsche Hoffnungen. Man kann nicht einfach das Bett mit einer Frau teilen und sich dann verabschieden. Sie wollen immer mehr, mehr, mehr. Deshalb bleibe ich auch nie über Nacht, weißt du. Aus genau diesem Grund." Dagda streckte wütend die Hand aus.

„Deshalb? Weil man dann ehrlich über seine Gefühle sprechen muss? Ist das wirklich eine so schlimme Sache?", fragte Neala.

„Ja, das ist es. Es gibt keinen Grund, hier Gefühle hineinzuinterpretieren. Wir hatten Spaß und weiter geht's. Stressabbau, nichts weiter", sagte Dagda, stur wie der Bulle, der neben ihnen auf der Weide herumtrottete.

„Sicher, Dagda. Schon klar", sagte Neala, die alle Kraft aufbrachte, um die Tränen, die ihr in die Augen zu steigen drohten, zu unterdrücken. „Du bist ein Feigling, das habe ich verstanden. Halte es leicht, halte es einfach. Auf diese Weise kann dich niemand verletzen. Niemand kann dich je wieder zurückweisen. So, wie es deine Familie getan hat. Aber ich habe Neuigkeiten für dich, Kumpel. Ich habe deine Eltern kennengelernt und ich muss sagen, du lässt ziemlich schreckliche Leute einen Großteil deines potenziellen Glücks kontrollieren. Aber, wie du schon sagtest, du bist erwachsen. Ich bin sicher, dass du das alles schon weißt. Ich werde einfach mit der Mission weitermachen und versprechen, mir keine Flausen in den Kopf zu setzen."

Neala drehte sich um und stürmte auf die Gruppe zu,

die den Streit der beiden mit großem Interesse verfolgten und hörbar nach Luft schnappten, als Dagda sie am Arm packte. Das Schwert schlug gegen ihre Seite, als er sie herumdrehte und sie zwang, in sein aufgebrachtes Gesicht zu blicken.

„Du hast meine Eltern getroffen? Wann? Dachtest du nicht, dass du mir davon erzählen solltest?", zischte Dagda. Sie standen da, zwei verwirrte und wütende Liebende, während sich der Nebel sanft um sie legte und weiter unten die Wellen brachen.

„Das Gespräch ist noch nicht darauf gekommen", sagte Neala steif, wohl wissend, dass sie ein bisschen kleinlich war. Aber verdammt noch mal, er hatte ihre Gefühle verletzt.

„Erzähl mir alles, sofort", sagte Dagda, der sie in seiner Wut bedrohlich ansah.

„Oh, hör auf, den harten Kerl zu spielen", seufzte Neala und rieb sich mit den Fingern über die Stirn, wo ein dumpfer Schmerz zu pochen begonnen hatte. „Es war, als ich auf der Suche nach Sasha war. Die Domnua haben einen hinterhältigen Zauber angewandt, der zuerst eine Erscheinung meines Vaters hervorbrachte. Ich musste ihm vergeben, um weitergehen zu können. Die nächsten beiden aus ihrer Trickkiste waren deine Eltern. Wirklich reizende Leute. Ich bin froh, dass wir nicht dazu bestimmt sind, ein Paar zu werden, denn ein Weihnachtsessen mit ihnen wäre die Hölle, das kann ich dir sagen."

„Was haben sie gesagt?", verlangte Dagda, und für eine Sekunde sah Neala die Veränderung in seinen Augen – ein kleiner Junge, der Unbekümmertheit vortäuschte –, bevor er sie schnell wieder schloss.

„Sie wollten mir nur mitteilen, dass sie mich als Partner für ihren kleinen Jungen für ungeeignet halten", sagte sie. „Und dass ich ihre Blutlinie verwässern würde, wenn du Kinder mit mir hättest."

„Ja, natürlich. Bei ihnen geht es immer um die perfekte Blutlinie", zischte Dagda.

„Ich habe ihnen gesagt, dass ich ihnen ihre Engstirnigkeit verzeihe, und dann bin weitergegangen."

Dagda blieb der Mund offen stehen. „Das hast du ihnen gesagt?"

„Ja", sagte Neala und beobachtete ihn aufmerksam.

„Ins Gesicht?"

„Ja. Wie ich dir bereits sagte", sagte Neala.

„Ich wette, das hat ihnen nicht gefallen", sagte Dagda und wippte von einem Fuß auf den anderen.

„Nein, das hat es nicht. Aber ich bin nicht lange zum Plaudern geblieben, denn die Domnua, die sich als deine Eltern ausgegeben hatten, tauchten auf und ich musste kämpfen. Dag, das sind furchtbare Menschen. Du kannst nicht zulassen, dass sie entscheiden, ob du der Liebe würdig bist oder nicht. Du kannst dein ganzes Leben auf der Wanderschaft verbringen. Aber willst du nicht etwas anderes? Eine Partnerin – jemanden, die zu dir hält, egal was passiert, jemanden, der deine eigene Familie werden kann?", fragte Neala, und ihr Herz schwoll an, als ihr klar wurde, wie sehr sie diesen Mann liebgewonnen hatte.

Dagda hielt einen Moment lang inne und blickte über den Horizont, bevor er wieder zu Neala hinunterschaute.

„Es ist es nicht wert, dafür verletzt zu werden. Ich werde nicht zulassen, dass noch einmal jemand diese Macht über mich hat", sagte er in schroffem Ton. „Ich hätte dich nicht anfassen sollen. Es tut mir leid, wenn ich dich getäuscht habe. Aber zwischen uns gibt es nichts anderes als das, was die Göttin mir anvertraut hat – für deinen Schutz zu sorgen. Ich entschuldige mich dafür, dass ich eine Grenze überschritten habe, die ich nicht hätte überschreiten sollen. Es wird nicht wieder vorkommen."

„Aber ..." sagte Neala, aber Dagda schüttelte den Kopf.

„Wir haben uns zu lange aufgehalten. Ich habe mich entschuldigt. Wir müssen gehen."

Und das war's dann wohl, stellte Neala fest, als Dagda über das Feld zu der Stelle stapfte, wo die Gruppe wartete, mit einem ungeduldigen Lochlain, der um alles in der Welt aussah, als würde er in Flammen aufgehen, wenn sie sich nicht beeilten.

„Was ist aus ‚Kopf hoch, Herz auf' geworden?" rief Neala. Der Wind trug ihm die Worte hinterher.

Dagda drehte sich um.

„Das ist für dich bestimmt. Nicht für mich."

„Feigling", rief Neala, aber Dagda schüttelte nur den Kopf und ging weiter. Die Mauern um sein Herz waren verschlossen.

# KAPITEL EINUNDVIERZIG

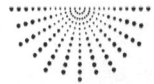

Neala folgte Bianca schweigend die Stufen hinunter, die an der Seite der Klippe hinabführten. Weiter unten waren mehrere Boote angedockt. Bianca hatte ein paar Mal fragend über ihre Schulter geschaut, aber Neala hatte nur den Kopf geschüttelt und ihr steinernes Schweigen bewahrt.

Vielleicht hatte Dagda Recht. Es war dumm von ihr, zu glauben, dass zwischen ihnen mehr war, nur weil sie eine Nacht miteinander verbracht hatten. Und es war nicht einmal so, als hätten sie Sex gehabt. Sie hatte sich von ihm befriedigen lassen, und das war's. Keine große Sache. Kein Grund zur Unruhe. Neala hatte von Anfang an gewusst, dass Dagda ein Mann war, der für die offene Straße gemacht war, nicht für eine feste Bindung. Das hatte sie sich seit ein paar Tagen immer wieder gesagt. Die Tatsache, dass sie einen Moment miteinander verbracht hatten, bedeutete noch lange nicht, dass es mehr war als das – ein schöner Moment. Es musste an dem ganzen kupplerischen Gerede gelegen haben und an der Anspannung, unter der sie bei dieser Mission standen, beschloss Neala, als sie das Dock erreichten. Allein das Adrenalin hätte jedem zu Kopf steigen können.

Nachdem sie den Weg hinab hinter sich gebracht hatte, um das Ganze in ihrem Kopf zu verarbeiten und ein wenig abzukühlen, kam Neala schließlich zu dem Schluss, dass sie ein bisschen naiv gewesen war. Es gab keinen Grund, den Mann zur Liebe zu drängen, nur weil ein Kleinkind mit magischen Fähigkeiten irgendeine geheime Botschaft dazu hatte. Nach allem, was sie wusste, konnte die Botschaft auch für Dagda und jemand anderen in seinem Leben sein. Neala kannte den Mann kaum.

Was sie wusste, war, dass Beziehungen zu Komplikationen führten, mit denen sie sich nicht auseinandersetzen wollte, wenn sie ein wachsendes Unternehmen zu führen hatte. Sie wollte auf das zurückkommen, was sie sich schon seit einer Weile eingeredet hatte und beschloss, den „Stressabbau", wie Dagda es genannt hatte, als eine angenehme Abwechslung zu betrachten und ihm nichts weiter zuzuschreiben.

„Hey", sagte sie zu Dagda, als sie auf den Steg hinausgingen. Er drehte sich um und musterte sie schweigend. „Tut mir leid wegen all dem. Du hast ja Recht. Es war nur ein netter Spannungsabbau. Du warst sicher nicht mein erster und wirst auch nicht mein letzter sein. Mach dir also keine Sorgen, ja? Freunde?" Neala streckte ihre Hand aus.

Dagda starrte sie an und sein Blick wurde noch wütender. „Freunde?", sagte er.

„Ja? Können wir nicht Freunde sein?" Neala fragte sich, was sie jetzt falsch gemacht hatte.

„Du warst also schon mit vielen Männern zusammen?

Ich bin nur ein weiterer auf deinem Weg?", sagte Dagda in einem leisen, aber gefährlichen Ton.

„Ich... was? Ich sage nur, dass es mir leidtut, dass ich etwas hineininterpretiert habe, und ich denke, wir können Freunde sein. Ist es nicht das, was du wolltest?", verlangte Neala, verzweifelt über dieses Rätsel von einem Mann.

„Schön", knirschte Dagda und schüttelte kaum ihre Hand, bevor er zum Ende des Stegs stapfte, um beim Beladen des Bootes zu helfen.

Neala atmete aus und rollte die Anspannung aus ihren Schultern. Sie dachte wirklich, sie hätte ihm gegeben, was er wollte, und jetzt war er wieder sauer auf sie.

„Ich brauche Einzelheiten – und zwar sofort", verlangte Bianca, packte sie am Arm und zog sie zu sich heran.

„Da gibt es nicht viel zu berichten", sagte Neala, die Dagda immer noch beobachtete, wie er wütend die Vorräte auf dem Boot überprüfte.

„Unsinn. Heraus mit der Sprache", kommentierte Bianca.

„Wir hatten gestern Abend unseren kleinen Moment. Ich dachte, da könnte etwas mehr sein. Er sieht das nicht so. Ich habe beschlossen, dass ich ihm Recht gebe und dass wir Freunde sein können, und jetzt scheint er auch darüber nicht glücklich zu sein", fasste Neala so schnell wie möglich zusammen. Sie wippte leicht auf den Fußballen, während sie über das ganze Hin und Her nachdachte.

„Pff, das klingt, als ob der Mann Angst hätte."

„Ich habe weder Zeit noch Interesse an verängstigten Jungs in meinem Leben. Wenn er sich entscheidet, seinen Mann zu stehen, werde ich darüber nachdenken. Im Moment ist er nur ein Freund", sagte Neala in einem so scharfen Ton, dass sogar Bianca für einen Moment aufhörte zu reden und nur beide Hände zum Einverständnis hob.

„Na schön. Ich bin jedenfalls für dich da, wenn du mich brauchst. Wie auch immer deine Entscheidung ausfällt."

„Danke, Bianca. Du tust mir gut", sagte Neala und schenkte der Blondine ein Lächeln, bevor sie an Bord des Bootes ging. „Lasst uns Gwen holen."

„Endlich", sagte Loch.

# KAPITEL ZWEIUNDVIERZIG

Die Fahrt zur Insel des toten Mannes war ruhig, abgesehen vom Geräusch der Wellen, die gegen den Bug klatschten und den gelegentlichen Schreien der Möwen, die träge über ihnen schwebten. Neala konnte nicht umhin zu denken, dass die Insel wirklich die Form eines toten Mannes hatte, der in seinem Sarg lag und seine Arme friedlich auf der Brust verschränkt hatte. Sie hoffte inständig, dass es kein böses Omen für ihre Suche nach Gwen war.

Sie betrachtete die Insel, während sich das Boot näherte, konnte aber keine Ruinen oder Gebäude entdecken, in denen Gwen versteckt sein konnte. Wahrscheinlich würde es schwieriger werden, diese Sucherin zu finden, dachte Neala.

„Was hat der Hinweis noch mal gesagt?", fragte Bianca von der anderen Seite des Bootes.

Neala kramte ihn aus ihrer Tasche und las den Text langsam vor:

*Lieben oder nicht lieben*

*Leben oder nicht leben*
*Feuer verzehrt das All*
*Schande kommt vor dem Fall*

„Wunderbar. Genau das, was ich hören wollte", sagte Bianca. „Feuer? Was soll das bedeuten? Will sie die Insel in Brand stecken?"

„Vielleicht hat es etwas mit Gwens Armreifen zu tun. Sie kann Feuer schießen, nicht wahr?", fragte Seamus und gab Neala damit eine weitere Frage, die sie Bianca später stellen musste. Sie hatte das Gefühl, dass sie mindestens eine Woche an Geschichten und Erklärungen brauchte, um all die wundersamen Dinge, die diese Frauen tun konnten, nachvollziehen zu können. Wenn man bedachte, dass sie vor einigen Wochen kaum an Feen geglaubt hatte und es jetzt Magie und Meerjungfrauen gab und sie den Wind herbeirufen konnte, war es überwältigend. Diese Welt, in der sie lebten, war voller Möglichkeiten, sinnierte Neala, während sie an der Reling lehnte und auf die Insel blickte, die sich nun vor ihnen abzeichnete. Und diese Möglichkeiten konnten so viele verschiedene Dinge mit sich bringen. Sie konnte jederzeit einer neuen Liebe begegnen oder beschließen, umzuziehen und anderswo ein neues Geschäft zu eröffnen. Im Leben gab es Zufälle, aber auch Entscheidungen, dachte Neala, während ihr Blick kurz zu Dagda wanderte. Es war richtig gewesen, ihm zu sagen, dass es nach ihm einen anderen Mann geben würde. Vielleicht keinen wie ihn – oh nein, sie bezweifelte, dass sie jemals wieder einen wie ihn treffen würde. Aber konnte sie ihn hinter sich lassen und in der Zukunft jemand anderen finden?

Absolut.

„Vor uns liegt ein kleiner Steg", rief Flynn, der das Boot steuerte. Sie hatten versucht, ihn zu überreden, zu Hause zu bleiben, und ihm versprochen, dass sie für etwaige Schäden am Boot aufkommen würden, aber er hatte sich geweigert. Flynn kannte diese Gewässer wie seine Westentasche, und er fühlte sich persönlich dafür verantwortlich, sie sicher zur Insel zu bringen.

Es dauerte nicht lange, bis das Boot am Steg festgemacht war und sie alle mit geschulterten Rucksäcken ausstiegen. Neala trug das Schwert an ihrer Seite. Als sie sich umdrehte, sah sie Flynn in die Augen.

„Danke fürs Mitnehmen. Bist du sicher, dass du warten willst?"

„Ich werde hier sein. Wenn es brenzlig wird, fahre ich vom Dock ab und komme später zurück. Ich habe den Rucksäcken ein paar Leuchtfackeln beigefügt. Schickt sie hoch, wenn ihr zusätzliche Hilfe braucht, und ich rufe die Crew. Wir sind für euch da und helfen, wo wir können."

So einfache Worte, aber sie bedeuteten viel, dachte Neala, als sie sich wieder in einer Reihe aufstellten und sich vom Steg entfernten. Sie kannten weder den Mann noch seine Familie, aber in Grace's Cove hatte man sie sofort in die Gemeinschaft aufgenommen, als gehörten sie schon immer dazu.

Neala fragte sich, ob Dagda glaubte, dass etwas dran war an dem, was die kleine Grace über den Glauben an die Liebe gesagt hatte. Es schien auch mit dem Hinweis übereinzustimmen. Sie fragte sich, welche Bedeutung diese Frage für ihre Reise auf An Fear Marbh, der Insel des toten Mannes, noch haben würde.

„Neala, los geht's", rief Bianca.

Sie zuckte zusammen, als sie bemerkte, dass die Gruppe bereits den Hügel hinaufgestürmt war, die von Lochlain wie von einem Besessenen angeführt wurde. „Ich komme", sagte Neala, winkte Flynn zum Dank zu und zockelte hinter Bianca und Seamus den Pfad hinauf, während Dagda hinter ihr das Schlusslicht bildete. Sie kletterten eine Weile schweigend bergauf, unsicher, wohin sie gingen, und verhielten sich ruhig, um zu hören, ob ihnen irgendetwas oder irgendjemand etwas zurief oder auf sie zukam.

„Es ist so still", flüsterte Bianca.

„Ja, oder? Es ist, als ob es wirklich eine tote Insel wäre", flüsterte Neala zurück. Es stimmte, denn es gab weder eine Schafherde, die die Hügel bevölkerte, noch irgendetwas anderes, das Geräusche machte. Nur Stille, den Wind, der über die Klippen rauschte, und das gelegentliche Abstürzen eines Steins ans Ufer unter ihnen.

Lochlain war auf einem Hügelkamm stehengeblieben. Links hinter ihm lagen weitere Hügel im Tal, und rechts gab es einen zweiten Pfad, der sich am Rande einer Klippe entlangschlängelte. Sie standen in der kleinen Gruppe zusammen und blickten auf die riesige Insel, die sie umgab. „Ich denke, wir sollten uns aufteilen", sagte er.

„Nein", befahl Dagda.

„Er könnte aber Recht haben", protestierte Bianca. „Sieh dir die Größe der Insel an. Wenn wir nicht viel Zeit für Gwen haben, müssen wir die Insel so großflächig wie möglich erkunden."

„Und wenn ihr von den Domnua überfallen werdet? Was dann?", erwiderte Dagda.

Neala wich zurück und spitzte ihr Ohr. Sie glaubte, etwas zu hören. War da jemand, der sang? Es war berauschend und zog sie in seinen Bann. Die warme Stimme und die Melodie des Liedes schienen ihr ganzes Wesen einzuhüllen und wärmten sie bis ins Innerste. Hilflos folgte sie dem Lied, rannte zum Rand der Klippe, und ohne zu zögern stürzte sich Neala kopfüber in das kalte Wasser, während das Lied sie tief ins Meer zog.

# KAPITEL DREIUNDVIERZIG

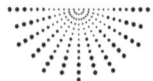

Selbst der Schock des kalten Wassers konnte sie nicht aus der Träumerei reißen, in die sie hineingezogen wurde, so verzaubert war Neala von dem Lied. Es war, als ob es jeden schmerzenden Teil ihrer Seele ansprach – die schattenhaften Teile, die sich nach Liebe und Akzeptanz sehnten – und versprach, dass sie geheilt sein konnte, wenn sie sich nur öffnete und der Liebe eine Chance gab. Neala schloss die Augen und ließ sich sinken, ohne irgendeine Sorge, solange sie diesem Lied lauschen konnte.

Als Hände nach ihr griffen, riss sie die Augen auf und sah zu ihrer Überraschung, wie sie von einem Arm und Flossen aus dem Wasser gezogen wurde, die sich so schnell bewegten, dass kein Zweifel daran bestand, dass dieses Wesen nicht menschlich sein konnte.

Mit einem Platschen kam Neala an die Oberfläche, geschockt von dem, was gerade passiert war. Sie rang nach Atem, ihr ganzer Körper zitterte vor Schreck.

Eine Frau, atemberaubend schön auf eine königliche, außerirdische Art, schwebte vor ihr in einem Tunnel, der gerade so hell war, dass Neala die Gesichtszüge der Frau erkennen konnte.

„Das war dumm", sagte die Frau.

„Ich... ich wusste nicht, was ich tat. Ich fühlte mich von dem Lied berauscht", gab Neala zu, als ihr schließlich klar wurde, was sie getan hatte.

„Der Gesang einer Sirene ist kaum zu ignorieren. Der von Gwen ist besonders mächtig. Sie rief nach dir, und du hast sie erhört – allerdings unter Gefährdung deiner eigenen Sicherheit. Ich bin nur froh, dass ich hier war, um dich zu retten. Wir müssen noch einmal untertauchen, und ich werde dich mit mir nehmen. Kannst du wieder die Luft anhalten?", fragte die Frau in ernstem Ton.

Neala konnte nur nicken und versuchte immer noch, die Tatsache zu begreifen, dass es allem Anschein nach so aussah, als würde sie sich tatsächlich mit einer echten Meerjungfrau unterhalten.

„Jetzt", befahl die Frau – beziehungsweise die Meerjungfrau – und Neala konnte nur nach Luft schnappen, bevor sie erneut in das salzige, kalte Wasser eintauchte und durch die Dunkelheit gezogen wurde, bis sie, gerade als ihre Lungen vor Not zu brennen begannen, an die Oberfläche kam.

„Mutter!"

„Gwen, du bist in Sicherheit", sagte die Meerjungfrau und schwamm zum Ufer, wo Gwen hockte und sie umarmte. Neala stolperte über die Steine, verzweifelt bemüht, aus dem Wasser zu kommen. Sie stand keuchend im fahlen Licht der Höhle und betrachtete die kurvenreiche Frau, die am Wasser kauerte.

„Du musst Gwen sein", sagte Neala.

„Ja, die bin ich. Und du bist die Sucherin?"

„Ich bin Neala. Warst du das, die da gesungen hat?"

„Du hast mich gehört!"

„Ja, das ist eine verdammt gute Stimme, die du hast. Ich würde dir nicht empfehlen, sie irgendwo ungefiltert einzusetzen, sonst liegen dir augenblicklich Tausende von Männern zu Füßen", brummte Neala, zog ihren inzwischen durchnässten Pullover aus und wrang ihn aus. Die Kälte machte sich bemerkbar und sie fröstelte.

„Du frierst", sagte Gwen, als sie Neala untersuchte.

„Das Wasser ist ein bisschen kühl für meinen Geschmack", gab Neala zu.

Ohne etwas zu sagen, schloss Gwen die Augen, drehte sich um und legte die kunstvoll verzierten Armbänder an ihren Handgelenken zusammen. Ein Blitz leuchtete auf und Neala riss die Hände hoch. Zu ihrem Erstaunen begann in der Ecke der Höhle ein fröhliches Feuer zu brennen.

„Ich weiß nicht, warum mir das nicht früher eingefallen ist", gab Gwen zu.

„Ich bin mir nicht sicher, ob ich jemals etwas so Erstaunliches gesehen habe", sagte Neala und setzte sich näher an die Wärme des Feuers, um ihr Zähneklappern loszuwerden. „Obwohl das mit der Meerjungfrau auch nicht schlecht ist."

„Ich bin Amynta", sagte die Meerjungfrau, „die Mutter von Gwen."

„Freut mich, dich kennenzulernen, Amynta. Darf ich sagen, dass ich dich für eines der prächtigsten Geschöpfe halte, die ich je in meinem Leben gesehen habe?", sagte Neala.

Amynta strahlte sie an. „Das ist nett von dir."

„Es ist die Wahrheit", sagte Neala und sah Gwen an. „Wie ich höre, darf man gratulieren."

„Ach! Hat dieser Mann es schon überall rumerzählt? Ich schwöre, ich werde ihn erwürgen, wenn ich hier rauskomme." Gwen verschränkte wütend die Arme.

„Ich glaube, es kam einfach so heraus. Aber ich habe noch nie einen Mann gesehen, der so verzweifelt versucht hat, seine Frau zu finden, wie diesen. Wir haben es hier mit einem sehr verängstigten und sehr liebeskranken Mann zu tun", sagte Neala.

„Ich mache mir Sorgen um ihn. Er kann ein wenig impulsiv sein und über die Schmerzgrenze hinausgehen, um zu bekommen, was er will", sagte Gwen. Sie biss sich auf die Lippe und führte ihre Hand zu ihrem Bauch.

„Geht es dem Kind gut?", fragte Amynta, wobei sich etwas Sorge über ihre hübschen Züge legte.

„Ja, sie ist stark." Gwen grinste, als sie sah, wie Amynta lächelte. „Und ja, ich spüre, dass sie ein Mädchen ist."

„Oh, herzlichen Glückwunsch", sagte Neala. „Das sind fantastische Neuigkeiten. Wir müssen eine Babyparty veranstalten, wenn wir wieder draußen sind. Ich mache die besten Torten für solche Gelegenheiten."

„Ja, lass uns das machen. Perfekt – etwas, worüber wir nachdenken können, während wir warten. Mutter, gibt es keine Möglichkeit für uns, diesen Ort zu verlassen? Kannst du uns nicht auf demselben Weg hinausbringen, auf dem ihr hereingekommen seid?", fragte Gwen und schaute zu der Stelle, an der das Wasser näher an ihre Füße kam.

„Leider kann ich das nicht", sagte Amynta, und Traurigkeit lag auf ihren hübschen Zügen. „Es ist starke Magie am Werk, die selbst ich nicht durchbrechen kann. Ich konnte sie herbringen, aber ich kann euch nicht herausholen."

„Kannst du wieder rausschwimmen? Die anderen warnen?", fragte Neala.

„Ich werde es versuchen. Bitte haltet euch so gut es geht vom Wasser fern und haltet euch warm. Ich will nicht, dass ihr krank werdet", ermahnte Amynta Gwen, die nickte. Mit einem Schnippen ihres prächtigen Schwanzes war Amynta verschwunden.

„Das ist absolut unglaublich", sagte Neala, schüttelte den Kopf und starrte auf die Stelle, wo die Meerjungfrau gerade noch gewesen war.

„Ich weiß. Ich bin fast durchgedreht, als ich herausge-funden habe, dass ich von Sirenen abstamme", schwärmte Gwen und rückte näher an das Feuer heran. „Ich meine, ich liebe Comics, und herauszufinden, dass ich sozusagen Superkräfte habe, wie eine Comicfigur? Das war der Hammer. Und jetzt darf ich in dieser Welt der Magie und der Feen und Meerjungfrauen leben... das ist einfach unglaublich."

„Das kann ich mir vorstellen. Ich bin immer noch dabei, das alles zu verarbeiten", gab Neala zu.

„Sag mir, was passiert ist", wollte Gwen wissen.

Neala informierte sie so schnell wie möglich und versuchte, den steigenden Meeresspiegel in der Höhle zu ignorieren. Sie ließ nichts aus und erzählte Gwen alles bis zu dem Punkt, an dem sie ins Wasser gesprungen war.

„Liebst du Dagda?", fragte Gwen.

„Ich... ich weiß nicht, ob ich das schon beantworten

kann", gab Neala zu und drehte sich zum Feuer, um ihre Vorderseite zu wärmen.

„Verstehe. Wie wäre es damit... glaubst du, dass du ihn lieben könntest?", änderte Gwen die Frage leicht ab.

„Ich denke, mit etwas Zeit und unter den entsprechenden Umständen, könnte ich das vielleicht", gab Neala zu. „Ich finde ihn wahnsinnig attraktiv, er kann humorvoll sein, wenn er will, und er hat einen ausgeprägten Sinn für Ehre. Ich bewundere auch seine Bereitschaft, auf eigenen Füßen zu stehen und sich das Leben so zu gestalten, wie er es leben möchte, anstatt den Erwartungen seiner Familie zu entsprechen."

„Glaubst du, er liebt dich?", fragte Gwen und hielt ihre Hände näher ans Feuer.

„Nein, das hat er mehr als deutlich gemacht. Ich gebe zu, dass ein Teil von mir gehofft hat, er würde dem Ganzen eine Chance geben, um zu sehen, ob... aber, ach ja." Neala zuckte mit den Schultern.

„Wenn du schon zwei andere Lektionen lernen musstest, wie kommst du darauf, dass dies nicht die dritte Lektion ist? Wie die kleine Grace sagte – vielleicht musst du daran glauben, dass du der Liebe würdig bist. Das ist etwas, woran ich arbeiten musste", sagte Gwen und sah Neala in die Augen. „Ich habe mich nie für besonders hübsch gehalten. Ich war immer in der Kumpelzone. Aber als ich Lochlain kennenlernte, wow, da fand ich ihn umwerfend. Er war wie ein Superheld."

„Er sieht wirklich wie ein grüblerischer Superheld aus", gab Neala zu, und Gwen lachte. Ihr Gesicht strahlte vor Liebe, als sie von Loch sprach.

„Aber ich war überzeugt, dass ein Mädchen wie ich niemals für einen Mann wie Loch in Frage kommen würde. Ich war keine Frau, die in Dingen der Lust besonders kultiviert war, weißt du? Ich bin eine Art Sonderling, trage weite T-Shirts und bekleckere mich ständig."

Neala lachte. „Ich weiß, was du meinst. Ich bin auch so."

„Aber dann traf ich meine Mutter und erfuhr, was ich war, und ich musste meine eigene Macht geltend machen. Sie mir wirklich zu eigen machen – und glauben, dass ich diese knallharte Sirene von einer Frau war. Vielleicht musst du das auch tun, um diesen Teil des Zaubers freizusetzen", sagte Gwen. „Es würde Sinn machen, wenn es in meinen Comics stünde."

„Aber das habe ich doch schon versucht", protestierte Neala. „Ich war bereit, es mit Dagda zu versuchen – ich habe sogar zugegeben, wie sehr ich ihn bereits lieb gewonnen habe. Ich glaube, ich bin der Liebe würdig, und ich habe mir schon gesagt, wenn nicht mit Dagda, dann vielleicht mit jemand anderem. Ich habe jedenfalls keine Angst davor. Es geht eher darum, ob ich bereit bin, das Leben, das ich mir aufgebaut habe, zu unterbrechen oder komplizierter zu machen."

„Tief im Inneren glaubst du wirklich, dass du der Liebe würdig bist? Und dass du eine wunderschöne, bemerkenswerte, starke Frau bist, die sich ein wundervolles Leben geschaffen hat?", fragte Gwen und schaute Neala mit einer Weisheit in den Augen an, die von jahrhundertelangem Wissen zeugte.

Neala hielt inne und prüfte, wie sich die Worte anfühlten, bevor sie antwortete.

„Weißt du was? Das tue ich wirklich. Ich bin stolz auf das, was ich geschaffen habe, und ich glaube, dass ich einem Partner eine Menge zu bieten habe. Ich bin es definitiv wert, geliebt zu werden", entschied Neala.

Gwen drehte sich um und schaute in die Richtung, wo das Wasser weiter anstieg.

„Daran hat sich nichts geändert. Ich glaube nicht, dass das der Schlüssel zur Lösung dieses Teils des Fluches sein wird", sagte Gwen und knabberte besorgt an ihrer Lippe, während sie das Wasser betrachtete.

Dagda. Glaube. Liebe.

Neala schlug sich mit der Handfläche an den Kopf.

„Nicht ich muss glauben", sagte Neala und wiederholte die Worte der kleinen Grace. „Es ist Dagda. Wir sind dem Untergang geweiht, wenn er es nicht realisiert."

„Mist", sagte Gwen, und zum ersten Mal schlich sich Angst in ihr Gesicht. „Aber Bianca ist da draußen. Ich glaube an Bianca, und ich glaube an Loch. Gemeinsam werden sie einen Weg finden. Wir müssen nur hoffen, dass sie es rechtzeitig schaffen, bevor das Wasser noch weiter ansteigt."

„Ähm, und bevor die Domnua uns erwischen. Denn wenn mich meine Augen nicht täuschen, glaube ich, dass ich gerade einen silbernen Blitz gesehen habe", sagte Neala, ergriff Gwens Arm und zog sie hinter sich, wobei sie an das Baby in ihrem Bauch dachte. Gwen spähte über Nealas Schulter.

„Verdammt", klagte Gwen. Sie trat vor und erhob den Speer, als die Domnua sich aus dem Wasser zu ergießen begannen, ein nicht enden wollender Schwall des Bösen.

Neala trat mit erhobenem Schwert vor.

„Dann zeigen wir diesen üblen Kerlen mal, aus welchem Holz wir geschnitzt sind", sagte Gwen und lächelte einen, der sich vorwagte, süßlich an.

In Sekundenschnelle erfüllten Kampfesschreie den Raum, und Neala kannte nichts als Drehungen, Tritte und Hiebe mit dem Schwert. Wieder und wieder kamen weitere und füllten die Grotte, während sie und Gwen kämpften, ohne zu schwanken und sich jeder neuen Welle von Domnua mit Zähigkeit und Entschlossenheit entgegenstellten.

Neala war sich nicht sicher, ob sie jemals stolzer auf sich selbst oder jemand anderen gewesen war. Während das Wasser stieg – das ihnen nun bis zu den Knien reichte – und die Zukunft ungewiss war, kämpften sie weiter und weigerten sich, zu kapitulieren. Stattdessen wehrten sie jeden Angriff der Domnua ab, als wären sie für diese Schlacht geboren worden. Und vielleicht waren sie das auch.

Als Gwen ausrutschte, keuchte Neala und schrie auf, als sie sah, wie Gwen von einem Domnua mit voller Wucht in die Magengegend getreten wurde. Gwen krümmte sich vor Schmerzen. Schreiend vor Wut hob Neala ihr Schwert und machte kurzen Prozess mit den verbliebenen Domnua in der Grotte, die sich links und rechts von ihr zu silbrigen Pfützen auflösten, die das Wasser schnell aufnahm. Als sie fertig war, beugte sich Neala über die zusammengekauerte Gwen, zog sie so weit wie möglich aus dem Wasser und drückte ihre schluchzende Freundin an ihre Brust.

„Ich bin bei dir. Halte nur noch ein bisschen durch. Loch wird hier sein. Ich weiß, dass er kommt." Neala sah über Gwens Schulter und ihr Blick war stählern, während sie nach weiteren Domnua im Wasser Ausschau hielt und betete, dass Dagda zur Vernunft kommen würde.

Jede Sekunde zählte.

# KAPITEL VIERUNDVIERZIG

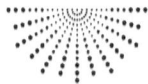

Dagda rannte am Ufer entlang und versuchte, irgendein Zeichen von Neala zu erhaschen. Panik durchströmte ihn. Zum ersten Mal in seinem Leben wusste er nicht, was er tun sollte. Er hatte nicht gesehen, wo sie hineingegangen war, und es wäre seinem Todesurteil gleichgekommen, einfach ins Wasser zu tauchen, wohl wissend, dass dies eine von den Domnua gestellte Falle sein konnte.

„Kann jemand etwas sehen? Etwas hören?" Dagda tobte, das Adrenalin schoss durch ihn hindurch, während er lief, auf den feuchten Steinen ausrutschte und seine Augen nach irgendetwas suchten, das einen Hinweis darauf gab, wo Neala verschwunden war.

„Nichts", rief Bianca, und die anderen taten es ihr gleich. Sie hatten sich alle entlang des Strandes und der Klippen aufgeteilt, um nach einem Zeichen von Neala zu suchen.

Dagdas Herz pochte in seiner Brust, und sein Verstand weigerte sich zu glauben, dass sie weg war. Auf keinen Fall würden sie ihm Neala wegnehmen – nicht jetzt, nicht, nachdem er endlich einen Vorgeschmack auf sie bekommen hatte. Von dem Moment an, als sie sich geküsst hatten, hatte sie sich in seinen Blutkreislauf, in seinen Verstand und in sein Herz gebrannt. Er wusste nicht, ob er jemals der Partner sein könnte, den sie verdiente oder ob er ihr das geben könnte, was sie im Leben wollte. Aber gestern Abend war ihm ein besonderer Moment geschenkt worden, und er hatte alles in seiner Macht Stehende getan, damit sie sich so geliebt und geborgen fühlte, wie es nur ging. Das war alles, was er tun konnte, dachte Dagda, alles, was er ihr wirklich zu geben vermochte. Er wollte, dass sie sich wertgeschätzt fühlte, so wie sie es verdiente.

Die Wut kochte in ihm hoch, während er die leeren Gewässer absuchte. Sie hatte ihm heute gesagt, dass sie Freunde sein könnten und sie sich dem nächsten Mann zuwenden würde. Das war genau das, was er gewollt hatte, und der Grund, warum er am Morgen zu ihr auf Distanz gegangen war. Dagda hatte sein Bestes gegeben, um es zwanglos zu halten, und da hatte sie das Wort ‚Liebe‘ in den Mund genommen.

Liebe, spottete Dagda; als ob er das wirklich bieten könnte. Er wusste nicht, wie man jemanden liebte, zumindest nicht so, wie Neala es verdiente. Seine Eltern hatte ihn immer gern daran erinnert, dass er nicht gut genug war. Wie sollte er gut genug für eine so wunderbare Frau wie Neala sein? Wenn er ihr seine Liebe schenkte, würde sie am Ende weiterziehen – so wie es jeder in seinem Leben irgendwann tat. Das Risiko war einfach zu groß.

Nein, es war das Beste, ihr ihre Freiheit zu lassen und ihr eine Chance auf ein Leben und eine Liebe zu geben, die sie verdiente.

Dagda schlug das Herz bis zum Hals, als Loch etwas von oben rief.

„Amynta!", rief Loch und rannte, ja flog beinahe den Klippenweg hinunter zum Ufer, wo eine Frau – und wenn Dagdas Augen ihn nicht täuschten, eine Meerjungfrau – schwamm.

„Amynta! Hast du Neala?", rief Bianca, die am Ufer hockte. Dagda rannte zu ihr, während sie Amynta zu sich winkte. Die Gruppe drängte sich am Strand zusammen und sie warteten, bis Amynta sich näherte.

„Neala und Gwen sind in Sicherheit", sagte Amynta ohne Vorrede, und Dagda atmete vor Erleichterung aus. „Aber sie sind in Schwierigkeiten. Die Zeit drängt."

„Wo sind sie? Was können wir tun?", wollte Loch wissen.

„Sie sind in einer Grotte unter dem Wasser. Sie ist nur von der anderen Seite dieser steilen Felswand aus zugänglich. Die Flut steigt und die Domnua sind nahe", sagte Amynta und wedelte aufgeregt mit dem Schwanz, während sie schnell vor ihnen hin und her schwamm. Dagda war sich nicht ganz sicher, aber es kam ihm so vor, als ob sie ihm böse Blicke zuwarf.

„Wie kommen wir zu ihnen?", fragte Loch.

„Kannst du an sie herankommen?", fragte Bianca.

„Kannst du uns zu ihnen bringen?", fragte Dagda.

„Ich kann hineingehen, aber ich kann sie nicht herausholen. Die Magie ist stark, zu stark, als dass ich sie brechen könnte", sagte Amynta und starrte wieder auf Dagda.

„Der Hinweis!", rief Bianca. „Wir müssen das Rätsel lösen."

„Muss Neala das nicht tun?", wandte Dagda ein, der

plötzlich nervös wurde, als er sich an den Inhalt des Hinweises erinnerte. „Ist das nicht die Aufgabe der Sucherin?"

„Vielleicht hat Domnu die Dinge dieses Mal verändert", gab Bianca zu bedenken. „Ich wette, sie ist wütend darüber, dass wir so gut sind."

„Aber ..." Dagda hielt inne und sah Amynta wieder an. „Warum wirfst du mir diese bösen Blicke zu?"

„Ich glaube, du bist derjenige, der den Zauber brechen kann, der mich daran hindert, meine Tochter in Sicherheit zu bringen. Wenn du aufhören würdest, mit deinem Schicksal zu hadern, und anfangen würdest, dein Herz zu öffnen, könnten wir vielleicht vorankommen", sagte Amynta. Ihre Worte waren wie Messerstiche in seinen Bauch.

„Ich bin mir nicht sicher, was du meinst", sagte Dagda, aber dann erinnerte er sich an Neala, die kämpferisch ihren Standpunkt vertreten und ihn gebeten hatte, auf das zu hören, was die kleine Grace gesagt hatte. An die Liebe zu glauben.

Er dachte über den Hinweis nach und drehte sich um. Leise und ausgiebig fluchend ging er ein paar Meter den Strand entlang. Dann traf ihn die Erkenntnis. Der Hinweis war für ihn bestimmt. Eine der größten Blockaden seines Lebens rührte von der Schande her, von seinen Eltern verstoßen worden zu sein. Es gab ihm das Gefühl, der Liebe unwürdig zu sein – unwürdig, sie zu geben oder zu empfangen.

Aber das stimmte nicht. Dagda holte tief Luft, als er auf die Stelle blickte, wo das Wasser auf den Horizont traf. Er brauchte sich für nichts zu schämen. Er war ein guter Sohn gewesen und er war ein starker und ehrenhafter Mann. Er hatte sich sogar genug Respekt verschafft, um von der Göttin Danu selbst als Beschützer ausgewählt zu werden. Er war würdig – und sogar fähig – Liebe zu geben. Wenn er es glauben konnte.

Die kleine Grace hatte Recht gehabt.

Dagda zuckte zusammen, als Loch ihm eine Hand auf die Schulter legte.

„Hör zu, Kumpel, ich weiß, dass es schwierig ist, sich mit seinen Gefühlen auseinanderzusetzen – vor allem, wenn der Adrenalinspiegel so hoch ist wie jetzt. Ich musste das Gleiche mit Gwen tun. Aber ich verspreche dir, wenn man es erst einmal gemacht hat, ist es gar nicht so beängstigend. Als ich anfing, an Gwen zu glauben und daran, dass ich mit ihr ein Leben voller Liebe und Freude haben könnte, begann mein Leben erst richtig. Es war, als hätte ich in Schwarzweiß gelebt, bevor sie kam, und sie brachte Farbe und Licht in mein Leben. Gib ihr eine Chance."

Mit diesen Worten trat Loch zurück und ließ Dagda einen Moment Zeit, sich zu sammeln.

Dagda stellte sich ein Leben mit Neala vor, ein Leben, in dem sie lachte, in dem sie sich jede Nacht zum Schlafen in seine Arme schmiegte, in dem sie ein Glas Wein tranken, während sie gemeinsam kochten. Er könnte ihr in der Bäckerei helfen oder, wenn sie einen Filialleiter für das Geschäft fanden, könnte er sie entführen und ihr etwas von der Welt zeigen, die sie erkunden wollte. Und sie konnte ihm zeigen, was es bedeutete, ein Zuhause zu haben, ein richtiges Zuhause, eine Familie. Zusammen würden sie ihre eigene kleine Einheit aus Licht und Liebe sein. Ja, er konnte es sehen.

Wenn sie ihn in ihrem Leben haben wollte. Und nach der Art, wie er sich heute Morgen verhalten hatte, hatte sie jedes Recht, ihm nie wieder eine Chance zu geben. Dagda fluchte. Aber war es nicht das, was Liebe ausmachte? Zu verstehen, wenn jemand Angst hatte, zu verzeihen, wenn jemand Mist gebaut hatte?

„Ich glaube", flüsterte Dagda. „Ich glaube, dass ich dich so lieben kann, wie du noch nie geliebt wurdest, und dass ich mit dir eine Familie gründen kann. Ich glaube, dass wir es schaffen können – wir zwei Außenseiter –, dass wir unser eigenes Zuhause zusammen aufbauen können. Ich glaube an uns. Ich weiß, dass wir der Liebe eine Chance geben können."

Bei seinen Worten schien ein Schimmer über das Wasser zu flattern.

Amynta jubelte und zögerte nur kurz, bevor sie unter Wasser tauchte und ihr Schwanz verschwand.

„Ich hoffe, das war genug, Kumpel", sagte Loch mit besorgter Miene, während sie alle schweigend am Ufer warteten. Auch Dagda hoffte, dass es genug war, denn es gab nichts, was er noch hätte sagen oder tun können. Er wusste nicht einmal, ob er Neala wirklich liebte, aber er wusste, dass er alles geben würde.

Als Amynta nach einer gefühlten Ewigkeit mit einem Schrei auftauchte, schlug Dagda das Herz bis zum Hals. Neala schwamm neben ihr her und zog sich mit aller Kraft ans Ufer, bis er sie aus dem Wasser holte. Aber es war nicht Neala, wegen der Amynta geschrien hatte.

Gwen lag in ihren Armen. Ihr Gesicht war schlaff und ihre Haut hob sich weiß vom Blau des Wassers ab.

„Die Domnua sind gekommen", schluchzte Neala. „Sie haben ihr in den Bauch getreten."

„Der Beutel, den Fiona dir gegeben hat!", schrie Bianca zu Loch, der kurzzeitig vor Schreck erstarrt war. Als er wieder zu sich kam, griff er in seine Tasche, zog den Beutel hervor und schüttelte ein Fläschchen mit einer Flüssigkeit heraus. Er watete ins Wasser, nahm Gwen aus Amyntas Armen und riss den Stopfen mit den Zähnen aus dem Fläschchen. Er ließ Gwens Kopf über seinen Arm hängen, schüttete ihr den Inhalt des Fläschchens in ihren Mund, legte dann seinen Kopf auf ihre Brust und betete.

Sie warteten und die Stille dehnte sich aus, bis Dagda schreien wollte.

Als Gwen hustete und sich in Lochs Armen zu bewegen begann, jubelten alle. Bianca fing an zu weinen, und Neala tat es ihr gleich.

Dagda schlang seine Arme um Neala und zog sie an sich, damit er ihre Tränen trocknen konnte.

„Es tut mir leid", sagte Dagda und drückte seine Stirn an ihre. „Es tut mir leid, dass ich stur und schwierig und oft verschlossen bin. Ich werde mein Bestes tun, um das in Zukunft nicht mehr zu sein. Ich will es versuchen, wirklich. Ich werde mein Bestes für dich geben."

„Das ist alles, was wir tun können", sagte Neala.

# KAPITEL FÜNFUNDVIERZIG

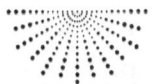

Es dauerte nicht lange, bis sie zurück am Boot waren, wobei Lochlain Gwen trotz ihrer Proteste den ganzen Weg über getragen hatte. Es gab keinen Grund, auf der Insel des toten Mannes zu verweilen, vor allem, nachdem Neala berichtet hatte, dass die Domnua in der Nähe waren, und nachdem sie den Angriff beschrieben hatte, den sie in der Höhle hatten überstehen müssen. Amynta folgte im Wasser, und Neala war entzückt von der Art, wie sie an der Wasseroberfläche entlangflitzte, wobei ihr prächtiger Schwanz wie Juwelen in der durch die Wolken brechenden Sonne funkelte. Dieser Moment fühlte sich an wie ein Traum, und Neala fragte sich, ob sie durch das kalte Wasser und den Kampf einen kleinen Schock erlitten hatte oder ob ihr Leben wirklich so surreal war.

Sie und Dagda hatten nicht miteinander gesprochen, seit er sie aus dem Wasser gezogen hatte, aber er war immer bei ihr geblieben und hatte sie auf die eine oder andere Weise berührt. Neala warf ihm gelegentliche verlegene Blicke zu. Er hatte nicht gesagt, dass er sie liebte, erinnerte sie sich, während sie den Hügel erklommen und den Pfad hinunterliefen, der zu der Anlegestelle führte, wo Flynn mit dem Boot angelegt hatte. Er hatte vielmehr gesagt, dass er ihnen – ihnen als Paar – eine echte Chance geben würde.

Aber war das auch nicht das Einzige, was man tun konnte? Hoffnung zu haben? Der Liebe eine Chance zu geben? Es fing nie mit wahrer Liebe an, dachte Neala. Stattdessen war es wie beim Backen. Man musste die richtigen Zutaten hinzufügen und dann etwas Zeit zum Backen geben, bevor man mit einem schönen Kuchen belohnt wurde. Mit der Liebe war es ähnlich. Sie begann mit Zutaten wie Hoffnung, Vertrauen, Bewunderung und Respekt. Mit der Zeit konnte daraus etwas viel Größeres werden, überlegte sie. „Man muss nur etwas Hoffnung hineinstreuen", sagte sie.

Dagda warf ihr einen verwirrten Blick zu, der sofort in Besorgnis umschlug. Er hielt inne, hob Neala in seine Arme und schmiegte sie eng an seine Brust, während ihre Zähne zu klappern begannen.

„Ich glaube, sie ist unterkühlt", rief Dagda. Flynn duckte sich und holte unter einer Luke Decken und eine Notfalltasche hervor, während Bianca begann, Nealas durchnässte Schuhe aufzuschnüren. In wenigen Augenblicken hatten sie ihr die nassen Kleider ausgezogen und sie in Notfalldecken und schwere Fischerdecken aus Wolle eingepackt. Bianca kramte Handwärmer hervor und schob sie unter die Decken, als sie begannen, warm zu werden. Neala wollte nur noch die Augen schließen und schlafen, so groß war die Welle der Erschöpfung, die sie zu überwältigen drohte.

„Du musst wach bleiben", sagte Bianca energisch. Als

Neala sie ignorierte, verpasste sie ihr einen leichten Klaps auf die Wange, so dass Nealas Augen aufsprangen. Sie starrte Bianca an.

„Unhöflich."

„Es wäre unhöflich von mir, dich sterben zu lassen, findest du nicht?", fragte Bianca und führte eine Tasse an Nealas Lippen.

„Was ist das?", fragte sie, als das Boot von der Insel ablegte und die Heimreise antrat.

„Whiskey natürlich", sagte Bianca. „Runter damit."

Er brannte bis ins Mark, aber es war ein guter Whiskey, und schon bald begann er seine Wirkung zu entfalten, indem er ihr Inneres erwärmte und sich ihre Temperatur zu normalisieren begann. Dagda wich nicht von ihrer Seite, während Lochlain Gwen in den Arm nahm und ihr etwas ins Ohr murmelte.

„Geht es Gwen gut?", flüsterte Neala Bianca zu. Sie hatte Angst, direkt nach dem Baby zu fragen.

„Ich glaube schon, aber ich lasse ihnen ein wenig Raum, bis wir es sicher wissen", flüsterte Bianca zurück.

Neala lehnte sich zurück, kuschelte sich in ihren warmen Kokon und versuchte, alles, was sie gerade erlebt hatte, zu verarbeiten. Von den Meerjungfrauen bis hin zu Dagdas Entschluss, ihrer Beziehung eine Chance zu geben – es war eine ganze Menge gewesen. Aber im Moment interessierte sie sich nur dafür, ob es Gwens Baby gut ging.

„Neala", rief Gwen und Neala setzte sich aufrechter hin und blickte im Boot zu ihr hinüber.

„Geht es dir gut?", fragte Neala mit hoffnungsvollem Blick.

„Ja. Was auch immer Fiona Loch gegeben hat, es war

das richtige Mittel. Dem Baby geht es gut. Sie ist eine harte Nuss", sagte Gwen.

Lochs Gesicht strahlte vor Freude. „Sie?", fragte er und schmiegte sein Gesicht an Gwens Hals.

„Ja, ich spüre es", sagte Gwen.

„Sie wird eine Kriegerkönigin unter ihrem Volk sein", erklärte Loch. Alle jubelten, weil sie sich freuten, dass es nach dem Schrecken gute Nachrichten gab.

„Oh, der Göttin sei Dank", sagte Neala und presste die Hände auf ihre tränenfeuchten Augen. Es war alles ein bisschen viel, und sie wusste, dass die Reise noch nicht zu Ende war. Ihre Emotionen schienen stärker zu sein als sonst.

„Du hast dich da drin gut geschlagen, was auch immer du getan hast", sagte Dagda und klopfte Neala unbeholfen auf die Schulter. Ihr war aufgefallen, dass er nicht viel gesprochen hatte, seit sie auf das Boot gegangen waren, und sie fragte sich, ob er sich genauso seltsam und unsicher fühlte wie sie.

„Ich habe gekämpft, so gut ich konnte. Als sie Gwen in den Bauch getreten haben... nun, da bin ich irgendwie ausgerastet. Ich war so wütend, dass diese bescheuerten finsteren Kerle ihr etwas so Schönes wegnehmen wollten", sagte Neala.

„Das hast du fantastisch gemacht", sagte Dagda, legte seinen Arm um Neala und zog sie in die Wärme seines Körpers. Es fühlte sich gut an, sich so anzuschmiegen. So gemütlich.

Und richtig.

# KAPITEL SECHSUNDVIERZIG

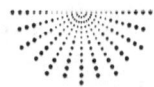

E s hatte Neala wirklich weh getan, sich von Fiona, der kleinen Grace, Gwen und ihren anderen neuen Freunden zu verabschieden. Ihr Geist war ungebrochen, aber ihr Körper war müde, und sie wollte eine weitere Nacht, um sich auszuruhen, bevor sie ihren Weg fortsetzten. Gwen war diejenige gewesen, die Neala schließlich davon überzeugt hatte, dass sie sofort weiterziehen mussten.

„Wir haben nur noch ein paar Tage, bis der Fluch endet. Du kannst dich ausruhen, wenn das alles vorbei ist. Bitte, ich flehe dich im Namen meiner Tochter und der Welt, in der sie leben soll, an – beeil dich bitte."

Gegen diese Art von Appell konnte man nicht wirklich etwas einwenden, dachte Neala und lehnte sich an das Fenster, während Dagda in Richtung Norden fuhr.

„Du hast ein wenig Zeit, um dich auszuruhen", sagte Dagda und sah Neala mit einer neuen Sanftheit in seinem Blick an.

„Das werde ich. Ich brauche nur einen Moment, um ein paar Dinge in meinem Kopf zu verarbeiten", sagte

Neala und setzte sich aufrecht hin, als sie sich an den Beutel erinnerte, den Gwen ihr in die Hand gedrückt hatte, als sie sich zum Abschied umarmt hatten. „Das hätte ich fast vergessen – der Beutel!"

Im Land Rover befanden sich nun drei der vier großen Schätze der *Tuatha de Danann*, des Volkes der Göttin Danu, und Bianca war außer sich vor Freude, während sie jeden einzelnen in ihre Hände nahm und all die Feinheiten und die Schönheit eines jeden untersuchte. Es war, als ob alle ihre Weihnachtsfeste auf einmal gekommen wären. Für Bianca – jemand, der diese Mythen studiert und in Dublin Vorträge über ihre Geschichte gehalten hatte – war es so, als ob sie den Heiligen Gral gefunden hätte, als sie jedes Stück Magie in der Hand hielt und es studierte.

„Niemand wird mir das jemals glauben", sinnierte Bianca, während der Speer von Lugh auf ihrem Schoß lag und sie die Schnitzereien auf dem Griff betrachtete.

„Pass auf, worauf du das Ding richtest", brummte Seamus.

„Tut mir leid, mein Lieber. Aber es ist einfach von einer anderen Welt..."

Neala zog einen Stein aus dem Beutel, zusammen mit einer weiteren kleinen Schriftrolle. Sie hielt den Kristall hoch und gegen das Licht, um seinen tiefblauen Farbton zu beleuchten. Der letzte Edelstein war ein Rhodonit. Neala zog die Kette unter dem weiten Pullover hervor, den Fiona ihr geschenkt hatte, und befestigte den Stein an dem Anhänger mit dem keltischen Knoten. Die verschiedenen Farben sahen hübsch zusammen aus, und sie fragte sich, was wohl der nächste Stein sein würde.

*Suche nach dem Licht*

*Und finde deinen Kampfeswillen*
*Denn in der dunkelsten Stunde*
*Muss wahre Macht verstanden werden*

Das Gedicht auf dieser Schriftrolle hatte einen anderen Ton als das letzte, so als ob die Göttin wüsste, dass ihnen nur noch wenige kostbare Augenblicke blieben, bevor sich alle in die Schlacht stürzten.

„Das wirkt so, als sei es nicht von Domnu geschrieben worden", kommentierte Bianca und beugte sich über Nealas Schulter, um den Stein an ihrer Halskette zu betrachten. „Die anderen hatten etwas vom Singsang eines Schulmädchens. Dieser Hinweis ist irgendwie tiefgründiger."

„Es betrifft nun auch Nealas Schatz, den es zu finden gilt, also ist es vielleicht wieder so wie bei den ursprünglichen Hinweisen?", fragte Seamus.

Bianca klopfte ihm enthusiastisch auf das Knie. „Das ist mein Mann, er benutzt seinen Verstand. Er hat wahrscheinlich Recht. Die anderen Hinweise dienten dazu, die Sucherinnen zu retten, die Domnu entführt hatte. Aber höchstwahrscheinlich weiß sie nicht, wo dieser letzte Schatz ist. Was bedeutet, dass dieser Hinweis von unserer Lieblingsgöttin Danu stammt."

Es schien, als würden sich die Gedanken in Nealas Kopf zu einem riesigen Stau aus Verwirrung und Widersprüchen zusammenballen. Sie brauchte eine Stunde Auszeit, um abzuschalten und mit niemandem zu sprechen.

„Wissen wir, wohin wir als Nächstes gehen sollten?", fragte Neala und schaute Dagda an.

„Ja, Malin's Head ist der nördlichste Punkt. Ich habe eine Idee, wohin wir von dort aus gehen können. Mach die

Augen zu. Du hast einiges durchgemacht. Ruh dich jetzt aus", beruhigte sie Dagda.

Dankbar dafür, dass er da war, lächelte Neala ihn kurz an, bevor sie fast augenblicklich in den Schlaf fiel.

Ihr Traum war allerdings nicht so erholsam.

Ihr Laden, einst glänzend und wunderschön – eine warme Oase mit einladenden Düften und herrlichen Backwaren – lag niedergebrannt zu ihren Füßen. Eine Reihe hungriger Menschen, die nichts als Lumpen trugen, kletterten heraus, durchwühlten die Asche und suchten nach irgendetwas Essbaren. Neala stand mittendrin, drehte sich in alle Richtungen und wollte helfen.

„Siehst du? Du hast nichts zu geben", sagte Domnu von hinten.

Neala wirbelte herum und sah, wie Domnu den Kessel der Fülle in den Händen hielt und die Menschen sich hinter ihr aufstellten und nach Nahrung riefen. „Die anderen Schätze sind bedeutungslos, wenn die Welt verhungert. Und ich werde diejenige sein, die entscheidet, wer leben darf und wer sterben muss."

Domnu warf einen Blick über die Schulter auf die Menschen, die sich hinter ihr drängten und mit ihren verzweifelten Hungerschreien um den kleinsten Schluck aus ihrem Kessel flehten.

„Verstehst du nicht? Ich muss sie nur füttern, dann habe ich ihre Gefolgschaft für immer sicher. Wenn die Schätze erst einmal mir gehören, wird es ein Leichtes sein, die Welt zu erobern. Ich werde über alles herrschen, und ihr werdet euch alle vor mir verneigen."

Domnu verschwand aus dem Blickfeld, und die Menschen schrien auf und fielen unter Schmerzen auf die

Knie, nachdem sie sie ohne einen Krümel zu essen zurückgelassen hatte.

Neala setzte sich schwer atmend auf, blinzelte schnell auf den Schein, der vom Armaturenbrett kam und versuchte zu erkennen, wo sie waren.

„Es ist alles gut, du bist bei uns. Es war nur ein Traum, Liebes", sagte Dagda und strich mit einer Hand über ihren Oberschenkel, während die andere weiter den Wagen steuerte.

„Ich habe Domnu im Traum gesehen", sagte Neala und zwang sich, ihren Atem unter Kontrolle zu bringen. „Sie will den Kessel benutzen, um sich die Gefolgschaft der Menschen zu sichern. Sie wird alle verhungern lassen, wenn sie diese Schlacht gewinnt."

„Sie wird nicht gewinnen. Das ist eine bekannte Taktik der Götter und Göttinnen", sagte Dagda mit ernster Stimme, während er versuchte, Neala zu beruhigen. „Ein bisschen psychologische Kriegsführung, wenn man so will. In einem Traum aufzutauchen kann das Selbstvertrauen eines Menschen ziemlich erschüttern. Ich persönlich werte das als ein gutes Zeichen."

„Wie bitte?", sagte Neala und drehte sich ganz um, um ihn anzusehen. Bianca und Seamus saßen zusammengerollt auf dem Rücksitz und ruhten sich so gut es ging aus, nur Dagda hielt während der Fahrt in den frühen Abendstunden Wache.

„Es bedeutet, du hast sie nervös machst. Du hast sie in Angst und Schrecken versetzt. Sie hat nicht damit gerechnet, dass wir die Schätze zurückbekommen, geschweige denn, dass wir auf dem Weg sind, uns den vierten zu holen. Wir müssen darauf gefasst sein, dass sie alle Register ziehen wird. Und du musst mental so widerstandsfähig wie möglich bleiben. Das ist kein normaler Kampf. Sie werden Magie einsetzen, um deine Gedanken zu verwirren."

„Und wie mache ich das? Woher soll ich wissen, was eine Täuschung ist und was nicht?", fragte Neala und schob einen Fuß unter ihren Oberschenkel, während sie ihn musterte. Sie griff nach oben, um ihr Haar aus dem dicken Knoten zu ziehen, den sie nach dem Schwimmen gemacht hatte. Jetzt begann sie, es über ihrer Schulter zu entwirren, und fuhr mit den Händen durch die ganze Länge, während Dagda sprach.

„Kopf hoch, Herz auf, sagte Dagda und ließ einen Blick in ihre Richtung gleiten. „Das habe ich dir schon einmal gesagt."

„Das ist nicht immer ganz einfach", erwiderte Neala.

„Sicher ist es das. Man muss einfach darauf vertrauen, was sich für einen richtig anfühlt – egal, was passiert – und daran glauben, dass alles gut wird. Ich würde sagen, es ist, als würde man seiner eigenen Wahrheit folgen, seinem wahren Norden."

„Der wahre Norden", murmelte Neala. „Mein wahrer Norden."

„Ja, was genau genommen nicht der Nordstern oder so etwas ist. Aber poetisch gesprochen, denke ich, dass es bedeutet, dass unsere Seele unser Kompass ist. Dein Norden und der Norden von jemand anderem können sehr unterschiedlich sein – aber beide sind nicht falsch. Aber in der Situation, in der wir uns befinden, wird es dein wahrer Norden sein, deine Seele, die dich auf den richtigen Weg führen wird."

„Das ist eine harte Lektion, nicht wahr? Das Schicksal

der Welt liegt in deinen Händen, also hör auf deine Seele",
spottete Neala und begann, ihr Haar zu flechten.
„Glaubst du nicht, dass man leicht an sich zweifeln
könnte?"

„Man kann bis zu seinem Todestag an sich zweifeln. Ist
das das Leben, das du leben willst? Entscheide dich für eine
Richtung und mache dich auf den Weg. Ich glaube nicht,
dass das zu schwierig für dich ist. Sieh dir an, was du bisher
allein erreicht hast, indem du deinen eigenen Weg gegangen
bist", sagte Dagda und lächelte sie an.

„Ja, aber ich habe auch schon viele Fehler gemacht",
sagte Neala.

„Und ich bin sicher, dass du daraus gelernt hast. Wir
alle machen Fehler. Es ist nur ein Misserfolg, wenn man
nichts daraus lernt", sagte Dagda.

„Es wäre mir lieber, keinen dieser Fehler zu machen,
solange das Schicksal der Welt auf meinen Schultern lastet",
sagte Neala.

„Und mir wäre es lieber, wenn wir nicht gerade von
einer Armee böser Feenkrieger verfolgt würden, die versuchen, uns zu töten, aber hey, so ist es nun mal. Ich wäre viel
lieber in einer gemütlichen Kneipe bei einem Bier, während
mich ein hübsches Mädchen mit Zopf mit ihren
Geschichten unterhält", sagte Dagda.

Neala spürte, wie ihr innerlich warm wurde. „Das wäre
schön", sagte sie und fühlte sich wieder etwas verlegen.

„Dann ist es abgemacht. Wenn das hier vorbei ist, führe
ich dich ins gemütlichste Pub, das ich finden kann, und wir
können stundenlang über alles und nichts reden",
versprach Dagda.

„Griechenland", platzte es aus Neala heraus und sie

wollte sich kneifen. Ein erstes Date sollte keine Reise nach Griechenland sein.

„Griechenland?"

„Ja, ich wollte schon immer mal nach Griechenland. Ich finde, wenn wir schon die Welt retten, sollten wir auch das schöne blaue Wasser Griechenlands sehen", sagte Neala und spürte, wie ihre Wangen in der Dunkelheit des Wagens rot wurden.

„Das ergibt Sinn, schöne Frau. Wenn das hier vorbei ist, führe ich dich zu den schönen blauen Gewässern Griechenlands."

„Oh, das ist so süß", meldete sich Bianca zu Wort, deren Stimme noch in Schlaf gehüllt war. „Können wir mitkommen?"

„Nein!", knurrte Dagda.

# KAPITEL SIEBENUNDVIERZIG

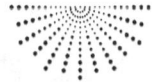

„Hell's Hole? Das Loch der Hölle?", fragte Neala ungläubig und blickte über ihre Schulter zu Bianca zurück.

„Ja, genau. Hell's Hole in Malin's Head ist der nördlichste Punkt Irlands, es sei denn, wir fahren auf eine der kleinen felsigen Inseln. Aber wie ich die Feen kenne, vermute ich, dass sie sich Hell's Hole ausgesucht haben. Schließlich haben sie einen Sinn für Dramatik", sagte Bianca und sah Seamus eindringlich an.

„Was? Ich bin ziemlich ausgeglichen, möchte ich meinen", protestierte Seamus.

„Du hast deine Momente", sagte Bianca.

„Nicht so sehr wie du, mein entzückender süßer Muffin", sagte Seamus, und Bianca gluckste.

Neala sah, wie Dagda sie mit einem nachdenklichen Blick ansah. „Komm bloß nicht auf die Idee, mich jemals einen ‚süßen Muffin' zu nennen", sagte sie, und er lachte – ein echtes, kräftiges Lachen, das das ganze Auto erfüllte.

Sogar Bianca hielt für einen Moment inne. „Wow, der Mann hat tatsächlich gelacht", flüsterte sie.

„Ich lache öfter, wenn ich nicht gerade auf einer Mission zur Rettung der Welt bin", sagte Dagda. „Aber ich finde auch, dass es wichtig ist, dass ich meinen Posten ernst nehme."

„Ich denke, es ist genau die richtige Zeit, um zu lachen", meinte Bianca. „Was bringt uns das ganze Kämpfen, wenn wir das Leben dabei nicht genießen können?"

Biancas Worte hallten in Nealas Kopf wider, als sie später in dieser Nacht in ein Lager im hohen Norden Irlands einfuhren. Dagda hatte gesagt, dass er einige Freunde hatte, die sie für den Rest des Abends unterbringen würden, aber mit so etwas hatte Neala nicht gerechnet. Bianca krähte vor Freude, als der Geländewagen eine unbefestigte Straße hinunterfuhr und die Scheinwerfer auf mehrere Zelte und eine Gruppe von Menschen fielen, die um ein Feuer versammelt waren. Eine Frau, die sicher achtzig Jahre alt war, wenn nicht älter, stand im Licht der Scheinwerfer.

„Clodagh! Wir haben eine Nacht bei ihnen verbracht, als wir auf der Suche nach dem Schwert waren", sagte Bianca eifrig. „Sie haben die tollsten Zelte."

„Fahrendes Volk?", fragte Neala.

„Hast du ein Problem damit?", fragte Dagda und zog eine Augenbraue hoch.

„Nicht im Geringsten. Ich denke, sie wären die perfekten Leute, um uns die Nebenstraßen der Gegend zu zeigen, wo wir hinfahren", antwortete Neala ehrlich.

Dagda lächelte sie an. „Schön, dass du nicht der voreingenommene Typ bist."

Clodagh, die ältere Frau, hatte sie sofort im Lager willkommen geheißen, Dagda geküsst, als wäre er ihr lang vermisster Sohn, und ihnen einen herzhaften Eintopf am Feuer serviert. Als sie einen Krug mit Whiskey am Feuer herumreichte, hielt Neala inne und sah Dagda an. Er stand etwas außerhalb des Kreises, auf der Hut wie immer. Aber er nickte ihr zu, und sie nahm einen kräftigen Schluck, wobei sie sich versprach, dass dies alles für den Abend sein würde.

Die Gruppe war heiter, es wurde viel gelacht und sogar etwas getanzt, wobei Bianca und Seamus fröhlich mitmachten. Neala überlegte, ob sie es auch tun sollte, denn Bianca hatte Recht – wenn wir morgen sterben könnten, sollten wir heute Abend tanzen–, aber dann ließ sich Clodagh auf einem Baumstumpf neben Neala nieder.

„Ihr habt eine gewaltige Schlacht vor euch", sagte Clodagh ohne Vorrede.

„Das stimmt vermutlich", gab Neala zu und begegnete den Augen der alten Frau, in denen die Weisheit ihrer Jahre lag.

„Ist er dein Mann?", fragte Clodagh und nickte mit dem Kinn auf Dagda, der gerade außerhalb des Kreises stand.

„Ich weiß nicht recht, wie ich darauf antworten soll", sagte Neala, und das war die Wahrheit – sie wusste es nicht. Sie hatten sich nicht unbedingt einander versprochen. Sie hatten sich nur versprochen, es zu versuchen.

„Man muss nicht alle Antworten kennen, um darauf vertrauen zu können, dass alles so wird, wie es sein soll", sagte Clodagh und wippte mit einem Fuß im Takt der Trommel.

„Leichter gesagt als getan", sagte Neala und zupfte an ihrem Zopf, während sie das Feuer betrachtete. Sie machte sich Sorgen.

„Sorgen sind etwas für einen anderen Tag. Jetzt ist die Zeit des Gebens", sagte Clodagh sanft und stupste Neala mit der Schulter an. „Gib deinem Mann Liebe."

„Ich weiß nicht, ob ich ihn liebe. Oder ob er mich liebt", protestierte Neala.

„Du musst Liebe geben, um Liebe zu bekommen. Vergiss das nicht. Und jetzt ab ins Bett mit euch allen. Wir können tanzen, wenn die Schlacht gewonnen ist", sagte Clodagh und ließ keine weiteren Kommentare zu. Mit einem Klatschen in die Hände endete die Musik und alle schlurften zu ihren Lagern. Clodagh hatte ihr ihr Zelt gezeigt, als sie angekommen waren, und Neala machte sich auf den Weg dorthin, nachdem sie einer kichernden Bianca gute Nacht gesagt hatte, die mit Seamus zu ihrem Zelt eilte. Sie hatte keine Zweifel, wie sie die Zeit bis zum Morgen nutzen würden.

Vielleicht sollte sie sich ein Beispiel an Bianca nehmen. Lebe im Augenblick, denn niemand weiß, was der Morgen bringen wird. Und, wie Clodagh sie so gewissenhaft ermahnt hatte, musste sie Liebe geben, um Liebe zu bekommen. Als sie sich daran erinnerte, wie bereitwillig Dagda in der letzten Nacht gegeben hatte, sich aber geweigert hatte, zu nehmen, beschloss sie, dass es an der Zeit war, den Spieß umzudrehen.

Eine Öllaterne brannte hell in der Ecke, und Neala ging zu ihr hinüber und drehte den Docht herunter, bis nur noch ein schwacher Schein das Zelt erhellte. Das musste sie diesen Leuten lassen; obwohl sie in Zelten wohnten, waren sie alles andere als schäbig. Mit einem schönen Boden und einem Doppelbett, das mit weichen Decken und vielen Kissen ausgestattet war, war es so gemütlich, wie man es sich nur wünschen konnte.

Mit einem Blick auf die Zeltklappe zog sie sich schnell aus und löste ihr Haar aus dem Zopf, so dass es ihr über die Schulter fiel. Dann kletterte sie ins Bett und zog ein Laken über ihren Körper. Ihr Puls beschleunigte sich, während sie darauf wartete, dass Dagda das Zelt betrat, wohl wissend, dass er immer noch draußen patrouillierte und die Umgebung auf mögliche Gefahrenherde überprüfte. Als sich die Zeltklappe schließlich öffnete und Dagda hineinkam, spürte Neala, wie ihr ganzer Körper vor Verlangen nach ihm warm wurde.

Er hielt inne und musste sich aufgrund seiner Körpergröße ein wenig ducken. Seine Augen waren auf ihre gerichtet.

„Ich kann draußen schlafen", beschloss Dagda und machte einen Schritt nach draußen.

Neala sprang auf, stürmte zu ihm, packte ihn am Arm und zog ihn herum, so dass er auf sie herabblickte, eine stürmische Frau in ihrer ganzen Pracht.

„Du wirst heute Nacht nicht draußen schlafen. Du wirst mit mir in diesem Bett schlafen", befahl Neala und begann, ihn auszuziehen. Zuerst protestierte er, aber mit jedem strengen Blick, den sie ihm zuwarf, und jedem Kleidungsstück, das sie ihm auszog, wurde sein Protest ein wenig schwächer. Als sie ihn schließlich vor sich stehen hatte – und einen schöneren Mann hatte sie noch nie gesehen – atmeten beide schwer vor Erregung.

„Neala, ich..." sagte Dagda, wobei sein Blick wieder zur

vorderen Klappe wanderte, „ich sollte draußen sein und auf dich aufpassen, während du schläfst."

„Nein, das solltest du nicht", sagte Neala, hob seine Hand und drückte ihm einen Kuss auf die Handfläche. Sie führte ihn zum Bett und schob ihn sanft darauf, bis er vor ihr saß, während sie stand. „Ich brauche dich genau hier. Bei mir." Ohne ein weiteres Wort zu sagen, führte sie seine Hand an ihr Herz und presste ihre Lippen auf seinen Mund.

„Aber... wir sind mitten in einer Schlacht", sagte Dagda, der sich einmal mehr um Ehrbarkeit bemühte.

„Und wir werden morgen kämpfen. Aber heute Nacht... möchte ich dir meine Liebe schenken", sagte Neala und ihr Atem strich sanft über seine Lippen. „Lass sie mich dir zeigen."

„Nein, ich sollte sie dir geben", sagte Dagda, während er ihr mit störrischer Miene seine Hände um die Hüften legte.

„Heute Nacht habe ich das Sagen, Dagda. Da du mein Beschützer bist, verlange ich, dass du meine Befehle befolgst", sagte Neala mit strenger Stimme.

Dagdas Mund blieb offen stehen, er suchte nach Worten und nach dem Gefühl, die Situation unter Kontrolle zu haben. Als er merkte, dass es vergeblich war, ließ er sein Gesicht auf ihre Brust sinken und umarmte sie.

„Da ist mein Mann... mein Bär", flüsterte Neala. „Und nun, leg dich zurück und lass mich dich lieben."

# KAPITEL ACHTUNDVIERZIG

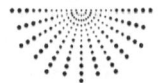

Neala zitterte, als er sich auf dem Bett ausstreckte und seine Muskeln spannten sich an seinem Körper, als er seine Hände nach ihr ausstreckte.

„Nein, ich habe das Sagen. Verschränke die Arme hinter deinem Kopf", befahl Neala und täuschte eine Kühnheit vor, die sie nicht unbedingt empfand. Dieser Mann war weitaus erfahrener als sie. Seine träge Sinnlichkeit war gleichzeitig erregend und einschüchternd. Als er sich streckte und die Arme hinter dem Kopf verschränkte, um ihre Anweisung zu befolgen, spürte Neala, wie ihr der Mund trocken wurde angesichts der schieren Männlichkeit und Stärke, die sich vor ihr zeigte.

Gib Liebe, erinnerte sich Neala. Zeig sie ihm.

Sie hockte sich neben ihn aufs Bett, beugte den Kopf und ließ ihr Haar über seine Brust wandern, wobei sie ihre Lippen leicht über die Muskeln an dieser Stelle streifen ließ. Langsam ließ sie eine Reihe von Küssen über seine Brust gleiten und streifte dabei leicht mit ihren Brüsten über ihn, wobei sich ihre Brustwarzen beim Berühren seiner Haut aufstellten. Sie benötigte eine bessere Position und so setzte sich Neala kühn auf ihn.

Dagda stöhnte ganz leicht auf und nahm seine Hände vom Kopf.

„Hände hinter den Kopf", befahl Neala, und er brummte, tat aber, wie ihm geheißen. Sie lehnte sich ein wenig zurück, sah auf den bemerkenswerten Mann unter ihr herab und bewunderte alles, was Dagda ausmachte. Schon seit Tagen beobachtete sie ihn und bemerkte, wie selbstsicher er in jeder Situation wirkte, wie er die Dinge mal mit ruhiger Beherrschung, mal mit grimmiger Tapferkeit bewältigte. Das einzige Mal, als sie ihn verunsichert erlebt hatte, war, als er hatte zeigen müssen, dass er bereit war, verletzlich zu sein.

Für sie.

Und jetzt lag er hier und schenkte ihr wieder seine Verletzlichkeit, indem er ihr die Kontrolle überließ. Sie lächelte ihn an, strahlte, als ob ihr ganzes Wesen von Licht durchflutet wäre, und da er nicht anders konnte, strahlte er zurück.

Neala beugte sich vor, ließ ihre Hände über seine muskulöse Brust gleiten und küsste seinen Hals. Sie sog seinen Duft ein – so moschusartig und männlich – und knabberte sanft an seinem Ohr. Als sie schließlich zu seinem Mund vordrang, stöhnte Dagda auf.

Einen starken Mann zum Stöhnen zu bringen – nun, das war ermächtigend und berauschend, entschied Neala und drang tiefer in seine Lippen ein. Sie küsste ihn, bis sie beide heftig atmeten und das langsame Gleiten der Zungen zu einem Tanz aus Hitze und Vorfreude wurde. Neala schmiegte sich an ihn, sie wollte bereits mehr, ihr Körper schrie danach, von ihm berührt zu werden.

Ohne auf die Bedürfnisse ihres Körpers zu achten, löste sich Neala von ihm und küsste sich langsam an seinem Körper hinunter.

„Habe ich dir schon gesagt, wie attraktiv ich dich finde?", fragte Neala und hielt inne, um seinen Brustwarzen Aufmerksamkeit zu schenken, indem sie sie mit ihren Zähnen rieb, bis er unter ihr zuckte.

„Das hast du nicht", sagte Dagda, stoßweise atmend.

„Ah, das tut mir leid", sagte Neala und fuhr fort, seine Brust zu erkunden, wobei ihre Zunge über alle Wölbungen und Furchen glitt und ihre Hände die starken Muskeln seiner Arme streichelten. „Habe ich dir schon gesagt, wie sehr ich es mag, dass du auf mich aufpasst?"

„Äh, das hast du nicht", sagte Dagda und stöhnte leise, als sie seine Bauchmuskeln erreichte und ihre Zunge über das Waschbrett glitt, das sie dort fand.

„Habe ich dir schon gesagt, dass ich glaube, dass du ein gutes Herz hast?", fragte Neala und hielt inne, um ihn unter schweren Augenlidern anzuschauen.

„Das hast du nicht... Neala, du musst diese Dinge nicht sagen..." Dagdas Worte verstummten, als sie ihn anfunkelte.

„Habe ich dir schon gesagt, dass ich dich unglaublich finde und dass ich noch nie jemanden wie dich getroffen habe?", fragte Neala, ihre Augen immer noch auf seine gerichtet.

„Nein", sagte Dagda. Das Wort kam ihm wie ein Stoßseufzer über die Lippen.

„Dann muss ich es dir wohl zeigen", sagte Neala und

küsste sich bis zu der Stelle, an der er sie am meisten begehrte, ließ ihn tief in ihren Mund gleiten, bis er in Ekstase aufstöhnte. Sie ließ sich Zeit und genoss das Gefühl, wie er schwer in ihrer Hand und ihrem Mund war, während sie sich den Weg zur Vollendung leckte, was sie genauso erregte wie ihn.

„Hey!" Neala schnappte nach Luft und war überrascht, als sie von ihm hochgehoben wurde, wobei sich seine Arme eindeutig nicht mehr hinter seinem Kopf befanden. Er setzte sich auf und zog sie zu sich heran, so dass sie auf ihm saß und sein Blick dem ihren direkt begegnete.

„Ich habe noch nie irgendjemanden in meinem Leben so sehr begehrt wie dich, Neala. Du strahlst, du bist mein Licht, mein wahrer Norden, mein Ein und Alles. Ich habe mich so danach gesehnt, mit dir zu sein", sagte Dagda, und seine stürmischen Augen hielten die ihren fest.

„Ich möchte dir meine Liebe zeigen, Dagda. Ich fühle sie. Sie macht mir Angst. Es fühlt sich zu früh an oder... ich weiß es nicht, aber ich lasse mich nicht von der Angst davon abhalten, zu wissen, was ich fühle. Und ich weiß, dass ich dabei bin, mich in dich zu verlieben, wenn ich nicht schon in dich verliebt bin", sagte Neala und schmiegte sich an ihn, während er sie in seinen Armen hielt.

„Ich habe mich sofort in dich verliebt, als ich dich sah. Du hast mich in den Bann gezogen wie keine andere", sagte Dagda.

„Sei mit mir, Dagda, mach mich ganz", sagte Neala, und er füllte sie mit einem einzigen köstlichen Stoß. Sie warf ihren Kopf zurück, ihre Haare fielen ihr über die Schulter, als sie vor Lust aufstöhnte, und ihre Muskeln spannten sich sofort um ihn. Dagda vergrub sein Gesicht in ihren Brüsten und kümmerte sich sorgfältig um die empfindlichen Kuppen, was sie so schnell über die Klippe brachte, dass sie aufschrie und von purer Ekstase erfüllt wurde, während sie eins wurden.

Und als es vorbei war, fing Dagda von vorne an und zeigte ihr, wie sehr es auch ihm gefiel, zu geben, bis Neala, erfüllt von Liebe und Lust, in einen traumlosen Schlaf glitt, an seine Brust gekuschelt und mit dem Gefühl, endlich ein Zuhause gefunden zu haben.

# KAPITEL NEUNUNDVIERZIG

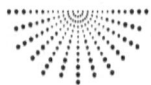

„Heute Nacht ist Vollmond", informierte Clodagh sie am nächsten Tag. Es war bereits Mittag und die Fahrenden packten ihr Lager zusammen, um sich für die bevorstehende Reise zu rüsten. Sowohl Neala als auch Dagda waren schockiert darüber gewesen, wie lange sie geschlafen hatten; Dagda hatte sogar ein paar wütende Worte mit Clodagh deswegen gewechselt.

„Dein Mann macht sich Sorgen", sagte Clodagh und deutete auf Dagda, der mit einer einstudierten Präzision, die seinen Ärger verbergen sollte, seine Sachen packte.

„Er war nicht glücklich darüber, dass wir so lange geschlafen haben. Ich glaube, er meint, er müsse immer wach sein und mich ständig beschützen", sagte Neala achselzuckend.

„Ruhe ist gut für die Seele. Genauso wie das Liebesspiel", sagte Clodagh und ihre Augenfältchen kräuselten sich. „Ich sehe, du hast ihm deine Liebe geschenkt."

„Das habe ich", sagte Neala und errötete ein wenig, als sie an ihre gemeinsame Nacht dachte.

„Gut. Sag deinem Mann, er solle sich keine Sorgen machen. Die Schlacht findet heute Abend statt. Wir werden alle gehen", sagte Clodagh, stand auf und streckte sich.

„Warte, woher weißt du, dass es heute Abend ist?" Neala rappelte sich überrascht auf.

„Ich lausche dem Wind. Das solltest du auch, meine Hübsche, denn du herrschst über ihn. Der Fluch ist heute um Mitternacht vorbei. Du wirst diesen Kampf heute Nacht nicht allein kämpfen."

„Warte ..." Neala blieb der Mund offen stehen. Sie war völlig geschockt. „Ich dachte, wir hätten mehr Zeit. Was meinst du damit, dass es heute Nacht endet? Woher weißt du das?"

„Wir haben im Laufe der Jahrhunderte ein paar fehlende Tage zu berücksichtigen, meine Liebe. Feen-Berechnungen liegen oft ein wenig daneben. Vertraue mir, wenn ich sage, dass wir heute Abend kämpfen werden."

Neala wartete nicht, um noch mehr zu hören, und rannte quer durch das Lager zu den anderen, die beim Geländewagen standen.

„Es ist heute Nacht. Man sagt, dass der Fluch heute Nacht endet. Um Mitternacht. Große Schlacht heute Nacht", keuchte Neala und zitterte fast vor Sorge.

„Wir haben es gerade gehört", sagte Bianca und zog Neala in eine Umarmung. „Es wird alles gut. Die Fahrenden werden mit uns kommen. Wir haben Verstärkung."

„Wir brauchen mehr als sie! Wir brauchen eine Armee! Wir wissen nicht, was auf uns zukommt", sagte Neala und spürte, wie die Panik in ihr hochkroch und sie zu ersticken drohte.

„Nein, das tun wir nicht", sagte Dagda und zog sie zu sich. Seine Hände ruhten auf ihren Schultern und sie neigte ihren Kopf nach oben zu ihm.

„Es ist einfach zu viel. Ich schaffe das nicht allein", keuchte Neala und war den Tränen gefährlich nahe. Sie hatte all diese Menschen, die sie auf ihrem Weg getroffen hatte, liebgewonnen, und die Angst, sie zu enttäuschen, die Zukunft für Gwens Tochter zu zerstören – all das drohte sie zu überwältigen.

„Du bist nicht allein. Egal, was passiert", sagte Dagda und strich mit seinen Lippen sanft über die ihren. „Vergiss nicht, dass du mir deine Liebe gegeben hast. Und ich habe dir meine gegeben. Egal, wo du stehst, ich bin bei dir."

Seine Worte beruhigten sie und Neala nickte, in der Hoffnung, dass sie, wenn die Zeit gekommen war, in der Lage sein würde, dem Glauben aller an sie gerecht zu werden. Denn im Moment war sie nicht sehr zuversichtlich, dass sie die richtigen Antworten haben oder stark genug sein würde, um dem Ansturm der dunklen Feen, die zum Äußersten entschlossen waren, frei in dieser Welt herumzulaufen, etwas entgegenzusetzen.

„Wir sind auch bei dir, Neala", sagte Bianca hinter ihr, und Neala drehte sich um, um ihr ein wässriges Lächeln zu schenken. „Ich weiß, wir scheinen nicht viele zu sein, aber wir haben uns bisher wacker geschlagen. Was ist schon eine weitere Schlacht?"

„Ich finde, ihr seid großartig", sagte Neala.

„Hast du das gehört, Bianca? Ich bin großartig", sagte Seamus und stieß Bianca mit dem Ellbogen an.

„Ich glaube, sie hat mich gemeint", sagte Bianca.

„Sie hat von uns gesprochen", meinte Seamus und folgte ihr um das Auto herum, während sie weiter zusammenpackten. Und schon waren sie wieder dabei, zu scherzen und zu lachen, und die Schwere dessen, was vor ihnen lag, rückte in den Hintergrund.

Dieses Gefühl begleitete Neala den ganzen Nachmittag bis in die Abenddämmerung, als sie sich dem berüchtigten Höllenloch näherten. Warum, musste diese Schlacht ausgerechnet an einem Ort mit einem solchen Namen stattfinden? Hell's Hole. Es war, als ob die Domnua wussten, dass es sie nervös machen würde. Psychologische Kriegsführung, hatte Dagda gesagt, konnte genauso mächtig sein wie echte Kriegsführung. Dagda fuhr den Geländewagen an die Stelle, wo Clodagh stand, einen langen Spazierstock in der Hand.

„Das ist weit genug. Den Rest gehen wir zu Fuß."

Sie hatten beschlossen, sich Hell's Hole über einen Umweg zu nähern, anstatt den direkten Weg zu nehmen. Soweit Neala wusste, handelte es sich um eine tiefe Erdspalte, die sich durch die Felsen zog und die wie ein tiefes, blaues Wassergrab aussah. Unter bestimmten Bedingungen schlugen die Wellen gegen die Felswände und schickten Wassertürme in den Himmel, deren Kraft jeden mitreißen konnte, der dumm genug war, sich in der Nähe aufzuhalten. Das klang nach dem perfekten Ort für eine Schlacht, dachte Neala – felsig, gefährlich und unberechenbar. Großartig.

Sie liefen in einer Reihe und bahnten sich ihren Weg durch das felsige Gelände, während die letzten Sonnenstrahlen den Weg für sie erhellten. Neala fühlte sich angespannt, bereit für alles, und sie ging noch einmal alles durch, was sie auf ihrem Weg gelernt hatte. Sie fühlte sich, als stünde sie kurz vor der Prüfung ihres Lebens, und man hatte ihr die falschen Unterlagen zum Lernen mitgegeben.

„Alsooooo." Bianca zog das Wort in die Länge. Sie hatte sich zurückfallen lassen, so dass sie nun vor Neala ging. „Erzähle es mir in allen Einzelheiten."

„Was?", fragte Neala, immer noch in Gedanken.

„Das mit Dagda, natürlich. Es ist offensichtlich, dass ihr beide letzte Nacht mehr als nur geschlafen habt. Im Ernst, ich hätte mich beinahe nochmal auf Seamus gestürzt, bei all der sexuellen Energie, die ihr heute Morgen versprüht habt". Bianca fächelte sich Luft zu, und Neala musste trotz allem lächeln.

„Es war der Wahnsinn", gab Neala zu.

„Kann ich mir denken. Man muss sich den Mann nur ansehen", sagte Bianca.

„Das habe ich getan. Und mehr." Neala lächelte wieder bei der Erinnerung an seine Hände auf ihrem Körper und seine Liebesversprechen.

„Kam das L-Wort zur Sprache?", fragte Bianca.

„Ja. Wir… wir fühlen dasselbe", sagte Neala und Bianca quietschte auf und drehte sich um, um Neala in eine schnelle Umarmung zu ziehen. Die ganze Reihe drehte sich sofort um und Neala hielt ihre Hand hoch.

„Entschuldigung, Entschuldigung. Es ist alles in Ordnung. Geht weiter", sagte Neala und errötete angesichts des wissenden Blicks in Clodaghs Augen.

„Es tut mir leid. Ich freue mich einfach so. Ich möchte, dass alle so glücklich sind wie Seamus und ich", sagte Bianca mit einer solchen Offenherzigkeit und einem solchen Wohlwollen, dass es Nealas Herz schmelzen ließ. Sie kannte diese Frau erst seit weniger als einer Woche und hier war sie und freute sich auf diese Weise über Nealas Glück. Es war eine Gabe und eine Stärke, eine solch gebende Geisteshaltung zu haben, dachte Neala.

„Ich weiß das zu schätzen, wirklich", sagte Neala. „Ich will nicht das Thema wechseln, aber kannst du mir noch einmal sagen, woher ich wissen soll, wie ich diesen Kessel finde?" Das war schon seit Tagen ein Knackpunkt für Neala. Sie wollten in den Kampf ziehen und sie sollte einfach... was, herumlaufen, bis sie irgendwo einen leuchtenden Kessel fand? Das ergab für sie keinen Sinn.

„Der Kessel der Fülle", brummte Bianca und wirbelte mit einem Finger in der Luft. „Niemand verlässt ihn hungrig. Er kann Völker über Völker, Armeen über Armeen ernähren. Er war ein außerordentlich begehrter Schatz, denn selbst wenn man mit den besten Waffen in den Kampf zieht – wie dem Schwert und dem Speer, die du gerade trägst –, es spielt keine Rolle, wenn deine Armee oder dein Volk verhungert. Er dient dem grundlegendsten und damit einem der wichtigsten Bedürfnisse."

Er gibt, dachte Neala. Es war ein wiederkehrendes Thema auf ihrer Reise gewesen – das Geben. Geben von Liebe, Großzügigkeit des Geistes, Geben von Zeit, Geben von Freundschaft, Geben von Nahrung – bei allem ging es ums Geben. Sie fragte sich, ob das der Schlüssel war, den sie brauchte, um dieses Rätsel zu lösen. War es die Macht des Gebens, von der im Hinweis die Rede war?

Es blieb keine Zeit mehr zum Nachdenken, denn von vorne ertönte ein Schrei. Sie waren an einer Erhöhung zum Stehen gekommen. Links unten schwappte das Wasser, und vor ihnen lag ein Abhang, der zu der Erdspalte führte, von der Neala wusste, dass sie Hell's Hole sein musste. Aber es war nicht der Anblick des drohenden Unheils, der ihr fast die Knie erweichen ließ – oh nein, das war es nicht. Denn als die Sonne dem Tag ihren letzten Kuss gab und die Nacht hereinbrach, bot sich Neala ein Anblick, auf den sie nichts hätte vorbereiten können.

„Sie sind hier."

# KAPITEL FÜNFZIG

Neala traten Tränen in die Augen, und Bianca umklammerte atemlos ihren Arm, als sie das Heer und seine Anführer sahen, die vor ihm standen.

Clare und Blake, Sasha und Declan, Gwen und Lochlain – sie alle standen mit verschränkten Armen und hoch erhobenen Köpfen vor der Göttin Danu, deren violettes Leuchten das Feld um sie herum erhellte. Und oh, eine schwach leuchtende Armee von Danula stand bereit und erstreckte sich über weite Flächen.

„Schau!" Bianca keuchte und zeigte auf das Meer unter ihr, wo es von Meerjungfrauen und Wassermännern wimmelte. Unzählige Dreizacke glitzerten vor Magie, eine stattliche Wasserarmee stand bereit.

Neala konnte nur den Kopf schütteln angesichts der magischen Wesen, Meerjungfrauen, Feen, Elfen – und war da etwa auch ein Kobold? Menschen, Fahrende und Göttinnen standen gleichermaßen bereit, um ihr den Rücken zu stärken und für das Licht in der Welt, wie sie sie kannten, zu kämpfen. Zum ersten Mal blühte Hoffnung in

Nealas Seele auf. Sie ließ Biancas Arm los und schritt auf die Göttin Danu zu.

Sie sah aus wie ihre Schwester, dachte Neala, als sie zum Stehen kam und sich vor der Göttin verneigte. Unerbittlich schön, aber auf eine warme Art. Wo Domnus Schönheit tödlich gewesen war, schien einen Danus Schönheit sanft einzuhüllen und die Seele zu wärmen. Sie war die helle Seite des Mondes, der Regenbogen nach dem Regen – und in ihrer Gegenwart war Neala danach, vor Freude zu weinen.

„Göttin", sagte Neala.

„Sucherin, du hast dich gut geschlagen. Es wird eine harte Nacht werden. Habe Vertrauen in dich", sagte die Göttin Danu und wirbelte herum, als ein Schrei über das Land ging. Eissplitter des Bösen regneten auf sie herab, während die Domnua aus dem Loch der Hölle strömten, in einer Flutwelle, die groß und blendend war.

„Kopf hoch, Herz auf", sagte Dagda und küsste sie seelenruhig, dann stand er vor ihr, das Schwert im Anschlag, während der Kampf über sie einbrach, als wäre eine Bombe explodiert.

Neala hatte keinen Bezugsrahmen für diese Situation. Es war wie ein Wolkenbruch – nein, wie ein Orkan des Bösen, der sich mit solcher Wucht entlud, dass es ihr unmöglich war, noch einen Gedanken zu fassen. Alles, was sie tun konnte, war zu reagieren. Sie entschied sich für den Speer als Waffe, denn man hatte ihr gesagt, dass man gegen ihn keine Schlacht gewinnen konnte, also ließ sie das Schwert an ihrer Seite baumeln und stürzte sich nach vorne, wobei sie alles niedermachte, was auch nur ansatzweise silbrig schimmerte.

Schlachten mögen in Filmen glorreich erscheinen, aber

in Wirklichkeit waren sie äußerst beängstigend und ließen Neala keine Zeit, um zu Atem zu kommen, geschweige denn nach dem Kessel Ausschau zu halten. So sehr sie sich auch bemühte, sie konnte nichts erkennen als die Welle von Domnua, die sich ihren Weg vorwärts bahnte. Und die Schreie – oh, die Schreie der Sterbenden reichten aus, um sie bis ins Mark zu erschüttern, und sie betete, dass niemand, den sie liebte, in dieser Nacht verletzt werden würde.

Gerade als sie glaubte, sie kämen voran und die feindliche Armee würde sich etwas zurückziehen, fielen sie vom Himmel. Geflügelte Bestien silberner Wut. Neala wurde von den Klauen einer Geierbestie vom Erdboden gerissen, die Krallen gruben sich so tief in ihre Seiten, dass das Blut in Strömen zu fließen begann. Das letzte, was sie sah, war eine in Panik geratene Bianca, die zum Himmel schrie, und dann wurde Neala in die wimmelnde Grube des Höllenlochs fallen gelassen.

# KAPITEL EINUNDFÜNFZIG

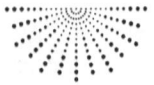

Am schockierendsten war die Stille. Nicht der Schmerz der Landung auf einer scharfen Felsklippe, auch nicht die magischen Wunden in ihrer Seite, die brannten, als hätte man ihr heiße Schüreisen in die Rippen gesteckt. Neala rang nach Atem und blinzelte gegen die Dunkelheit an. Sie wusste nicht, wo sie gelandet war.

„Dumme Menschen. Sie kämpfen immer, als ob sie eine Chance hätten."

Neala hustete und kämpfte sich auf die Beine, wobei sie sich mit einer Hand am Felsvorsprung festhielt, auf dem sie stand, und mit der anderen den Speer vor sich hielt.

Die Göttin Domnu stand hocherhobenen Hauptes vor ihr, ihre Augen zuckten vor Wahnsinn, passend zu den Haaren, die wild um ihren Kopf wirbelten. Neala blickte auf, um zu sehen, dass sie in das Höllenloch gestürzt war. Ihre Landung war durch einen Felsvorsprung unterbrochen worden, der aus der ansonsten steilen Felswand ragte. Sie konnte von weitem die Schreie des Kampfes über ihr hören, aber nicht das Wasser unter ihr. Es war, als ob sie sich in einer magischen Blase befand.

Eine Schneekugel, dachte sie stumm und schüttelte den Kopf. Als befände sie sich in einer Schneekugel aus Magie, und nun stand sie der Königin des Eises selbst gegenüber. Als sie unter sich blickte, sah sie, wie die Meerjungfrauen versuchten, das magische Kraftfeld zu durchbrechen, das Domnu errichtet hatte, was ihren Verdacht erhärtete, dass der letzte Kampf – der wahre Kampf – nur zwischen Neala und der dunklen Göttin selbst stattfinden würde.

„Wir schaffen uns unsere Chancen", parierte Neala, die um Zeit rang, während sie versuchte, den Atem wiederzu-finden, der ihr durch den Sturz weggeblieben war.

„Nichts ist Zufall. Verstehst du nicht, dass alles vorher-bestimmt ist? Und hier bist du nun, mit allen Schätzen, die ich brauche, bei mir. Die Uhr tickt, während wir sprechen", sagte Domnu, zwirbelte eine Haarlocke um ihren Finger und zog ihn lachend wieder weg. Silbernes Blut tropfte vom Finger, an der Stelle, wo ihr eigenes Haar sie gebissen hatte.

„Wir haben noch Zeit", sagte Neala mit Blick auf Domnus Wahnsinn.

„Die Zeit vergeht in der Magie schneller. Was in eurem Reich eine Minute ist, ist hier das Dreifache." Domnu zuckte unbeteiligt mit den Schultern.

„Du hast immer noch nicht den Kessel. Ohne ihn kannst du nicht gewinnen", sagte Neala, ziemlich sicher, dass sie Recht hatte, aber nicht ganz sicher. Niemand hatte sie darüber aufgeklärt, was passierte, wenn nicht alle vier Schätze gefunden wurden.

„Deshalb bist du hier. Verstehst du denn nicht? Wenn du mir den Kessel gibst, habe ich gewonnen. Die Macht wird mein sein. Ich kann mich und alle, die ich will, für immer ernähren. Es wird keine Hungersnot geben, solange ich das sage. Wenn ich verärgert bin, wird die Welt vor Hunger sterben. Das ist das Schöne an der Macht, die ich jetzt ausüben werde. Ich habe das Sagen", krähte Domnu und tanzte geradezu auf dem Felsvorsprung vor Neala.

Aber das war keine Macht. Ein Gedanke nagte tief in Nealas Hinterkopf und sie kämpfte sich durch den Nebel ihres Geistes, um ihn zu erreichen.

„Ich habe den Kessel nicht. Du hast keine Macht", sagte Neala stattdessen und suchte immer noch verzweifelt in ihrem Kopf. Worum war es bei dem Hinweis noch einmal gegangen?

„Du hast ihn! Gib ihn her!", kreischte Domnu, und dann konnte Neala nicht mehr denken. Die Göttin peitschte mit Magie auf sie ein, schnitt über ihre Brust und ihre Beine und verwundete sie so tief, dass das Blut zu fließen begann. Neala keuchte auf, während der Lebensstrom aus ihrem Körper zu sickern begann und die Felsen zu ihren Füßen befleckte. Als die Göttin ihren Arm erneut hob, holte Neala mit dem Speer aus und versetzte der Göttin einen Hieb, der sie stürzen ließ. Sie rutsche auf der Kante aus und prallte auf die Felsen zu Nealas Füßen. Ein Ausdruck des Schocks huschte über das Gesicht der Göttin, als sie zu Neala aufblickte, während sie ihre Hand auf die Brust legte, wo silbernes Blut aus einer Wunde floss.

„Du wirst niemals gewinnen. Deine Freunde sind bereits tot. Dein Mann? Er ist verschwunden. Ich habe eine spezielle Armee hinter ihnen hergeschickt. Du wirst nichts haben und für nichts sterben. Die Zeit des Fluches ist vorbei, genau jetzt – ich kann es fühlen. Ich werde mich erheben und die Macht wird mir gehören – mir und meinem Volk", keuchte Domnu, die ihre Brust umklammert hielt.

Neala hob den Speer und holte zum tödlichen Schlag aus, außer sich vor Wut, weil sie wusste, dass all die guten Menschen, die sie über alles liebte, wegen der Machtgier einer einzelnen Frau sterben würden. Und als sie ihn schwang, erinnerte sie sich an Dagdas Worte.

Kopf hoch, Herz auf.

Neala hielt den Speer wenige Zentimeter vor Domnus Kehle entfernt, als plötzlich die Antwort kam, während die letzten Sekunden des Fluchs abliefen.

Sie sah Domnu an und streckte ihre Hand aus.

„Du... du Närrin", keuchte Domnu und ihr Gesicht leuchtete vor Freude.

„Nein, nicht ich bin die Närrin, sondern du. Macht kommt nicht daher, dass man von anderen nimmt. Wahre Macht kommt vom Geben – Liebe geben, Großzügigkeit geben und Chancen geben. Du nennst uns Menschen vielleicht dumm, weil wir so handeln, aber auf diese Weise erlange ich meine Macht. Der Kessel der Fülle ist nicht dazu gedacht, als Machtinstrument benutzt zu werden, um anderen zu schaden. Sein einziger Wunsch ist es, zu geben. Und deshalb, Domnu, werde ich die Dunkelheit nicht mit der Dunkelheit bekämpfen. Ich gebe dir mein Licht und helfe dir, aufzustehen."

Domnu warf den Kopf zurück und heulte auf, die Blase der Magie zerbarst um sie herum, die Geräusche des Kampfes über und unter ihnen dröhnten in die Höhle, die Wände bebten vor Domnus Wut, als der Kessel zu Nealas Füßen erschien und Domnu aus dem Blickfeld verschwand, wieder einmal verdrängt in die dunkle Unterwelt, die für immer ihr Gefängnis sein würde.

Neala sank auf die Knie und schlang ihre Arme um den Kessel, während Blut und Tränen aus ihr herausflossen. Denn obwohl sie die Welt gerettet hatte, hatte sie ihre Freunde im Stich gelassen. Da sie nichts mehr hatte, wofür es sich zu leben lohnte, schloss sie ihre Augen und überließ sich dem Unbekannten.

# KAPITEL ZWEIUNDFÜNFZIG

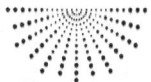

„Wach auf. Wach auf, meine Gesegnete", rief ihr eine Frauenstimme zu.

Neala kämpfte mit sich. Sie wollte ihre Augen nicht öffnen, die Traurigkeit drückte sie nieder. „Ich will nicht", sagte sie und wandte den Kopf von der kühlen Hand ab, die sich an ihre Wange presste.

„Du musst. Die Flut steigt, und du wirst noch gebraucht", sagte die Stimme wieder, diesmal fester, und etwas Kühles wurde an ihre Lippen gedrückt. Neala schluckte die Flüssigkeit, die so schmeckte, wie sie sich den Geschmack von Sternenglanz vorstellte, und spürte, wie sich ihr Inneres vor Freude über das, was sie erfüllte, verflüssigte.

Als sie die Augen aufschlug, sah sie eine Frau vor sich knien, engelsgleich in ihrer Schönheit. Neala kauerte noch immer auf dem Felsvorsprung in der Höhle, die berühmten Schätze zu ihren Füßen, und die letzten Momente der Schlacht kamen ihr wieder in den Sinn.

„Meine Freunde..." Neala versuchte, sich aufzusetzen, aber die Frau hielt sie mit der Hand zurück.

„Schhh, gib der Magie einen Moment Zeit, um zu wirken." Die Frau lächelte sie so liebevoll an, dass Neala genauer hinsah. Sie kam ihr auf seltsame Weise bekannt vor.

„Mutter?" Neala blinzelte und erkannte jetzt, warum die Frau ihr so bekannt vorkam. Sie hatten dieselben Augen und denselben Mund.

Die Frau nickte. „Ja, meine gesegnete und schöne Tochter. Ich bin überglücklich vor Freude über die Lektionen, die du auf diesem Weg gelernt hast. Nicht viele hätten ein so dunkles Wesen so nähren können, wie du es getan hast."

„Ich habe sie nicht genährt", protestierte Neala.

„Als Göttin der Nahrung und der Familie sage ich, dass du es getan hast", lachte ihre Mutter. Ihre Stimme war wie ein freudiges Klingeln. „Du hättest sie bestrafen können, aber du hast dich entschieden, ihr Liebe und Vergebung zu schenken. Das ist Fürsorge, wie ich sie noch nie gesehen habe. Ich bin so stolz auf dich. Du hast das heute sehr gut gemacht, und wir sind dir für immer zu Dank verpflichtet."

„Ich... nun, ich habe nur getan, was ich für richtig hielt", protestierte Neala, verlegen über das Lob, aber sie schluckte es wie ein Kätzchen, das zum ersten Mal warme Milch bekam.

„Das hast du. Du hast auf dein Herz vertraut, auf deinen wahren Norden, und du hast uns gerettet."

„Ist... was ist oben passiert?" Nealas Stimme wurde brüchig. Sie hatte solche Angst, nach Dagda und ihren Freunden zu fragen.

„Warum siehst du nicht selbst nach?"

„Allein komme ich hier nicht raus." Neala blickte zur

steilen Felswand hinauf, und ihre Mutter lachte wieder ihr schallendes Lachen.

„Es ist mein Geschenk an dich, meine Tochter. Ich werde dich hinaufbringen. Komm, lege deine Arme um meinen Hals, und ich werde dich noch einmal so tragen, wie ich es tat, als du noch ein Baby warst." Damit nahm Nealas göttliche Mutter sie zusammen mit all den Schätzen in ihre Arme, brachte sie zum Rand der Klippe und setzte sie sanft auf den Felsen ab, weit weg vom Rand des Höllenlochs.

„Ich habe Angst, mich umzudrehen", flüsterte Neala.

„Hab Vertrauen. Alles wird gut werden." Ihre Mutter küsste sie auf beide Wangen, und so schnell wie sie gekommen war, war sie auch wieder weg. Hätte Neala es nicht mit eigenen Augen gesehen, hätte sie geglaubt, sie würde halluzinieren.

„Neala!"

Neala stieß einen Schrei aus, als sie Dagda rufen hörte, und schlug sich beide Hände vors Gesicht. Die Tränen quollen ihr durch die Handflächen. Alles, was sie tun konnte, war, sich umzudrehen. Sie war zu verängstigt, sich zu bewegen oder ihr Gesicht zu entblößen, um die Zerstörung vor ihr zu sehen.

„Neala! Du bist in Sicherheit. Oh, du bist in Sicherheit. Ich bin tausend Tode gestorben, seit du in den Abgrund gestürzt bist. Du hast uns gerettet. Du hast uns alle gerettet. Mein Schmetterling, meine Schönheit, mein Engel, sieh mich an. Bitte sieh mich an", flüsterte Dagda schmachtend, bis Neala ihre Hände fallen ließ, damit sie sein Gesicht sehen konnte.

Ja, der Mann sah aus, als hätte er eine Schlacht hinter

sich. So schmutzig, als wäre er hundert Tage lang auf einem Pferd durch Schlamm und Dreck geritten, mit Schürfwunden und blauen Flecken und einer aufgeplatzten Lippe, die gerade anzuschwellen begann – aber er stand vor ihr, und er war unversehrt.

„Du bist wirklich hier? Ich träume das nicht?", flüsterte Neala und hob eine Hand, um vorsichtig seine Wange zu berühren und eine Blutspur abzuwischen, die sie dort fand.

„Ich bin wirklich hier", flüsterte Dagda und legte seine Stirn an die ihre. Sein Atem kam in kurzen, besorgten Zügen. „Ich dachte, ich würde sterben, als ich sah, wie du über die Kante gingst."

„Geht es dir gut? Bist du nicht verletzt?"

„Ach, was sind schon ein paar Kratzer hier und da? Aber du?" Dagda trat einen Schritt zurück und fuhr mit den Händen über ihren Körper, um sich zu vergewissern, dass es ihr gut ging. „Da ist eine ganze Menge Blut, meine Liebe. Wir müssen dich zu einem Arzt bringen."

„Nein, es geht mir gut. Meine Mutter... die Göttin. Die Magie. Oh, Dagda", sagte Neala und ließ ihren Tränen erneut freien Lauf. Dagda war seine aufgesprungene Lippe völlig egal und er forderte ihren Mund für einem schmerzhaften Kuss.

„Ich liebe dich, Neala. Meine wilde und gütige Kriegerin, mein Herz. Ich liebe dich für alle Zeiten", flüsterte er an ihren Lippen.

„Und ich dich, mein mächtiger Krieger." Neala lächelte ihn an, wurde aber sofort wieder nüchtern. Er war zu groß, als dass sie um ihn herum sehen konnte. „Aber ... was ist mit den anderen? Haben sie..."

„Sieh selbst, Mädchen", sagte Dagda, nahm Neala in die Arme und drehte sie so, dass sie sehen konnte.

Und dort, im Licht des Vollmonds, standen ihre Freude und jubelten ihr zu, und das Heer von Danula stimmte schallend mit ein, so dass Freudenschreie das Land erschütterten, während weit unten in den rauschenden Wellen die Meerjungfrauen tanzten.

Seit jenem Tag, immer wenn der Vollmond über Hell's Hole aufging, konnten Besucher diese Freudenschreie hören, denn das Licht hatte wieder einmal die Dunkelheit verdrängt und erinnerte alle, die es hörten, daran, dass Liebe immer die Antwort sein wird.

# EPILOG

„Warum sind wir wieder hier?", beschwerte sich Neala und ärgerte sich darüber, dass sie nicht einfach tagelang schlafen konnte, wie sie es vorgehabt hatte. Obwohl ihre Mutter ihr einen Heilzauber gegeben hatte, brauchte ihr Körper noch mehr Zeit, um sich von dem zu erholen, was eigentlich ein tödlicher Schlag von Domnu hätte sein sollen.

„So sind die Regeln, Kleine", lächelte Bianca sie an, die sich völlig daran gewöhnt hatte, all den albernen feentypischen Drehungen und Wendungen zu folgen, die diese Mission, in die sie alle hineingezogen worden waren, bestimmt hatten.

Sie waren noch in derselben Nacht nach Grace's Cove zurückgekehrt und kamen an, gerade als die Sonne am Horizont durchbrach und einen neuen Tag des Friedens ankündigte. Die Menschen gingen ihren Geschäften nach, holten die Zeitung, öffneten den Teeladen und schickten ihre Kinder zur Schule, ohne zu ahnen, dass ihre Welt für immer eine andere gewesen wäre, wenn Neala und die anderen Sucherinnen den Fluch nicht hätten brechen können. Neala überlegte kurz, ob es vielleicht besser war, nichts vom Bösen in der Welt zu wissen, entschied sich dann aber dagegen. Sie dachte, dass sie lieber wusste, womit sie es zu tun und was sie besiegt hatten, als in seliger Unwissenheit hinsichtlich all der Magie zu leben, die es da draußen gab.

Und wie viel Magie es doch war! Neala würde ein ganzes Leben lang zu lernen haben, und Bianca hatte versprochen, sie in einige der Feinheiten der Feenmagie einzuweihen. Aber jetzt standen sie am Strand von Grace's Cove, einem angeblich mystischen Strand, von dem man Neala gesagt hatte, dass er verzaubert sei. Sie nahm an, dass es wohl so war, denn jeder von ihnen hatte anhalten und der Bucht eine Art Geschenk darbringen müssen, bevor er einen Fuß auf sein Ufer setzen durfte.

Außer der kleinen Grace.

Sobald sie den Strand erreicht hatten, war sie zum Wasser gerannt, und niemand hatte versucht, sie aufzuhalten. Jetzt hüpfte und tanzte sie am Rande der Brandung und watschelte auf ihren pummeligen Kinderbeinen herum. Es schien, dass die Bucht kein Problem mit Grace hatte.

Sie alle standen am Strand, kampfesmüde, mit Kratzern, Schürfungen, Schnittwunden und blauen Flecken übersät, und warteten. Neala wollte gerade den Mund öffnen, um eine Frage zu stellen, als ein sanftes blaues Licht aus den Tiefen der Bucht aufstieg.

„Wow", flüsterte Neala, und Dagda drückte ihre Hand ganz fest.

„Neala." Die Göttin Danu stand vor ihr. Neala war sich

nicht sicher, ob sich ihr Herz jemals daran gewöhnen würde, dass Personen einfach aus dem Nichts auftauchten, und sie stieß einen überraschten Atemzug aus, bevor sie ihr Haupt vor der Göttin verneigte.

„Göttin."

„Du hast unserem Volk einen großen Dienst erwiesen. Wir sind dir zu Dank verpflichtet. Denke daran, wenn du jemals Hilfe brauchst, musst du es nur in den Wind flüstern und wir werden da sein", sagte Danu. Mit diesen Worten streckte sie ihre Hand aus und deutete auf Nealas Anhänger, der an ihrem zerrissenen Shirt hing. Neala nahm ihn ab und reichte ihn ihr, wobei sie sich seltsam beraubt fühlte.

Danu schob den Stein, den sie in der Hand hielt, in den letzten Teil des quaternären Knotens und hielt den Anhänger dann zwischen ihren geschlossenen Handflächen. Ein Licht blitzte auf, und Danu murmelte etwas, bevor sie ihn einmal küsste und ihn Neala zurückreichte. Der letzte Stein, bei dem es sich um einen Smaragd zu handeln schien, leuchtete hell in der Position des wahren Nordens. Der Anhänger war nun geschlossen, das Metall hatte sich um die Steine gelegt, so dass sie sich nicht mehr lösen konnten. Neala lächelte, bezaubert von diesem Schmuckstück, und legte es zurück um ihren Hals. Es fühlte sich irgendwie anders an, leichter, und es schmiegte sich warm an ihre Brust.

„Diese Kette soll dich daran erinnern, immer nach dem Licht Ausschau zu halten – und daran, dass du eine Familie hast, die immer in der Nähe ist, egal was passiert. Du musst nur deine Hand darauflegen, um die Liebe zu spüren."

Die Göttin trat einen Schritt zurück und lächelte die Gruppe am Strand an. Sie bückte sich und steckte das

Schwert des Lichts in ein spezielles Halfter an ihrer Hüfte und den Stein der Wahrheit in einen Beutel an ihrer Seite. Mit dem Speer von Lugh in der einen und dem Kessel der Fülle in der anderen Hand sah sie aus, als sei sie zu jedem Kampf bereit – egal, was passieren möge.

„Meine Sucherinnen, meine Beschützer und alle Helfer auf dem Weg, ihr werdet für immer in der Gunst meines Volkes stehen – sowohl der Feen als auch der Göttinnen und Götter. Meine Sucherinnen", Danu sah ihnen nacheinander in die Augen, „es tut mir leid, dass ich euch am Ende einen solchen Schrecken zugemutet habe, indem ich Domnu erlaubte, euch noch einmal gefangen zu nehmen. Es gab eine Bedingung für den letzten Schatz. Wenn die Sucherin nicht in der Lage war, jede Lektion auf ihrem Weg zu meistern, dann hatte sie den Schatz nicht verdient. Es war ein gewisses Maß an Selbstlosigkeit erforderlich, die nur auf diese Weise erreicht werden konnte. Ich weiß, dass ich euch einen Schrecken eingejagt habe, und dafür entschuldige ich mich. Bitte wisst, dass ihr jetzt Privilegierte seid. Euer Leben wird mit dem Glück der Feen gesegnet sein."

Neala öffnete den Mund, um zu protestieren oder weitere Fragen zu stellen, aber so plötzlich wie sie gekommen war, war die Göttin auch wieder verschwunden.

„Ich nehme an, sie kann nicht allzu lange mit diesen Schätzen verweilen", sagte Gwen.

„Es macht mich immer noch wütend, dass sie zugelassen hat, dass du entführt wurdest", sagte Loch und hielt Gwen fest in seinen Armen. „Irgendwann werde ich mit ihr ein ernstes Wörtchen reden."

„Ach, lass gut sein. Jetzt ist die Zeit für eine Party!", sagte Gwen und drehte sich um, um Loch zu küssen.

„Ja, ich möchte euch heute Abend offiziell zu einer privaten Feier in Caits Pub einladen", sagte Fiona. „Ihr werdet euch den Tag über ausruhen und heute Abend sehen wir uns dann zur Party."

Sie winkten der Bucht, die aus unerklärlichen Gründen immer noch blau leuchtete, zum Abschied zu und begannen, den Klippenweg wieder hinaufzusteigen. Neala blickte immer wieder hinter sich, beobachtete die kleine Grace, die im Sand tanzte, und die stets wachsame Keelin, die in einiger Entfernung ein Auge auf sie hatte.

„Grace ist Magie, nicht wahr?", fragte Neala. „Pure Magie, die über das hinausgeht, was wir kennen."

„Ich glaube schon. Es ist schwer, sie zu verstehen. Sie ist keine Fee, sie ist etwas ganz anderes. Es wird faszinierend sein, sie aufwachsen zu sehen", sagte Dagda.

„Du wirst ihr beim Aufwachsen zusehen?", fragte Neala und zog eine Augenbraue hoch. Er schien zu spüren, wie erschöpft sie war und nahm sie in seine Arme.

„Was hältst du davon, wenn wir uns hier niederlassen? Mir gefällt die Atmosphäre des Orts, und Flynn hat mich bereits wegen eines Jobs auf dem Boot angesprochen. Mir scheint, du warst von dem Dorf ziemlich angetan. Meinst du, du könntest deine Bäckerei in Kilkenny verlassen?"

Neala starrte ihn an, völlig unvorbereitet. Sie hielt inne und beobachtete, wie die Klippen den Himmel küssten und Gracie weit unten im magischen Wasser tanzte.

„Ja, ich könnte sie verlassen. Sierra würde die Geschäftsleitung sicher gerne übernehmen."

„Dann sollten wir es tun", sagte Dagda und besiegelte seine Worte mit einem Kuss.

. . .

NEALA SCHLIEf WIE EINE TOTE, eingekuschelt in Dagdas Arme, bis sie ein Klopfen an der Wohnungstür weckte.

„Hau ab", murmelte Dagda, was Neala zum Lachen brachte.

„Ich haue nicht ab, Dagda, du Schreckgespenst. Wir müssen zu einer Party, und wir bekommen sogar Kleider!", rief Bianca durch die Tür.

Neala setzte sich aufrecht hin. „Kleider?"

„Ja, Fiona wollte nicht, dass wir nichts zum Anziehen haben. Sie hat uns eine Überraschung geschickt. Mach auf!"

Neala wickelte den Bademantel, der auf dem Bett lag, um sich, stolperte zur Tür und öffnete einer strahlenden Bianca und einem Mann, den sie noch nie gesehen hatte.

„Oh, Süße, du bist umwerfend", sagte der Mann und schürzte die Lippen, während er das zerzauste Haar betrachtete, das Neala fast bis zur Taille fiel.

„Das ist Maddox, und er hat Kleidung für uns mitgebracht. Ich habe Seamus im Pub abgesetzt. Wir treffen uns in zehn Minuten auf meinem Zimmer", kicherte Bianca, die sich auf einen Mädelsabend freute, wenn auch nur für eine Stunde, und zerrte Maddox in Richtung ihrer Wohnung.

„Ich muss zu so einer Veranstaltung für Mädels. Kleider und solche Sachen", sagte Neala und betrachtete Dagda, der verrucht gut aussah, während er im Bett lag und die Laken um sich geschlungen hatte. „Aber ich habe das Gefühl, dass plötzlich meine Energie zurück ist…"

„Fang nichts an, was du nicht zu Ende bringen kannst. Ich für meinen Teil weiß, dass diese Blondine in zehn

Minuten wieder an die Tür klopfen wird, wenn du nicht in ihrer Wohnung bereitstehst." Dagda lächelte, seine stürmischen Augen leuchteten vor Liebe. „Aber ich verspreche dir, dass ich mir heute Abend Zeit für dich nehmen werde."

Seine Worte jagten Neala einen Schauer über den Rücken, der sie immer noch wärmte, wenn sie später daran dachte, als sie sich auf den Weg zum Pub machten. Maddox hatte, wie versprochen, jede Menge Kleider mitgebracht und sich einen Spaß daraus gemacht, sie alle genau nach seinen Vorstellungen anzukleiden, wobei er sich die Beschwerden der Damen nicht anhören wollte. Das Endergebnis war geradezu spektakulär. Maddox hatte jede der Sucherinnen in satte Juwelentöne gekleidet, die zu ihrer jeweiligen Hautfarbe passten. Neala trug ein tiefes Smaragdgrün und ihre Locken, in die ein Stirnband aus Rotgold geflochten war, hingen ihr bis zur Taille.

Für Bianca hatte er ein Kleid in zartem Hellblau, fast Weiß, gewählt, das ihre blauen Augen zum Strahlen brachte. Außerdem hatte er ihr blondes Haar zu einem Zopf geflochten und Saphire hineingesteckt. Sie sah aus wie eine verführerische Jungfrau aus alten Zeiten, und Neala gefiel es. Normalerweise würde sie so etwas nicht tragen, aber nach einer märchenhaften Suche erschien es ihr angemessen, ein wunderschönes Kleid anzuziehen und mit den Menschen, die sie liebte, die Nacht durchzutanzen.

„Kommt, meine schönen Vöglein. Es ist Zeit, mit den Feen zu tanzen." Maddox klatschte in die Hände. „Ihr lernt noch mehr Leute aus meinem Volk kennen. Das wird ein Spaß!"

Sie folgten ihm alle die Treppe hinunter und ins Pub.

„Sind wir die Ersten hier?", fragte sich Sasha und zerrte

an dem tiefroten Kleid, das sich wie angegossen an ihre schlanken Kurven schmiegte.

„Sie müssen hinten sein", brummte Maddox, und sie folgten ihm. Neala wusste, dass irgendetwas nicht stimmte, als er innehielt und die Tür dramatisch aufstieß.

Sofort begann Bianca zu weinen.

Der Innenhof war mit Hunderten von Kerzen gesäumt, und magische Lichterketten hingen in der Luft. Die Tische waren entfernt worden, und es gab nur noch Stuhlreihen und einen Gang, der zu einem Altar führte. Blumen kletterten an Birkenzweigen empor, die einen mit Gold und Magie funkelnden Bogen bildeten, unter dem Seamus kniete, mit einem Ringkästchen in der Hand.

„Ohhhh", hauchte Neala, und Gwen drückte ihren Arm. Clare wischte sich die Tränen aus den Augen und alle warteten auf Bianca.

„Bianca", sagte Seamus und Bianca stürmte nach vorne, vorbei an den überraschten Leuten, die auf den Stühlen saßen und über ihren Enthusiasmus lachten.

„Seamus! Das kann nicht...", sprudelte es aus Bianca hervor und sie wischte sich die Tränen ab.

„Du bist es für mich, meine Liebe. Ich habe mir ein Leben mit dir gewünscht, seit ich dich das erste Mal sah. Ich habe den rechten Augenblick abgewartet, aber ich will keinen Moment länger warten. Willst du mich zum glücklichsten Mann aller Zeiten machen und meine Frau werden? Wirst du mein Leben für alle Ewigkeit erhellen?", fragte Seamus, der immer noch kniete.

„Natürlich will ich das. Ich habe nicht einmal verstanden, was Liebe ist, bis ich dich getroffen habe", sagte Bianca, und Seamus stand auf und küsste ihre Lippen.

„Ähem. Ich habe nicht gesagt, dass du die Braut schon küssen sollst." Fiona stand da, königlich in einem tiefblauen Kleid, an dessen Taille Blumen gesteckt waren.

„Wir heiraten!", rief Bianca und winkte den Mädchen zu. Maddox überreichte pflichtbewusst Blumensträuße, und ehe sie sich versah, war Neala Brautjungfer auf einer der schönsten und liebevollsten Hochzeiten, die sie je hatte erleben dürfen.

Und als die Zeremonie vorbei war, tanzten sie bis in die frühen Morgenstunden, die Feen sangen fröhliche Lieder, das Bier floss. Die Musik drang bis nach draußen, wo Neala Pause machte, um Luft zu holen und in den sternenklaren Nachthimmel zu blicken.

„Da bist du ja", sagte Dagda und trat mit einem Rucksack auf dem Rücken vor sie.

„Wofür ist der Rucksack?", fragte Neala, straffte die Schultern und bereitete sich auf einen Abschied vor. Sie hätte es wissen müssen. Der Mann war ein Herumtreiber und würde es immer bleiben.

„Für uns", sagte Dagda und beugte sich vor, um ihre Lippen zu küssen.

„Für uns?"

„Ich habe dir ein Date in Griechenland versprochen, oder?", verlangte Dagda.

„Ich ... das hast du", sagte Neala und fand das Licht in ihrem Inneren, das nun überlief und sie vor lauter Freude lachen ließ. „Und wir gehen jetzt?"

„Das tun wir. Ich würde meine Frau doch nicht enttäuschen."

Mit diesen Worten zog er sie in seine Arme, und Neala keuchte auf, als sie plötzlich außer Sicht verschwanden, nachdem Dagda einen Feenzauber eingesetzt hatte, den sie schon von ihm kannte. Sie hielt sich an ihm fest, ließ ihren Kopf auf seiner Brust ruhen und lauschte auf sein Herz, in dem Wissen, dass das, was die Göttin gesagt hatte, richtig war.

Suche nach dem Licht, denn Liebe ist immer die Antwort.

# WILDES IRISCHES HERZ

## GEHEIMNISVOLLE BUCHT: BUCH 1

D as Läuten der Türglocke riss Keelin O'Brien aus ihrem Tagtraum, ein Boot zu mieten und durch das Great Barrier Reef zu fahren. Blinzelnd stieß sie sich von ihrem chaotischen Schreibtisch ab und tapste in ihren irischen Hüttensocken zur Tür. Durch das Guckloch sah sie ihren Postboten Frank, der immer etwas zu freundlich war.

„Hi, Frank", sagte Keelin, als sie die Tür öffnete und versuchte, ihre Unordnung vor ihm zu verbergen.

„Hi, Keelin. Ich habe ein ganz besonderes Päckchen für Dich heute", sagte Frank. „International!"

„Wirklich? Ich habe gar nichts bestellt. Wie interessant." Keelin unterschrieb für das Päckchen und Frank hob seine Augenbrauen und sah sie an. Keelin war klar, dass er erwartete, dass sie das Päckchen vor ihm öffnete.

„Danke, Frank. Ich muss los!" Keelin schloss die Tür mit dem Fuß und untersuchte das kleine Päckchen auf dem Weg zurück in ihre Küche. Das fröhliche Blau ihrer Küchenwände stand in Kontrast zu den Bergen von dreckigem Geschirr in der Spüle. Durch ein kleines Fenster mit hellgelben Vorhängen kam ein Sonnenstrahl, der auf die Lage Staub auf ihrem Regal schien. Mit einem Seufzer nahm Keelin sich fest vor, bald zu putzen.

Keelin schob einen Stapel Papiere beiseite und setzte sich an den Tisch, um sich das Päckchen anzusehen. Rechteckig und in braunes Papier eingewickelt, war es nicht der typische internationale Umschlag, den man im Postamt fand. Das Päckchen war mit Schnur umwickelt und hatte doch tatsächlich ein richtiges Wachssiegel, das die Schnur verschloss. Keelins Name und Adresse waren mit dunkelbrauner Tinte in einer wunderschönen alten Schönschrift geschrieben. Keelin schielte auf die Adresse des Absenders und erinnerte sich an die Lesebrille in ihrer Bluse.

Interessant, dachte Keelin, als sie die Adresse genauer betrachtete. Sie war verwischt. Es sah fast aus, als wäre das mit Absicht so. Keelin fragte sich, warum sie diesen Verdacht hatte. Nur ein Wort war zu lesen: Irland.

Keelin hob das Päckchen hoch und brach vorsichtig das

Siegel. Ein Bild schoss in ihren Kopf. Aufschießende
Flammen in der Nacht. Singende Stimmen. Eine mitter-
nachtsblaue Bucht, die von innen heraus glühte. Und
Augen. Ein Paar scharfe kristallblaue Augen starrten sie
durch die Flammen an.

Keelin schnappte nach Luft und ließ das Päckchen
fallen. Ihr Herz schlug schneller und sie versuchte, einige
der Atemtechniken anzuwenden, die sie beim Yoga
gelernt hatte. Obwohl ihre Hände zitterten, schüttelte
Keelin ihren Kopf und lachte über sich selbst. Ihre
Mutter seufzte immer über das, was sie ,Keelins kleine
Fantasien' nannte und brummelte, dass Keelin nie einen
Mann finden würde, wenn sie ständig vor sich
hinträumte. Keelin wünschte sich, diese Bilder wären
Tagträume oder Auswürfe einer zu regen Fantasie. Keelins
Talente lagen eher auf der wissenschaftlichen Seite,
obwohl sie sich oft in den kreativen Wanderungen ihres
Hirns verirrte. Trotzdem wusste Keelin nie, wie sie die
Bilder beschreiben sollte, die sie beim Anfassen
bestimmter Dinge sah.

Dinge? Wem wollte sie da was vormachen? dachte
Keelin. Es passierte nicht nur mit Objekten. Es passierte mit
Menschen, Tieren, und sogar Orten. Vor kurzem hatte sie
angefangen, darüber nachzudenken, ob sie nicht doch den
nicht gerade feinfühligen Rat ihrer Mutter annehmen und
einen Therapeuten aufsuchen sollte. Keelins Bauchgefühl
sagte ihr, dass ein Therapeut nicht viel dazu beitragen
würde, Licht in ihre Probleme zu bringen. Sie hatte vor
langem gelernt, sich selbst zu schützen, indem sie diese
Bilder, die ihr Hirn überfluteten, für sich behielt. Das
Leben in Massachusetts hatte ihr eine gesunde Angst davor

eingeflößt, anders zu sein, woran die Geschichte der Hexentribunale von Salem erinnerte.

Sie hielt das Päckchen und atmete tief ein, bevor sie wieder in das Bild eintauchte. Dieses Mal richtete sie ihre Aufmerksamkeit auf die Gefühle, die es hervorrief.

Dunkle Bilder erschienen. Ein Fischerdorf in der Nacht. Ein einsamer Hund wanderte auf einem Hügel. Ein Mann knotete eine Angelschnur. Keelin bewegte sich durch die Bilder und stellte fest, dass sie eine ungute Vorahnung spürte, aber auch ein Gefühl von Heimat, das sich durch die Szenen zog. Es war nicht negativ, aber es war, als würde sie über eine Schwelle treten.

Es war fast, als würde sie gleichzeitig abgestoßen und näher herangezogen werden. Ihre Finger zitterten, als sie das Papier entfernte. In mancher Hinsicht kam es ihr vor, als hätte sie auf diesen Moment gewartet. In ihrem Leben hatte es immer etwas gegeben, das unausgesprochen war – sogar unentdeckt. Keelin fragte sich, ob dies jetzt endlich ihre Antwort war.

Ein kleines Buch lag eingebettet im Papier. Die vergilbten Seiten waren in einem kräftigen braunen Leder eingebunden, brüchig vom Alter und von Hand genäht. Keelin bewunderte die Schönheit der schlichten Handwerkskunst. Auf dem weichen Leder waren keine störenden Symbole oder Worte, aber durch jahrelangen Gebrauch hatte der Einband eine perfekte Patina bekommen.

Das Buch schien Unmengen auszusagen, ohne dass ein einziges Wort auf dem Umschlag stand.

Dieses Buch war alt. Richtig alt. Keelin fragte sich, ob sie Handschuhe brauchte, um es anzufassen. So ein Buch gehört ins Museum, dachte sie. Sie öffnete vorsichtig den

Deckel und schnappte beim Anblick der Seiten nach Luft. Diese waren aus Pergament. Ihre Hände zitterten, als ihr die Tragweite der Zartheit und Stärke dieses Buch bewusst wurde. Keelin war sich über das Alter des Buchs klar gewesen, aber die Schrift auf dem Pergament ging zurück zur Zeit des Buchs von Kells. Dieses Buch musste man ernst nehmen. Wer hatte ihr solch ein Geschenk geschickt?

Keelin hatte eine Ahnung, was die Quelle des Geschenks war. Die eigentliche Frage war: warum jetzt?

Ein gefaltetes Stück Papier, das mit der gleichen Schnur und dem gleichen Siegel versehen war, lag vorn im Buch. Keelin zog es vorsichtig heraus und entfaltete es.

Die Worte trafen sie wie ein Schlag in die Magengrube.

*Es ist Zeit.*

Keelin starrte schockiert mit einer klaren Erkenntnis auf den Brief. Sie steckte ihre rotblonden Haare hinters Ohr. Ihre Mutter war als Dame der feinen Gesellschaft stets darauf bedacht, das Rot in ihrem Haar zu übertönen, und begründete es mit gerümpfter Nase: „Das ist zu irisch." Aber Keelin liebte insgeheim ihre Haarfarbe und weigerte sich, sie färben zu lassen, wenn der zweitliebste Haarkünstler ihrer Mutter jeden Monat diskret einen Vorschlag dahingehend machte.

*Es ist Zeit.*

. . .

DIE WORTE BOHRTEN sich in ihr Hirn. Hatte sie geahnt, dass dies kommt? Sie hielt den Brief nah ans Gesicht. Er roch leicht nach Lavendel und nach etwas anderem. Es war fast rauchig. Visionen einer mondbeschienenen Bucht, einem Boot, und dem Versprechen auf Lust und Liebe schossen durch ihren Kopf.

*ES IST ZEIT.*

KEELIN HIELT das Buch und bewunderte die Schönheit der Details. Sie schloss ihre Augen und atmete den Geruch des abgenutzten Leders ein. Das Buch fühlte sich beim Anfassen warm an und ein Gefühl von Liebe breitete sich aus an ihren Armen entlang bis in ihr Inneres. Ganz flüchtig sah sie eine alte Frau, die an einem Hügel nah am Wasser Kräuter sammelte. Diese plötzliche Erkenntnis bestätigte ihren Verdacht. Dies war das Buch ihrer Großmutter mütterlicherseits. Ihre Großmutter lebte in den Hügeln Irlands, nördlich eines kleinen Fischerdorfs auf der südlichsten Halbinsel Irlands. Sie war als verrückt und unnahbar verschrien, und Keelin hatte wenig Kontakt mit ihr gehabt. Keelins Mutter wollte unbedingt in die Staaten ziehen, bevor Keelin geboren wurde, und war stolz darauf, ihre Tochter im angesehen Stadtteil Beacon Hill in Boston großgezogen zu haben. Sie waren nie wieder nach Irland zurückgekehrt.

Sie hatte sich oft gefragt, warum ihre Mutter sich immer geweigert hatte, mit Keelin über ihre eigene Kindheit zu sprechen. Früher hatte sie es mit der Besessenheit

ihrer Mutter für richtige Abstammung und gesellschaft-
liche Anlässe erklärt. Bei den wohlhabenden Freunden ihrer
Mutter war eine arme irische Herkunft fehl am Platz. Nun
fragte sich Keelin, welche wichtigen Einzelheiten ihr über
das Leben ihrer Mutter vor Boston entgangen waren.

Das Buch schien sie zu rufen. Keelin strich mit ihren
Fingern über das weiche Leder. Sie nahm es hoch und das
Bild der blauen Augen schoss ihr wieder durch den Kopf.
Diesmal spürte sie eine aufkommende Hitze in ihrem
Körper.

„Hoppla, das ist aber jetzt ein bisschen lächerlich."
Keelin lachte und stand auf. Sie musste sich bewegen und
ging auf und ab. Zwei Gedanken rasten durch ihren Kopf.
Der erste war, dass ihre Großmutter tot war. Der zweite
war, dass dieses Buch Energie besaß.

Keelin brauchte Antworten, und da gab es nur eine
blonde Gesellschaftsdame, die sie ihr geben konnte.

Sie zog kniehohe braune Stiefel über Leggings, die sich
über großzügige Hüften schmiegten, warf eine lange Fair-
Isle-Strickjacke über, und nahm das Buch. Keelin wühlte in
ihrem Schrank nach einem Wollschal und umwickelte das
Buch vorsichtig, bevor sie es in ihren Lederbeutel steckte. Es
war Zeit, ihre Mutter ausfindig zu machen. Dann würde sie
mit den Auswirkungen des Buchs umgehen.


Wildes Irisches Herz - Jetzt verfügbar!

# NACHWORT

Ich fühle mich geehrt, dass Sie meinen Geschichten eine Chance gegeben haben – es bedeutet mir sehr viel, dass Sie diese Serie bis zu ihrem Ende verfolgt haben. Und weil ich so gerne über Irland schreibe, konnte ich nicht anders, als eine Spin-off-Serie zu starten.

Dies ist die Geschichte hinter dem Beginn der Serie „Geheimnisvolle Bucht":

An einem warmen, sonnigen Septembertag war ich auf dem Saint's Path auf dem Mt. Brandon in Dingle, Irland unterwegs. Kreuzwegstationen säumten den Weg und führten zum höchsten Punkt der Halbinsel. Oben angekommen, wehte ein heftiger Wind, und die Aussicht in ihrer unerschütterlichen Schönheit war beinahe herzzerreißend.

Tage später wachte ich in einem schönen Hotelzimmer zu den Glocken der Christchurch Cathedral in Dublin auf. Ein Traum ging in meinem Geist herum. Er war so stark und eindringlich, dass ich mich zum ersten Mal in meinem Leben gezwungen sah, einen Traum aufzuschreiben, weil ich befürchtete, den Faden der Geschichte zu verlieren, die mich im Schlaf gefesselt hatte.

Bald hatte sich mein Traum von einem Buch zu einer ganzen Serie ausgeweitet.

Manchmal muss man einfach diesem Moment folgen. Diesem kurzen Anflug von Inspiration, der einen innerlich aufleuchten lässt. Dieses... Etwas..., das immer wieder an deinem Gehirn nagt. Die „Geheimnisvolle Bucht"-Bücher sind solche Geschichten. Diejenigen, an die ich denke, wenn ich Yoga mache oder im Garten mit meinen Hunden spiele. Diejenigen, die mich dazu bringen, an die Küste von Dingle zurückzukehren und meine Tage damit zu verbringen, die Schönheit und den Charme des kleinen Dorfes aufzusaugen.

Danke, dass Sie an meiner Welt teilhaben, ich hoffe, sie gefällt Ihnen.

Bitte denken Sie daran, eine Online-Rezension zu hinterlassen. Das hilft anderen Lesern, meine Geschichten zu entdecken.

Besuchen Sie auch meine Website unter www.triciaomalley.com. Hier können Sie sich für meinen Newsletter anmelden, der Sie über Neuerscheinungen.

# GEHEIMNISVOLLE BUCHT

Buch 1 - Wildes irisches Herz*

Buch 2 - Wilde irische Augen*

Buch 3 - Wilde irische Seele*

Buch 4 - Wilde irische Rebellin*

Buch 5 - Wilde irische Wurzeln: Margaret & Sean*

Buch 6 - Wilde irische Hexe

Buch 7 - Wilde irische Grace

Buch 8 - Wilde irische Träumerin

———

*Jetzt verfügbar

# DIE INSEL DES SCHICKSALS

Buch 1 - Das Lied des Steins

Buch 2 - Das Lied des Schwerts

Buch 3 - Das Lied des Speers

Buch 4 - Das Lied des Schatzkessels

————

Jetzt verfügbar

Eine komplette Serie mit vier Romanen von

Tricia O'Malley

"Ein tolles Buch, es greift irische Mythen auf und verbindet diese mit einem spannenden undgefühlvollen Roman. Ich freue mich schon auf das nächste Buch dieser Serie" - Amazon Review

# BÜCHER VON TRICIA O'MALLEY

## ENGLISH EDITIONS

Tricia O'Malley has over 30 english speaking titles available in paperback, audio, e-book and Kindle Unlimited.

The Siren Island Series*

The Althea Rose Series*

The Isle of Destiny Series*

The Mystic Cove Series*

The Wildsong Series

The Enchanted Highlands Series

*Complete Series

Love books? What about fun giveaways? Nope? Okay, can I entice you with underwater photos and cute dogs? Let's stay friends, receive my emails and contact me by signing up at my website

www.triciaomalley.com

Or find me on Facebook and Instagram.

@triciaomalleyauthor

# BÜCHER VON TRICIA O'MALLEY

## STAND ALONE NOVELS

### Ms. Bitch

"Ms. Bitch is sunshine in a book! An uplifting story of fighting your way through heartbreak and making your own version of happily-ever-after."

~Ann Charles, USA Today Bestselling Author

### Starting Over Scottish

Grumpy. Meet Sunshine.

She's American. He's Scottish. She's looking for a fresh start. He's returning to rediscover his roots.

### One Way Ticket

A funny and captivating beach read where booking a one-way ticket to paradise means starting over, letting go, and taking a chance on love...one more time

10 out of 10 - The BookLife Prize

Pencraft Book of the year 2021

# DANKSAGUNG

Ein tief empfundenes und herzliches Dankeschön geht an diejenigen in meinem Leben, die mich kontinuierlich auf diesem wunderbaren Weg als Autorin unterstützt haben. Manchmal kann dieser Job sehr stressig sein, daher ich bin dankbar für meine Freunde, die immer ein offenes Ohr haben und mir durch die kniffligeren Momente der Selbstzweifel helfen. Ein ganz besonderer Dank geht an The Scotsman, der an erster Stelle mein großartigster Unterstützer ist und es immer schafft, mich zum Lächeln zu bringen. Ein weiterer besonderer Dank geht an Ulrike Bartz und Annette Glahn für die Hilfe bei der Übersetzung dieses Buches. Ihre Liebe zum Detail und ihre sorgfältige Arbeit haben mein Buch zum Leben erweckt - danke!

Jedes Buch, das ich schreibe, ist ein Teil von mir und ich hoffe, dass Sie die Liebe spüren, die ich in meine Geschichten stecke. Ohne meine Leser bedeutet meine Arbeit nichts, und ich bin dankbar, dass Sie bereit sind, Ihre wertvolle Zeit mit den Welten zu teilen, die ich erschaffe. Ich hoffe, jedes Buch zaubert Ihnen ein Lächeln ins Gesicht und lässt Sie für einen Moment dem Alltag entfliehen.

Slainté, Tricia O'Malley